KB059032

Author
세노 싯포
Illust.
치루마쿠로
미추역전세계의
클레릭
~미추와 정조 관념이 역전된
이세계에서 승려가 되었습니다.
음문의 저주를 풀기 위해
하렘 파티로 '의식' 하겠습니다~

CONTENTS

로지나 로지
종족 ● 드워프
겉모습은 어리게 보이지만 실제 나이는 500살이 넘는다.
당대 제일의 마법사이며 대현자.
나이 든 고블린 모습으로 변신하여 사람이 사는 곳과 떨어진 산속에서 생활하고 있다.
“그러니까 그……
여자인 내가 부탁하는 건
창피하지만……”
“나를…… 강간♥
해주세요……♥”
아시아 데데스키
종족 ● 흄(인간)
귀족의 오녀였지만 외모가 추했기 때문에 10살 때 가족한테 버림받았다.
그 후 이르게 된 곳은 모험가 길드로, 그곳에서 루루와 만나 파티를 짠다.
S급 모험가이며 걸핏하면 싸우려 들어, 뒤에서 험담하는 녀석은 후려갈겨서 참교육시킨다.
마코토 체네레플리트
종족 ● 흄(인간)
이세계에 전생한 현대 일본인. 동정.
30살이었지만 전생했더니 17살 정도로 젊어져 있었다.
전생하고 반년 동안 작은 녹색 몬스터 이다 스승 밑에서 수행한다.
모험가 길드에서 세계에 몇 없는 승려가 된다.
“가슴은 큰 쪽이 좋습니다”
“그대의 동정은—!
그대의 동정은—!”
“내가 받아 갈 터였느니라아
아아아아아아아아
아아아아아아아아아아아아!!!!”
“마코토 님은——마코토 님은——”
“————
——추녀 매니아, 인가요?”
루루 와일즈 워드릿트
종족 ● 엘프
이 세계에서는 ‘추녀’라고 인식되고 있는 엘프 여성 모험가.
자기에게 철저히 자신감이 없고 커뮤니케이션 장애증이지만 S급 모험가로서 나라 안에서도 가장 전투 능력이 높은 인물.
S급 랭크 파티의 일원.
인물소개

30세 동정인 나는 이세계에 전생했더니
미소녀 하렘 파티의 유일한 남자로서,
그녀들과 의식하는 역할을
맡고 있었다——!!
“마코토♡ 마코토♡
내 농익은 음란한 가슴♡
마코토의 손으로 즐겨 주거라♡
마코토의 자지로♡
잔뜩 사용해 주거라♡”
알몸의 로리폭유미소녀가
나를 올려다보며
자신의 풍만한 가슴을
들어 올렸다.
“아앙♡ 주인님♡ 주인님♡
나, 기분 좋아아♡
기분 좋아앙♡ 좋아햇♡
죠아햇♡ 샤랑해앳♡♡——”
나는 그라비아 모델 체형의
갈색 단발 스포츠계 미소녀를
후배위로 범하고 있었다.
“앗♡ 아아♡ 앙♡
마코토 니임♡ 좋앗, 좋아♡
좋아해요오♡”
현기증이 날 정도의
미모를 가진 엘프가
그 가느다란 몸에
억지로 가져다 붙인 듯한 거유를
출렁출렁 흔들며
내 위에서 신음하고 있다.

Author
세노 싯포
Illust.
치루마쿠로
미추역전세계의 클리릭
~미추와 정조 관념이 역전된
이세계에서 승려가 되었습니다,
음문의 저주를 풀기 위해
하렘 파티로 이식, 하겠습니다~

"앗♡ 아아♡ 앙♡ 마코토 니임♡ 좋앗, 좋아♡ 좋아해요오♡"

현기증이 날 정도의 미모를 가진 엘프가 그 가느다란 몸에 억지로 가져다 붙인 듯한 거유를 출렁출렁 흔들며 내 위에서 신음하고 있다.

마치 여신 같은 그녀는 반짝이는 긴 금색 머리카락을 흩날리며 반짝반짝 빛나는 눈동자로, 나를 범하고 있었다.

"기분 좋으신가요? 기분 좋으신가요? 저의 거기, 기분 좋으신가요? 더 기분 좋게 해드릴 테니까요♡ 마코토 님의 훌륭한 자지도, 마코토 님의 정액도, 제가 전부 짜내서 기분 좋게 해드릴 테니까 말이에요♡"

5분 뒤.

나는 그라비아 모델 체형의 갈색 단발 스포츠계 미소녀를 후배위로 범하고 있었다.

"아앙♡ 주인님♡ 주인님♡ 나, 기분 좋아아♡ 기분 좋아아♡ 좋아♡ 좋앗♡ 사랑해♡♡ 주인님 사랑햇♡ 주인님의 자지도 좋앗♡ 주인님의 자지로 거기를 퍽퍽 범해지는 거, 너무 좋아♡♡"

이 건강미 느껴지는 장신 슬림거유 미녀는 초M이다. 그래서 이렇게 수갑과 족쇄를 채우고 내 멋대로 강간해 주는 게 올바른 방법인 것이었다.

그리고 한층 5분 뒤——.

"마코토♡ 마코토♡ 내 농익은 **음란한** 가슴♡ 마코토의 손으로 즐겨다오♡ 마코토의 자지로♡ 잔뜩 사용해 주거라♡"

알몸의 로리폭유 미소녀가 나를 올려다보며 자신의 풍만한 가슴을 들어 올렸다.

키는 130㎝ 정도밖에 안 되는데, 바스트는 160㎝를 넘는다. 키보다 가슴둘레가 큰 규격 외의 초 로리폭유다.

내 키는 172㎝이기에 40㎝ 정도의 차이가 있다. 그 정도 키 차이가 되면 여자애는 이미 선 채로도 가슴에 끼울 수가 있다. 이 로리 미소녀는 자신의 폭유를 싫어하고 있었지만, 지금은 무척 자랑스럽게 생각하고 있다는 듯하다. 그 요인 중 하나가 될 수 있어서 나는 무척 기쁘다——라고, **모유**로 미끈거림이 좋아진 유방으로 음경을 훑어지며 생각했다.

"우읏…… 나온다, 나옵니다……!"

"네♡ 마코토 님♡ 제 안에 가득 사정해 주세요♡"

"싫엇♡ 안 돼애♡ 임신해 버리니까아♡ 안에는 안 돼애애애♡"

"우냐앗♡ 마코토의 아기즙♡ 내 아가방에 잔뜩 부어 줬으면 하느니라아♡"

뷰르르르르르릇———! 뷰르르르르르르르르릇——————!

꿀렁꿀렁———!

세 사람 각각에게 사정했다.

미소녀 엘프와 소년 말투 미소녀와 로리폭유 미소녀와 섹스하고 있다.

아침부터 밤까지 섹스하고 있다.

인기 없었던 나는 태양이 둘 있는 이 이세계에서 어째서인지 엄청나게 인기 있어져서, 미소녀 하렘 파티 유일의 남자로서 그녀들과 의식(섹스)하는 역할을 맡고 있는 것이었다.

미추역전 세계의 클레릭

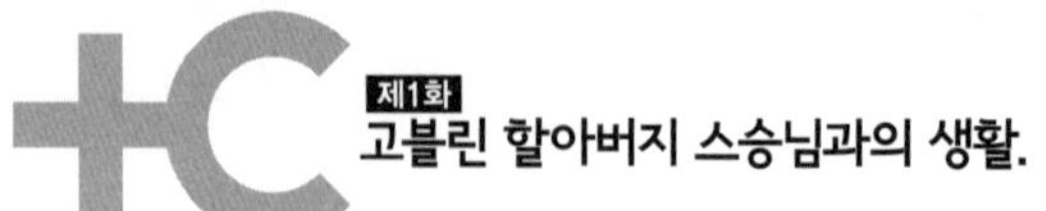

제1화 고블린 할아버지 스승님과의 생활.

서른 살 생일이었다.

동정이었다.

여자친구는 있었던 적 있었지만, 사흘 만에 헤어지고 말았다. 키스조차 한 적 없다.

우에노의 변두리에 있는 유명한 거리의 휘황찬란한 건물에 들어갔다.

그곳은 아름답게 겉꾸리고는 있어도, 실은 제법 낡아빠졌다. 역사가 있는 것이다. 아니, 그 이상으로, 제대로 수선할 비용도 없는 모양이지만.

유흥업소다.

흔히 말하는 텐프로다.

나는 그곳에 10만 엔을 쥐고 찾아왔다. 고르는 데 한 달이 걸린 아가씨한테 일주일 전부터 예약하고, 오늘 겨우 찾아왔다.

이제야, 겨우, 동정을 졸업하는 것이다.

건물 앞에서 한 걸음도 떨어지지 않는 —호객 행위는 엄중히 금지된 듯하다— 검은 옷을 입은 스태프의 안내를 받아 접수를 마치고, 긴장으로 폭발할 것 같은 심장 고동을 들으며, 대기실에서 심호흡하기를 수십 번.

이름이 불렸다.

번호였을지도 모른다.

어느 쪽이든 상관없다. 어느 쪽이었는지 알 수 없을 정도로 긴장하고 있었다. 여하튼 불렸다. 나는 테이블에 다리를 부딪치며 일어섰고,

방을 나가서,

계단 아래까지 안내받아,

"느긋하게 즐겨 주십시오."

검은 옷 스태프가 나한테 인사했고,

위에서 나를 기다리는 여성—— 아미 쨩을 보고,

계단을 올라갔다.

그리고, 발을 헛디뎠다.

☆

다음에 정신이 드니, 나는 어째서인지 풀숲 위에 있었다. 위를 본 자세로 드러누워 있다. 하늘이 파랗다.

"………………어?"

아미 쨩은 어디에?

아니 그보다, 여긴 어디지?

드러누운 채 얼굴을 옆으로 돌려 봤다.

풀도 나무도 어쩐지 이상하다. 본 적도 없는 형태다. 바람이 옮겨다 주는 냄새도 어딘가 이상하다. 고약한 게 아니라, 반대로── 맛있는?

공기가 맛있다는 말은 자주 듣지만, 실감한 적은 없었다. 하지만 그런 레벨의 이야기가 아닌 느낌이 든다. 호흡하면 할수록 몸이 기뻐한다고 할지, 힘이 넘쳐나는 듯한 감각이 있다.

얼굴 방향을 되돌리고 다시 한번 하늘을 올려다봤다.

태양이 두 개 있었다.

──어라아……?

이거, 혹시────── 죽었나?

계단을 헛디뎌서 떨어져 죽었나?

유흥업소에서 동정을 버리려다가 죽은 건가?

그래서 사후 세계에 온 건가? 천국인가?

아니면── 이세계, 라든가?

"호오……?"

지금 말한 건 내가 아니다. 풀숲에 드러누운 내 머리 위에서 목소리가 났다.

그림자가 졌다. 누군가가 나를 들여다봤다.

작은 녹색 몬스터였다.

"우와앗?!"

황급히 벌떡 일어났다. 엉덩방아를 찧은 채 뒷걸음질 쳤다.

어린애 정도 키에 녹색 피부를 가진 노인이었다. 귀가 뾰족하다. 얼굴이 주름투성이다. 짙은 갈색 로브를 입고 있다.

고블린이 아니다. 나이 먹은 엘프나 드워프인 모양이다. 애니에서밖에 본 적 없지만.

아니, 좀 더 닮은 게 있다. 스타 ○즈의 요○다. '포○를 믿는 거다'라든가 말할 것 같다.

"그대…… 다른 별의 사람인가."

목소리까지 비슷하다. 그래, 옛날 사사에상의 나미헤이(並平) 같은……. 거소담의 오프닝 내레이션 같은……. 그대는, 살아남을 수, 있을 것인가…….*

서른 살 생일에 동정을 버리고자 고급 유흥업소에 갔더니 계단에서 떨어지고, 정신을 차리니 이세계에 있었고, 눈앞에는 요○.

악몽이려나?

"남자로군?"

요○가 물었다. 나는 영문도 모른 채 고개를 끄덕였다.

"동정인가?"

"하?"

어째서 죽어서까지 동정인지 아닌지를 질문받지 않으면 안 되는 것인가. 그래, 나는 동정이다. 서른 살이나 되어서 아직 동정이다. 하지만 동정은 동정이라도 마침 버리려던 참이었다고! 나쁘냐!

내 무언의 반론을 긍정으로 받아들였는지,

"과아연."

---

* 스타워즈의 요다, 사자에상의 나미헤이(波平), 건담의 오프닝 내레이션은 모두 나가이 이치로 씨가 맡았음. '그대는 살아남을 수 있을 것인가'는 건담의 캐치프레이즈.

녹색의 노인이 빙긋 웃었다.
어째서인지 등줄기가 오싹해졌다.
이 그린 몬스터한테 잡아먹히는 거라고 생각했다.

☆

그로부터 반년간, 나는 이 그린 몬스터와 생활을 함께했다.
잡아먹히는 게 아니었다.
오히려 보호받았다.
나를 먹여 살려 주었다.
지금 와서 생각해 보면 고마운 일이다.
노인의 이름은 이다라고 하는 듯하다. 이름까지 엄청 비슷하다. 유명한 현자라는 듯한데, 지금은 인계를 떠나 산속에서 마술 연구를 하고 있다고 한다. 은거라고도 한다.
이다 스승님한테 여러 가지를 물어봤다. 이 세계에 관한 것이라든가.
역시 이세계였다. 뭐, 태양이 두 개 있고 말이지. 녹색인 현자도 있고 말이지.
내 몸은 젊어져 있었다. 17살 정도일까. 어중간하다. 이세계 전생이란 건 보통 아기가 되는 거 아닌가. 내가 봤던 애니는 그랬는데. 뭐, 상관없나.
"스승님~. 식사 준비가 됐습니다~."
밤.

달빛이 비치는 동굴 입구에서 나는 냄비를 휘저으며, 안에 있는 스승님을 불렀다.

불은 마석과 마술로 피운다.

캠프 같은 건 해본 적도 없었지만, 스승님이 처음부터 가르쳐 주었다.

젊어진 몸은 매우 가볍고, 조금 치트 같은 이능(스킬)도 가지고 있었기에 이세계의, 그것도 야외에서 생활하는 데에도 지장은 없다.

"음."

휘청휘청한 발걸음으로 스승님이 나왔다. 발걸음은 노인의 그것이지만, 이 할아버지는 몸놀림이 가벼움 그 자체이기에 속아서는 안 된다.

30m 정도는 가볍게 태연히 점프하고, 산처럼 커다란 거미도 여유롭게 쓰러뜨리고, '인계 무쌍'(「인간 세계에서 어깨를 견줄 자 없음」이라는 뜻)이라 불릴 정도의 최강 현자다.

선인이며, 마술사이고, 초인인 것이다.

역시나 겉모습이 요ㅇ일 만하다.

얕봐서는 안 된다.

"앗."

철퍼덕.

작은 노인이 자기 로브 자락을 밟고 넘어졌다. 얼굴부터 꼬라박았다.

일어섰다. 울 것 같다. 아니, 실제로 울고 있다. 울먹이고 있다.

엄청나게 강한데도 의외로 푼수란 말이지…… 이 스승님…….

"괘, 괜찮습니까……?"

"괘, 괜찮은걸……. 아프지 않은걸……."

허세였다. 어디에 내놓아도 부끄럽지 않을 정도로 이상적인 허세였다.

이게 그린 몬스터가 아니라 로리할망였다면 귀여운데 말이지, 라는 생각을 해 버리고 말았다.

할아버지는 눈을 슥슥 비비며 크흠, 하고 헛기침을 한 뒤 냄비 앞에 앉았다.

"흠. 좋은 냄새구먼."

오늘은 거대 멧돼지 전골이다. 스승님이 좋아하는 요리다. 이다 스승님은 나한테서 받은 접시를 손에 들고 국물을 입에 머금었다.

"맛있어!"

"감사함다."

"실력이 늘었구나, 마코토."

"감사함다."

그러고 나서 내 뒤에 놓여 있던 국물 재료── 10m 정도의 커다란 거대 멧돼지의 시체를 보고,

"사냥도 훌륭하구나."

"감사함다."

연구 조수를 하면서 사냥 방법도 배웠다. 그래서 '스승님'인 것이다.

몬스터 하나라도 잡고 나서야 비로소 전생자라고 할 수 있다.

요 반년간으로 제법 이 세계에도 순응했다고 자부한다.

뭐, 도시에는 가본 적 없지만.

아니, 그보다 스승님 말고는 대화한 상대가 없지만.

으음…… 여자랑 만나고 싶다……. 아니, 하다못해 인간과 만나고 싶어……. 동정을 버리자고 생각했는데…….

그런 곳에서 죽었기 때문인지 내 성욕은 생전보다 아득히 늘어났다. 아니, 육체가 젊어진 탓도 있을지도 모른다.

야한 짓 해보고 싶네…….

섹스해보고 싶다…….

아미 짱(고급 유흥업소 아가씨)을 보고 싶었어…….

하지만 스승님은 '인계에 내려가는 건 아직 이르다'라고 한단 말이지.

스승님이 말하는 건 지키고 싶다고는 생각한다. 이 할아버지한테는 은혜가 있다. 이 사람(?)이 없었다면 나는 객사했을 것이다.

자랑거리인 '치트' 능력도 스승님한테서 사용법을 배운 것이나 다름없으니까 말이지. 만약 이 할아버지가 없었다면 나는 능력을 완벽히 다루지 못하고 자멸해서 죽었을 것이다. 전생→즉사였으리라.

그 정도로 강력하면서도 한편으로는 미묘한 것이지만—— 뭐, 이것(치트)에 관해서는 차차 설명하기로 하겠다.

어쨌든, 스승님께는 감사하고 있다. 이 할아버지의 허가가 나오기 전까지는 참을 수밖에 없을 것이다. 게다가 몬스터를 사냥하는 거 재미있고 말이지.

이상한 부분에서 고지식한 내 성격을 저주할 뿐이다. 죽었어도 낫지 않는 법이군.

국물을 마시면서 그런 생각을 하고 있었더니,

"이 크기의 거대 멧돼지를 이 정도로 정밀하게 사냥할 수 있다면—— 네게 맡겨도 괜찮을지도 모르겠구나."

스승님은 로브에서 편지를 꺼내 내게 건넸다.

"인계가 위험하다는 모양이다. 너, 잠깐 가서 세계를 구하고 와라."

갑작스럽게 그때가 온 듯했다.

인계, 즉 산에서 내려가면 존재하는 하계.

사람이 있다.

여자도 있을 터.

마을이 있다면 창관도 있지 않을까?!

이걸로 겨우——!

"동정은 버리지 마라."

왜냐고.

그린(green)한 할아버지한테 들은 그 농담은 무척 심장에 좋지 않았다.

그리고—— 그것이 농담이 아니라 과장 없는 진심으로 한 말임을 그때의 나는 전혀 알지 못했던 것이다.

미추역전 세계의 클레릭

제2화
첫, 이세계.

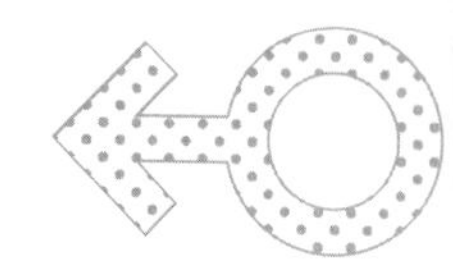

"정말로 죄송했습니다……………………………………."

알몸 미녀가 무릎 꿇고 엎드려 사과하고 있다.

긴 금발이 바닥에 흐트러지고, 하얗고 얇은 등에는 등뼈가 또렷이 보였으며, 쏙 들어간 허리에서부터 큼지막한 골반까지 아름다운 S자를 그린 라인이 예쁜 엉덩이 밑으로 발끝을 동그랗게 옴츠린 발바닥이 보였다.

정말로 나무랄 데 없는 깔끔한 도게자[*]였다.

엄청나게 예쁜 엘프의, 엄청나게 깔끔한 알몸 도게자였다.

또한 나는 당황하여 쩔쩔매는 중이다.

어째서 이런 일이 되어 버렸는가── 나는 오늘 있었던 일을 떠올렸다.

☆

스승님한테서 '인계를 구하고 와라'라고 명령받은 다음 날.

스나비 대륙 서부 르니브파 왕국.

나는 그곳의 한 도시 '토스에스가'에 찾아왔다.

거처인 동굴에서는 상당한 거리가 있지만, 하루 만에 왔다. 스승님이 '전이 결정'이라는 텔레포트 아이템을 준 것이다. 마법 만세. 한번 썼더니 부서졌지만.

---

* 무릎 꿇고 엎드려 비는 자세를 뜻하는 말.

"여기가 마을인가~."

외벽 정문을 지나 마을 입구에서 멍하게 중얼거렸다.

예정으로는 우선은 모험가 길드에 가기로 되어 있다. 거기서 스승님의 편지를 건네 모험가 등록을 하고 의뢰를 처리하며, 뭔가 위험한 상황이라는 듯한 인계—— 글자 그대로 사람이 사는 '세계'를 구한다.

이제야 겨우 이세계물다워지기 시작했군, 하고 내심 기뻐하며 나는 마을을 걸었다. 길드를 찾는 김에 관광도 해버리자.

픽션에서 자주 봤던 중세 유럽풍 판타지 세계의 마을 풍경이 펼쳐져 있었다. 벽돌이 깔린 길에 벽돌로 만들어진 집들. 우물이나 노점 등. 애니에서 본 듯한 광경이다.

그렇다. 만화나 애니에서밖에 본 적 없었던 꿈의 세계다. 걷고 있는 것만으로도 즐겁다.

여하간, 여기저기서 마법이 사용되고 있는 것이다.

아무래도 이 세계에서는 일반인이라도 마법—— 정확하게는 '마술'을 쉽게 쓸 수 있다는 듯하다.

그 이유는 '마석'에 있다.

'마석'에 약간 영창(詠唱)을 해서 마력(생명 에너지 같은 것)을 흘려 넣기만 하면 마석에 새겨진 마술이 기동하는 것이다. 현대 일본에서의 전기 같은 것이다. 전자기기 대신 마석을 사용하고, 전력 대신 마력을 사용한다.

스승님의 거처에서도 자주 마석을 썼었다. 몬스터를 사냥하면 마석으로 변하므로, 스승님이 그것에 불이라든가 물 마술을 새겨 넣는다. 5원소였던가 4원소였던가. 그걸 조명으로 쓰거나 목욕하는 데 사용하거나 했다(참고로 그 거대 멧돼지는 마물이 아니다).

마석, 편리.

마을에는 마술이 넘쳐흐르고 있다. 그건 현대 일본에서 살았던 내게는 미지와의 조우로, 무척 마음이 뛰는 것이었는데…….

"뭔가 이상한데……?"

하나 더, 위화감이 있다.

뭐라고 할지, 이렇게, 풍채가 후덕한 사람뿐이다.

원피스나 스커트를 입고 있으니까 여성…… 이겠지만, 대부분의 사람이 둥글다. 험프티 덤프티처럼 둥글다. 하지만 팔과 다리는 굵다. 삶은 달걀에 굵은 팔다리가 나 있는 느낌.

그리고, 수염.

대부분의 사람이 수염을 기르고 있다. 여성인데도. 여성의 모습을 하고 있는데도.

솔직히 '아저씨'인지 '아줌마'인지 판별이 안 되는 사람이 많다.

'살이 좀 찐 아저씨' 같은 여자(?)뿐이었다.

——이 마을은 그런 게 유행인 걸까……?

스승님 이외의 인간…… 아니, 스승님도 흄이 아니니까 다른가. 이 세계에 오고 처음으로 본 사람들이 이런 느낌이라서 상당히 놀랐다.

남자가 적고.

여자는 아저씨 같다.

——이상한 마을이군.

그렇기는 해도, 이상한 건 나 역시 마찬가지다. 여하간 이세계에 전생해 온 일본인이니까 말이다. 이 이상으로 기묘한 존재는 없을 것이다.

"……후우."

기분을 새로이 다잡고 일에 집중하자. 스승님의 심부름을 완수하는 거다.

――라고 생각한 그때,

"너―― 엘프구나!"

큰 목소리에 뒤돌아보니 노점 빵집 앞에서 손님과 점주라 생각되는 아줌마가 실랑이하고 있었다.

아무래도 점주가 손님을 거부하고 있는 듯하다.

"가까이 오지 마! 구질구질한 엘프가!"

"네? 아……!"

손님은 후드를 뒤집어쓴 슬림한 체격의 여성이다. 예쁜 금색 머리카락이 후드 밖으로 살짝살짝 보였다 말았다 했다. 정체를 들켜 버려서 당황하고 있는―― 것처럼 보이기도 한다.

"부, 부탁드려요……. 돈이라면 있으니까, 빵을……."

"시끄러워! 엘프한테 팔 물건 따위 없어!"

"그걸 어떻게든……."

"끈질기네!"

통통하게 살이 찐 점주 아줌마(?)가 매달리는 여성을 철썩 때렸다. 의외로 여성은 꿈쩍도 하지 않았다. 하지만 덮어쓰고 있던 후드가 벗겨져 얼굴이 드러났다.

——엄청난 미소녀.

반짝이는 듯한 긴 금발, 보석 같은 파란 눈동자, 인간을 초월한 것 같은 아름다운 외모—— 그리고 긴 귀. 아니, '인간을 초월한 것 같은'이 아니라 글자 그대로 인간(흄)이 아닌 모양이었다.

점주가 말하는 것처럼, 그녀는 '엘프'인 것이리라.

——역시나 이세계.

스승님의 말대로였다. 이 세계에는 다종다양한 종족이 존재한다. 엘프도 그중 하나이며, 그리고—— 박해당하고 있다는 듯하다.

스승님의 말로는 '인계에는 차별이 만연하고 있다. 나도 그것이 지긋지긋해서 산속에 살고 있다'라고 했다.

"어째서 이 마을에 엘프가 있지?"

"시야에 들어오는 것만으로도 끔찍해."

"얼른 숲으로 돌아가, 풀 냄새 나는 엘프가!"

그걸 증명하는 것처럼 주위에 있던 사람들도 제각기 엘프인 그녀를 욕하기 시작했다.

"아아……!"

여성 엘프는 견딜 수 없어졌는지 울먹이면서 후드를 다시 덮어쓰고 빵집 앞에서 잰걸음으로 떠나갔다.

엘프가 차별받고 있는 건 사실인 듯하다. 그걸 보고,

"…………."

나는 거의 무의식적으로 움직이고 있었다.

빵집에 돈을 내고 빵을 샀다. 점주가 내 얼굴을 보고 어째서인지 가격을 깎아 줬지만, 그런 건 아무래도 좋다.

여성 엘프를 뒤쫓아갔다.

뒷골목으로 들어갔다.

곧바로 따라잡았다. 어깨를 떨고 있는 그녀의 등에 대고 말을 걸었다.

"저기——."

엘프가 뒤돌아봤다. 흠칫 놀란 얼굴. 푸른 눈에는 눈물이 보였다.

"만약 폐가 아니라면, 저기, 이거, 받아 주세요……."

빵을 내밀었다.

거기서 겨우 내가 몹시 오만한 짓을 하고 있는 것 아닌가 하는 생각에 이르렀다.

차별·박해당하고 있는 새빨간 타인에게 선행을 베풀며 흡족해하고 있는—— 그런 내 모습에 생각이 미친 것이다.

"……?"

빵을 내민 채 굳어져 있는 나와, 무슨 말을 들은 것인지 이해가 안 된다는 듯한 표정을 지은 엘프인 그녀.

혹시 말이 통하지 않는 건가?

내 행위는 자기만족인가?

——에에이, 이제 어느 쪽이든 됐어!

"민폐일지도 모르겠지만, 받아 주세요. 저기서 산 겁니다."

나는 그렇게 말하며 억지로 빵이 든 바구니째 넘겼다.

"…………어, 어?"

눈을 깜박깜박하는 엘프.

"남, 자……?"

보면 알 거라고 생각한다만.

"저 같은 거한테…… 어째서……? 저는, 엘프인데…… 이렇게나…… 추한데도……."

그렇게 말하며 후드로 얼굴을 가렸다.

그 귀가 차별받는 상징일지도 모르겠다. 하지만 내게는 '이세계', '판타지'의 상징이다.

그건 만화나 애니메이션 같은 2차원에 흠뻑 빠져 살아 왔던 오타쿠인 내게는 꿈의 상징인 것이다.

동경의 증표인 것이다.

그래서 돕고 싶다고 생각했다.

다행히 아무도 보고 있지 않은 모양이고, 여기서 엘프를 돕는다고 해도 나한테까지 해가 미칠 일은 없으리라.

나는 말했다.

"엘프는, 저한테, 동경의 대상입니다."

아, 창피하다. 기세에 맡겨 말해 봤는데 이거 꽤 창피하네.

엘프도 곤혹스러워하며,

"…………헤?"

멋쩍어진 나는 몸을 돌려 U턴. 뒷골목에서 살금살금 나갔다.

"저기――."

뒤쪽에서 그녀가 뭔가 말하고 있었지만, 들리지 않는 척하고 그대로 떠났다.

응, 좋은 일을 했다. 했다고 생각한다. 한 거 아닐까.

자기만족일지도 모르지만, 뭐, 됐어.

"후우……."

걸으면서 하늘을 올려다봤다.

두 개 있는 태양을 눈부시게 느끼며, 조금 전의 그녀를 떠올렸다.

——귀여웠지, 엘프 씨…….

길드에도 있으면 좋겠네~. 이세계고 말이지~. 잘하면 사이좋아지거나…… 하지는 않을까나. 엘프는 프라이드도 높고 까탈스럽다는 건 판타지의 상식이고 말이지~. 그렇지 않더라도 박해받고 있는 것 같으니까 길드에는 없으려나~.

그런 생각을 하며, 나는 길드를 찾아 걸음을 내디뎠다.

그 생각이 한없는 착각이라는 것도 알지 못한 채.

제3화 엘프인 나는 추녀다.

토스에스가 마을.

뒷골목.

무슨 일이 일어난 건지 나—— 루루 워드릿트는 곧바로 이해할 수는 없었다.

——방금 그 사람, 남, 자……?

밤의 신에게 사랑받은 듯한 검은 머리카락과 검은 눈동자.

남성 특유의 향기.

나보다도 머리 하나 정도 큰 키.

남자다운 각진 어깨와 허리의 골격.

틀림없는—— 남성이었다.

——수십 년 만에 봤어요…….

종족은 인간인 듯했다.

아니, 그것보다도, 다.

그는 나를 봐도 싫은 내색 하나 하지 않았다.

이—— 엘프인 나의, 추한 외모를 보고서도.

그러기는커녕 빵을 베풀어 주었다.

처음이다.

태어나서 처음으로, 200년이나 살아오면서 처음으로 남자한테 다정하게 대해졌다.

그 사실이 내 가슴을 크게 크게, 고동치게 했다.

——꿈, 이 아닌 거죠……?

짝, 하고 내 뺨을 때렸다. 아프다. 꿈이 아니다.

하지만 환상이었던 게 아닐까.

애초에 오늘은 몸의 상태가 안 좋다.

성벽 외측에 있는 자기 집에서 마을로 온 건 좋았으나, 요전의 던전에서 쌓인 '피로'의 영향이 계속 남아 환술에 실패했다.

나는 항상 상대한테 '얼굴을 의식시키지 않는다'라는 아슬아슬하게 범죄에 가까운 환혹 마술을 써서 물건을 사고 있다.

그렇게 하지 않으면 나한테는 아무것도 팔아 주지 않기 때문이다.

여하간 엘프족은 '추한 일족'이라며 멸시당하고 있다. 그 추한 종족 중에서도 나는 특히 심한 추녀다. 마을에서 가장 못생겼던 것이다. 이 외모 때문에 고향에 있을 수 없어서 흄이나 고블린에 오크 등 다종다양한 종족이 있는 이 나라로 나오게 되었다.

그런 나다. 아무리 돈을 들고 가도 '가게가 더러워진다'라며 나를 상대해주지 않는 경우가 많다.

그래서 어쩔 수 없이 환혹 마술을 쓰고 있었던 것인데.

——요전에는 던전에 좀 오랫동안 들어가 있었으니까 말이죠…….

나는 모험가다. 파티 멤버와 같이 '던전'이나 '위험 구역'에 도전하여 몬스터를 토벌하고 마석을 얻거나, 아이템을 수집하여 생계를 꾸리고 있다.

나름대로 실력도 있다.

어지간한 몬스터한테는 지지 않고, 다른 모험가한테도 뒤처지지 않는다.

하지만 문제는 그 부분이 아니다.

이 대륙에 있는 던전이나 위험 구역에는 '저주'가 충만하다는 점이다.

음욕의 저주다.

그래서 너무 길게 머물러 버리면, 이렇게…… 성욕이 왕성해지고 만다.

그렇지 않아도 이 대륙은 여성이 많은데.

그리고 안 그래도 여자는 성욕이 강한데.

그것이 괜히 더 증폭되어 버리고 만다.

수컷을 보면 억지로 강간해 버리고 말 것이다.

그것이 설령 소나 말이라도 아랑곳하지 않으리라.

짐승이다.

성욕의 짐승이다.

그렇게 되지 않도록, 모험가 길드에는 승려(클레릭)── '길드 신관'이 있다. 그들이 '의식'을 행해 주면 음욕의 저주는 풀린다. 성욕에서 해방된다.

하지만 그들도 나는 상대해주지 않는다.

추녀이기 때문이다.

설령 S급 모험가라도, 설령 '용'으로부터 마을이나 나라를 구해도 외모가 추하면 결코 인정받지 못한다── 그것이 이 세계의 상식이다. 200년 이상 살고 있지만, 그 상식이 뒤집힌 적은 없다.

그래서 어쩔 수 없이 고가인, 하지만 별 대단한 효과도 없는 해주약을 써서 스스로 자신을 위로하여, 성욕을 가라앉히고 있는 것인데――.

――일주일 정도 자위 지옥이었는데, 아직 그 여운이 남아 있는 걸까요…….

길드의 승려―― 길드 신관이 상대해주지 않는 나 같은 추녀들은 던전에서 막 돌아오고 일주일 동안은 해주약과 진정약을 병용하며 오로지 성욕 발산에 힘쓴다.

파티에 승려가 있으면 길드 신관한테 의지할 일도 없지만, 그런 파티는 한정되어 있다. 미녀뿐인 파티에만 허락되는 꿈같은 이야기다.

그렇다. 꿈인 것이다.

남성이 말을 걸어 주거나, 하물며 상냥하게 대해 준다니.

동정―― 조차 아니다. 환상이다.

이 빵도 그럴 게 분명하다.

분명 환혹 마술에 실패한 것이다. 사실은 내가 산 것인데, 마치 남자가 베풀어 주는 것을 받은 듯한 환상을 나 자신에게 보여준 것임이 틀림없다.

그렇게 생각하니 납득이 갔다.

동시에 격하게 낙담했다.

"하아…… 죽고 싶어질 정도로 한심해……."

설마 자기 자신에게 환술을 걸다니.

그 사실에 자각조차 없었다니.

이런 한심한 이야기는 파티 멤버인 그 애한테도 말할 수 없다.

손안에 있는 빵을 보자 한숨이 나왔다.

그렇게 뒷골목을 걷기 시작했다. 아무래도 오늘은 환술의 상태가 안 좋은 모양이니까 남의 눈에 띄는 건 가능한 한 피하는 편이 좋다.

길드에는 멀리 돌아가는 게 되지만, 타인에게 그다지 얼굴을 보이지 않고 그치는 길을 골라서 가자.

——하지만, 이상하네요…….

지갑에서 빵값만큼의 돈이 줄어들지 않은 건 기분 탓일까?

미추역전 세계의 클레릭

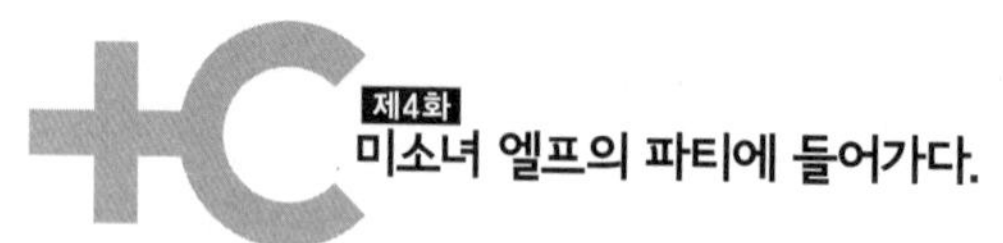

제4화 미소녀 엘프의 파티에 들어가다.

길을 잃었다.

엘프 씨에게 빵을 건넨 뒤 이세계에서의 '첫 마을'을 들뜬 기분으로 탐색하고 있었더니 시원스레 길을 헤매고 말았다.

처음 간 장소는 전부 걷지 않으면 직성이 풀리지 않는 성격을 어떻게든 하는 편이 좋다고 스스로도 생각한다. 로그라이크 던전 형식(들어갈 때마다 형태가 변하는 던전)의 게임에서 마냥 시간이 걸렸던 것을 떠올렸다.

광장 벤치에 앉아 노점에서 산 닭고기꼬치—닭인가? 뭔가 돼지고기 같기도 하고 소고기 같기도 한 식감도 난다—를 다 먹은 참이다.

물통에서 물을 한 모금. 이 세계의 물은 맛있다. 마소(마나)가 가득 차 있기 때문이려나. 부드러워서 목넘김이 좋다.

그건 그렇고—— 어째 주시당하고 있다.

수염을 기른 뚱뚱보 아저씨 같은 여자들이 멀찍이서 나를 둘러싸며 쳐다보고 있다.

주목을 받고 있다.

촌사람이라는 게 들킨 것일까.

조금 창피하지만, 뭐 촌사람인 건 틀림없으니 어쩔 수 없다.

헌병이라든가 병사 같은 건 안 왔고, 그런 분위기도 없으니까 뭔가 나도 모르는 사이에 범죄 행위를 저지른 건 아니리라. 그렇게 믿고 싶다.

그렇다면 고민하고 있어 봤자 시간 낭비다.

길드로 가는 길을 묻자.

벤치에서 일어나 가장 가까이에 있던 부인 그룹을 목표로 설정.

수염과 눈썹이 훌륭한 부인은 내가 가까이 다가오는 것을 보고 꺄아, 꺄아, 하며 작게 떠들어 댔다. 죄송하군요, 촌사람이라.

"저어……, 길을 좀 묻고 싶습니다만……."

최대한 미소 지은 얼굴로 그렇게 말을 걸자,

"네, 네에엣……. 제가 할 수 있는 게 있다면 뭐든 하겠어요오……!"

감개무량한 목소리로 그렇게 말해 주었다. 눈이 반짝반짝한 아저씨 같은 부인이다.

"모험가 길드 건물은 어디에 있습니까?"

하지만 부인은 내 말을 듣지 않고 도리어 내게 질문했다.

"저기, 남성분, 이시지요?"

"예? 네. 남자입니다."

보면 알지 싶은데…….

내가 그렇게 대답하자, 부인분(푸둥푸둥한)은 재차 꺄아, 꺄아 하고 떠들기 시작해서 내 물음에 대답해주지 않았다.

"저…… 길드로 가는 길을……."

"평소에는 뭘 먹고 계시나요?"

"예?"

"아침에는 몇 시에 일어나고, 밤에는 몇 시에 주무시죠?"

"하?"

"기도는 몇 시간 정도 하시는지?"

"헤?"

질문에 대답해주지 않으면 이쪽 질문에도 대답해주지 않는다—— 라든가, 그런 풍습이 있는 것일까.

내용이 조금 기묘하지만…… 이세계니까 말이지. 응.

"어제는 거대 멧돼지 전골을 먹고, 아침에는 여섯 시고 밤에는 아홉 시에 자서……."

등등, 잇따라 던져진 질문에 답하고 있자, 주위에서 보고 있던 다른 부인 그룹도 모여들기 시작했다.

통행인이나 물건을 사는 손님뿐만 아니라 노점에서 물건을 파는 점주들까지 다가왔다. 당신들, 가게는 괜찮은 겁니까.

눈 깜짝할 사이에 풍채 후덕한 아저씨 같은 여성한테 에워싸이는 사태에 빠지고 말았다.

아니, 무서운데?!

언제든지 도망칠 수 있는 마음의 준비와 도주 경로만 확인하면서, 나는 질문을 반복했다.

"저기! 모험가 길드 건물로 가는 길을 알고 계시는 분은 없습니까?!"

""""저요!!""""

전원이 손을 들었다.

처음부터 알려 줬으면 했어.

촌사람이 그렇게나 보기 드문지, 나는 수많은 아저씨 같은 부

인분한테 둘러싸이며 겨우 길드에 도착한 것이었다.

보는 관점을 바꾸기에 따라서는 하렘이지만…… 뭔가 달라.

☆

겨우 길드에 도착했다. 나는 여기까지 이 기묘한 부인분들한테 양팔을 붙잡힌 채 왔다. 가슴—— 이 아니라, 살이 뚱뚱하게 찐 배에 내 팔이 닿으면서. 어느 부인이고 다들 가슴은 작은데 배는 무척 나와 있단 말이지…….

거기에 더해 체취가 조금 심했지만…… 이건 여성 상대로는 그다지 생각하지 않도록 하자. 나도 원래는 30세 동정인 아저씨다. 낯선 이성에게 '저 아저씨 냄새나……'라고 생각되고 싶지 않다. 그거랑 마찬가지다.

체모—— 수염이랑 팔에 난 털도 엄청 많은데……. 아니, 말하지 말자…….

——이세계의 유행 패션은 무시무시하구만…….

오히려 파리 컬렉션? 같은 데서는 인기일지도 모르겠다. 그런 아무래도 좋은 것을 생각하며 길드 문을 지났다.

길드 건물 앞에서 부인들이 아쉬워하는 듯이 건물로 들어가는 나를 보고 있다. 아무리 그래도 건물 안에까지는 들어오지 않는 모양이다. 다행이다. 안심하면서 문을 열고 안으로 들어가자,

"…………인간이 아닌 종족뿐이네."

녹색 피부를 지닌 살찐 커다란 남자, 빨간 피부를 지니고 뿔이

난 커다란 남자, 전신에 비늘이 빽빽하고 꼬리까지 나 있는 도마뱀 남자, 푹신푹신한 털과 코가 긴 개 남자——.

아마 오크, 오우거, 리저드맨, 코볼트…… 같은 종족일 거라고 생각한다. 내 판타지 지식이 옳다면.

일단 인간도 있지만, 비율은 적다. 그리고 인간은 전부 여성이었다. 여기까지 따라왔던 저 그 부인들처럼 수염도 체모도 굉장하고 배도 나와 있다. 아니, 응, 여자 맞겠지……? 아저씨 같지만…….

앞쪽에 있던 그룹이 길드에 들어온 나를 알아차렸고,

"——남자?"

그 중얼거림이 모두의 귀에 들어간 모양이다. 웅성거리던 소리가 파도처럼 빠져나갔다. 눈 깜짝할 사이에 조용해져 버렸다. 전원이 나를 보고 있다. 역시 촌사람이 보기 드문 것일까.

아니 그보다 '남자?'라니, 당신들도 남자잖—— 거기까지 생각했다가 어떤 사고에 이르렀다.

그러고 보니 오크도 오우거도 리저드맨도 코볼트도, 전부 가슴을 가리고 있다. 배는 훤히 드러내 놓고 있지만 이 사람이고 저 사람이고 다들 가슴은 가리고 있다. 흉부에 장비하고 있는 건 갑옷이라든가 가슴 보호대인데, 명백히 이렇게…… 솟은 부분이 있다. 작지만, 융기되어 있다. 비키니 아머와 비슷하다.

마치 그 밑에 '불룩한 지방'이 있다고 말하기라도 하는 것처럼.

유방이 있다고 말하기라도 하는 것처럼.

——아, 이 사람들 전부, 여자인가?

잘 보니 여성스러운 차림새처럼 안 보이는 것도 아니다.

스커트를 입고 있는 오크가 있다. 저쪽 오우거는 갑자기 거울을 꺼내 수염을 정돈하기 시작했다.

코볼트는 꼬리의 털을(마치 포니테일 소녀가 머리카락을 정돈하는 것처럼) 신경 쓰고 있다.

도마뱀 인간은 파충류 꼬리 끝에 귀여운 리본 같은 걸 달고 있다. 리저드맨이 아니라 리저드 우먼 같았다. 까다로우니 리저드라고 부르자. 나는 확신했다.

——아, 이 사람들 전부, 여자다…….

그리고 모두 나를 보고 있다. 나를 보며 소곤거리고 있다. 남자다, 수컷이다, 흠 남자, 자지다……라고. 아니, 마지막 뭐라고?

"……………………실례하겠습니다……."

주목받아 겸연쩍은 느낌이 들어, 나는 작은 목소리로 인사하며 걷기 시작했다.

목표는 바로 정면, 들어가서 곧바로 눈에 들어온 접수 카운터다.

"……남자."

"……수놈."

"……수컷."

"……웅성."

"……남성."

"……남성분."

"……자지."

온몸을 구석구석 핥는 듯한 눈으로 날 보고 있다. 그러니까 마지막 거 뭔데?

엄니가 난 오크 여자의 입에서 침이 나오고 날름 핥는 동작에 겁이 나서 움츠러들었다. 다른 모든 사람도 비슷한 느낌이라, 걸음을 내디디는 나한테 슬금슬금 가까이 다가오면서 리저드 여자의 꼬리가 내 다리를 슬며시 쓰다듬거나 했다. 넘어질 것 같으니까 그만둬 줬으면 한다.

영원처럼 느껴지는 열 걸음을 답파하여 나는 겨우 접수 카운터에 이르렀다. 길었다. 마을로 전이하고 나서 여기까지 오는데 엄청나게 시간이 걸렸다.

카운터 바에 가방을 올려놓고 안에 손을 집어넣어 편지를 찾으며, 나는 접수양(孃)을 봤다. 아저씨였다.

——접수, **양** 맞지?

아저씨 같은 겉모습이지만, 입고 있는 건 여자 옷이니까 아마, 여성일 거라고 생각한다. 눈썹도 수염도 진하지만 스커트를 입었고 말이지. 아무래도 좋지만, 간호부(婦)가 간호사(師)로 명칭이 변경되었을 때의 부차적인 효과에 관해 생각해 봤다. 간호하는 사람이 아줌마인지 아저씨인지 모르겠을 때, 간호사라는 명칭은 매우 편리하다.

결의를 굳히고 접수양(가칭)에게 말을 걸었다.

"저기……, 실은 저, 스승님의 말을 따라서……."

"남성분이시지요?!"

말이 가로막혔다. 기세 좋게 일어선 접수양(?)은 내 손을 잡고,

"'토스에스가' 길드에 오신 것을 환영합니다! 저는 접수양인 라하리타라고 합니다! 이후 기억해 주신다면 고맙겠어요!"

얼굴을 엄청나게 가까이 대고 인사해 주었다. 아니, 가까워, 가깝다고. 침이 튀었다. 일에 열심이구나.

"아, 네, 안녕하세요……. 저는 마코토라고 합니다……."

"마코토 님! 아아, 어쩜 이리 귀여운 이름일까요!"

귀여운 걸까.

그리고, 뒤쪽에서 뭔가 악다구니를 내뱉는 소리가 들려온다.

"칫…… 라하리타 녀석, 새치기하기는……."

"접수양이라는 이유로 치사하지."

"공사혼동이라고!"

라하리타 씨는 그런 악다구니가 들리지 않는지, 눈썹과 수염이 짙은 아저씨 같은 얼굴로 빙긋 미소 지었다.

"마코토 님은,"

목소리도 조금 낮다. 낮다고 할지, 굵다. 팔도 굵고 목도 굵고 몸통도 굵으니까 자연스럽게 낮아지는 걸까. 오페라 가수 같다.

"결혼은 하셨나요?"

바로 뒤에서 야유가 일어났다.

"어이, 짜샤."

"뭘 묻고 있는 거야, 라하리타."

"하지만 조금 신경 쓰여……."

어째 엄청나게 모여들고 있다. 내가 있는 카운터를 중심으로 반원형의 인파가 생겨났다. 뭐야, 이거. 촌사람 괴롭히기인가?

"아, 안 했습니다만……. 저기, 그 전에 이 편지를 말이죠……."

"어머! 그러면 저와—— 아뇨, 아무것도 아니에요."

싱긋.

뭔가를 말하려다가 갑자기 입을 다문 접수양 라하리타 씨.

뒤에 있는 모험가들이 어째서인지 일제히 무기를 꺼내고 있는데, 역시 촌사람 괴롭히기일까. 아니면, 서부극처럼 외지인에 대한 세례 같은 것이 있는 걸까.

그런 건가 싶었는데 다들 무기를 집어넣었다. 다행이다.

"그러면 마코토 님, 오늘은 어떠한 용건일까요?"

"저기, 편지를……."

라하리타 씨는 그제야 편지를 받아들고 내용을 읽었다.

"현자 이다 님?! 그 제자분?! 그렇군요, 모험가 등록을…… 어? S급에 가입……?"

이다라는 건 말할 필요도 없이 내 스승님의 이름이다. 아무래도 세간에서는 이름이 알려진 존재인 듯하다. 역시나 인계무쌍의 현자님이다.

건넨 편지의 내용은 나도 알고 있다. 이미 읽었다. 스승님의 허가 하에.

나는 라하리타 씨의 손안에 있는 편지를 가리키며,

"거기 적혀 있는 대로 모험가가 되기 위해 등록하러 왔습니다. S급 파티? 에 가입시켜 달라고 해서 '용'을 토벌하라던가 뭐라던가………."

복잡한 표정으로 신음하는 라하리타 씨.

“과연, 그런 거군요……. 잘 알겠습니다. 마코토 님은 남성이면서 지금까지 직업(잡)을 얻지 않으셨던 거네요.”

잡이란 평범한 직업을 말하는 게 아니라, RPG에서 소위 말하는 ‘클래스’를 가리키는 것이다. 전사라든가 승려라든가 마도사라든가.

이 세계에서는 잡을 얻으면 그것만으로도 초인적인 힘을 얻을 수 있다는 듯하다. 그래서 모험가는 다들 잡을 얻는다. 심지어 모험가가 아닌 사람이라도 잡을 얻는다는 모양이다.

그렇긴 해도 나는 치트를 가졌기에 잡 없이도 나름 강한 것 같지만.

그런데 ‘남성이면서’라는 건 무슨 의미일까. 그에 관해 스승님은 아무 말도 하지 않았는데…….

——그 사람도 맹하니까 말이지……. **말해 주는 걸 잊은** 게 있는 것일지도 모른다…….

내 의문과 불안을 뒷전으로 하고, 라하리타 씨는 고개를 끄덕였다.

“이다 님 밑에서 수행하고 있었으니까 잡을 얻을 기회가 없었다는 거군요. 과연.”

“예, 그런 느낌입니다.”

“잘 알겠습니다. 그러면 등록하겠으니 이쪽 서류에 필요 사항을 기입해 주십시오.”

라하리타 씨의 말대로 했다.

“그러면 다음으로 이쪽 수정 구슬을 만져 주십시오.”

그 말대로 따랐다.

"수고하셨습니다. 이걸로 모험가 등록은 완료되었습니다. 이쪽이 길드 카드입니다. 받아 주세요!"

라하리타 씨는 그렇게 말하며 경질 카드를 내게 건넸다. 물론 플라스틱은 아니다. 비슷한 감촉이지만.

"우오……?"

손으로 만진 순간, 머릿속에 스테이터스가 표시되었다. 오오, 이세계 같아……!

이름은 마코토. 레벨은 1. 그건 괜찮다.

하지만 잡이 승려(클레릭)로 되어 있다.

"저기, 잡은 이걸로 결정된 겁니까?"

"네. 마코토 님은 남성이시기에 클레릭이 됩니다."

"어? 스스로 선택할 수 없는 겁니까?!"

라하리타 씨는 어리둥절한 얼굴로,

"네. 여자는 원하는 잡을 선택할 수 있지만, 남성은 클레릭뿐이에요."

당연해요, 라고 말하는 것만 같이 고개를 끄덕였다.

──그, 그런 건가…….

전사라든가 마도사 같은 게 좋았는데 말이지. 스승님은 마도사와 클레릭의 상위직인 것 같고.

실망이다.

아니 그보다 스승님, 어째서 그런 중요한 걸 알려주지 않는 거야……. 맹한 그린 몬스터 같으니라고…….

"그런데 마코토 님, 모처럼이니 길드 신관이 되지 않으시겠어요?"

어깨를 풀썩 떨군 내게 라하리타 씨가 그렇게 재촉했다.

"길드 신관?"

고개를 들고 되묻자 그녀는 얼굴 한가득 미소를 지으며,

"네! 길드 소속 클레릭이에요!"

라하리타 씨는 여러 가지로 설명해 주었다.

"모험가는 퀘스트를 완수해서 보수를 얻기에 매월 수입이 오르락내리락하기 십상입니다만, 길드 소속이 되면 안정적인 고수입! 게다가 남성 클레릭쯤 되면 상당히 좋은 대우로 일할 수 있어요!"

프리터와 국가공무원 같은 것일까.

이전 생에서 아르바이트와 계약직 사원을 왔다가 갔다가 했던 내게는 꿈같은 이야기다.

"남성 클레릭분들은 다들 길드 신관이 되어 계신다구요?"

생글생글 웃는 얼굴로 권유받았지만, 조금 수상한 느낌도 든다.

아니 그보다, 스승님한테서는 'S급 파티에 들어가서 인계를 구해라'라는 말을 들었고 말이지…….

"죄송합니다. 저는 스승님의 말대로 하겠습니다."

"네에?! 아까워요! S급 모험가라면 그야 퀘스트 보수도 막대하지만, 그래도 길드 신관이라면 복리후생이 완벽하고 말이에요!"

"아뇨, 스승님의 지시에 따르지 않으면 나중에 무슨 일이 일어날지……."

생명의 은인이고.

"이다 님도 길드 신관이라면 분명 용서해 주실 거예요!"

엄청나게 물고 늘어지네……. 뭔가 괜히 더 수상쩍어지기 시작했다고…….

"괜찮습니다. 어쨌든 S급 파티? 쪽이 있다면 소개해 주실 수 없겠습니까?"

"아아~, 아까워라아~……. 마코토 님이 그렇게 말씀하신다면야 괜찮지만요……. 하지만 나중에라도 전직할 수 있으니까 말이에요? 언제든지 길드 신관이 되어 주셔도 좋으니까 말이에요?"

나중에 전직할 수 있다면 딱히 지금 안 해도 괜찮잖아, 라고 생각하지 않는 것도 아니다.

접수양 씨는 입을 삐죽 내밀면서,

"게다가 S급이라면 그 파티밖에……."

"있는 것이지요?"

"네. 일단은. 하지만 대륙에 한 파티밖에 없고……."

"한 파티밖에? 그거 엄청나게 대단한 거 아닙니까?"

"대단해요. A급이 10파티 있어도 그녀들에게는 당해내지 못하겠죠. **무력**으로는 말이에요."

참고로 모험가 랭크는 F부터 시작하여 E, D, C…… 이렇게 올라가는 모양이다. A급쯤 되면 국가 최강 클래스라는 듯하다. A급 파티 하나만으로도 작은 나라라면 제압할 수 있다나 뭐라나.

그런 파티가 10개 모여도 이길 수 없는 파티, 그것이 S급.

대국 수준의 전력을 가진 파티.

무지막지하게 강하잖아.

그런 사람들의 파티에 초급 모험가…… F급인 내가 들어가도 괜찮은 걸까.

아니, 그보다,

“어째서 그렇게나 꺼리는 겁니까?”

“그건──.”

라하리타 씨가 그렇게 입을 연 그때였다.

술렁……!

지금까지 나와 라하리타 씨의 대화에 귀를 기울이고 있던 모험가들이 재차 술렁이기 시작했다. 누군가가 건물에 들어온 듯하다.

“저게, S급 모험가예요.”

라하리타 씨의 말에 나는 뒤돌아봤다.

입구에 서 있던 건 그 엘프 씨였다.

☆

──아, 조금 전의, 빵을 사려던 사람(엘프).

그녀를 보고, 주위에 있던 모험가들이 길을 비켰다.

대국에 필적할 정도의 전력을 가진 그녀에 대한 외포(畏怖)……가 아니다.

모험가들의 표정에는 명백한 모멸과 혐오가 떠올라 있었다.

미움받고 있다…… 고 해야 할지. 그런가, 여기서도.

──종족 차별, 인가.

엘프가 차별받고 있는 건 길드에서도 마찬가지인 듯하다. 오크도 오우거도 리저드도 코볼트도 있는데도.

엘프만이 박해받고 있다.

그 엘프인 그녀는 후드로 얼굴을 가리고 새우등 자세가 되어 총총히 방 한구석으로 갔다. 마치 도망치는 것처럼.

"켁…… 엘프가 말이지."

"냄새난다고, 귀 긴 것들."

"아앙? 잡초 냄새가 난다 싶더니만 잡초녀였냐."

"숲으로 돌아가면 좋을 것을. 그렇게 하면 혐오당할 일도 없는데 말이야."

주위 모험가는 혀를 차거나 악다구니를 내뱉는 것을 감추려고도 하지 않았다.

내 가슴에 무언가 검은 것이 소용돌이쳤다.

라하리타 씨가 간드러진 목소리로 내게 속삭였다.

"저런 추한 종족과 파티 같은 건 짤 수 없겠죠? 거절하고 길드 신관이 되자구요. 급료도 잔뜩 나오고 말이에요. 네?"

근처에 있는 모험가들이 동조했다.

"그래, 오빠. 아무리 S급이라고 해도 엘프 따위랑 같이 있을 수 없잖아?"

"길드 신관이 되도록 해. 그러면 우리도── 아니, 아무것도 아니지만."

"그래, 그래. 길드 신관은 좋다구? 대우는 좋고 원할 때 쉴 수 있고, 여자도──.”

나는 대답했다.

“싫습니다.”

목소리가 굳어져 있다는 걸 스스로도 알아차렸다.

하지만 대답은 변하지 않는다.

“저는 S급 파티에 들어가라는 말을 들었습니다. 게다가──.”

게다가.

나는 방 한구석에서 움츠러들어 있는 그녀의 등을 보고, 모멸의 말이나 둥글게 뭉쳐 던져진 종잇조각을 맞고 있는 그녀의 등을 보고,

──이제 두 번 다시 저런 모습을 보는 것은 싫다.

이전 생에서, 일본에서, 학교에서 ‘친구였던 여자애를 저버렸던’ 것을 떠올렸다.

생생하게 떠올렸다. 마치 눈앞에서 영화를 보는 것만 같이, 스크린에 비친 것만 같이, 내 시야에 당시의 영상이 흐르기 시작했다.

중학교 교실.

매미 소리.

나는 여름방학에 우리 옆집에 이사 온 여자아이와 친해졌다. 14살이었다. 첫사랑이었을지도 모른다.

얌전해 보이는 아이였다.

그리고 무척이나 예쁜 아이였다.

그 아이의 부모님과 우리 부모님은 고등학교 동급생인가 뭔가로.

나는 긴장하면서 근처 공원이라든가 쇼핑몰 같은 곳을 안내하고.

그녀도 긴장한 기색으로 내 뒤를 따라와서. 말수 적게, 고개를 끄덕이거나 했고.

부모님이 늦게까지 돌아오시지 않는 날은 우리 집에 와서 자고 가거나 했고.

밤새 게임 같은 걸 하면서.

처음으로 웃어 주었고.

여름방학 동안 거의 매일 계속 함께 있었는데.

여름방학이 끝날 무렵에는 완전히 친해졌는데.

2학기가 시작되고 그녀는 내가 다니는 학교로 전학 왔다. 여름방학 동안 계속 같이 놀았던 나는 '뭘 새삼스럽게'라는 느낌이 있었고, 그녀가 학교에── 특히 같은 반 여자들과 친해지면 좋겠다고 생각하여 말을 걸지 않았다.

그리고── 그녀는 괴롭힘을 당했다.

나는 아무것도 할 수 없었다.

그녀가 교실 한구석에서 모멸의 말이나 그녀에게 던진 쓰레기를 맞고 있을 때도 나는 아무것도 하지 않았다.

무서웠다.

'분위기'가 무서웠다.

그녀를 '괴롭혀도 괜찮다'라는 분위기가. 그녀를 지키면 나도 괴롭힘을 당할 것이 쉽게 상상이 되는 분위기가, 무서웠다.

그녀가 내 쪽을 봐도, 매달리는 듯한 눈으로 나를 봐도.

도움을 요청하는 것처럼 나를 봐도.

나는 아무것도 할 수 없었다. 아무것도 하지 않았다. 보고도 못 본 척했다.

그렇게 3학기 시업식 날, 그녀는 학교에 오지 않았다.

교실에는 책상과 의자가 있다. 아무도 앉아 있지 않은 의자 위에는 대량의 압정이 뿌려져 있다. 책상 위에는 지워도 지워도 계속 써지고, 급기야는 날붙이로 새겨지게 된 '죽어'라는 글자, '오지 마' '돌아가' '못생긴 년' '냄새나' '짜증나'라는 글자, 글자, 글자. 누군가가 장난으로 놓아둔 꽃병, 어쩔 수 없다는 듯이 정리하는 교사, '○○는 가정 사정으로 전학 가게 되었다'라는 말을 듣고 득의양양하게 웃는 여자들과.

자기와는 상관없다는 태도인 남자들과.

아무것도 하지 않았던 나.

그 이후로 한 번도 그녀를 만나지 못한 채 그녀와 가족은 또 이사했다.

내가 여성과 이야기할 수 없게 된 건 그게 계기였다고 생각한다.

——그 애를 저버렸는데, 다른 애랑은 이야기하는 건가?

그건 안 된다.

그건 싫다.

그렇게, 무의식(누군가)의 목소리가 내게 들려오니까.

——하지만 나는.

이세계에 전생한 것이다. 치트를 받았다. 스승님 밑에서 수행을 쌓았다.

다시 태어난 것이다.

나는 이제 **그녀**를 저버리는 건, 싫다.

괴로운 기억에서 현실로 돌아왔다. 떨리는 다리를 앞으로 내디뎠다. 나아간 곳에 있는 건 의뢰 용지가 붙은 퀘스트 보드 앞에 서 있는 그녀다.

“저는 저 사람의 파티에 들어가겠습니다.”

라하리타 씨와 다른 모험가들이 어안이 벙벙해져서 나를 지켜봤다.

술렁거림이 ‘어?’라는 놀라움으로 가득 찬 분위기로 변해 내게 향한다.

그녀는 곧바로 알아차렸다. 뒤돌아본다. 나를 올려다본다.

놀란 듯한 표정.

얌전해 보이는 사람.

그리고, 무척이나 아름다운 사람.

아아, 하고 나는 생각했다. 조금 전에는 알아차리지 못했지만, 조금 전에는 몰랐지만, 조금 전의 내가 어째서 그녀에게 빵을 건넸는지 이해했다.

그 아이랑 닮았다.

"당신은…… 조금 전의……? 어, 또 환상……?"

조금 전에 건넸던 빵을 품에 안고 있는 엘프인 그녀에게 나는 머리를 숙였다.

"미안합니다."

"어? 어?"

실수했다. 사과하는 건 잘못되었다. 사과하고 싶었지만, 상대가 다르다. 내가 해야 할 말은 사과가 아니라 부탁이다.

"저는 마코토라고 합니다. 잡은 클레릭입니다."

"아, 네, 저는 루루예요…… 어? 클레릭님?"

"루루 씨. 당신이 S급 모험가라고 들었습니다."

"네? 네에, 그런데요, 어……?"

"그렇다면 부탁이 있습니다."

"부탁……?"

"저를 당신의 파티에 넣어 주십시오."

""""네……?""""

엘프인 그녀뿐만이 아니라 길드 전체가 그렇게 말했다.

무슨 말 하는 거지, 이 녀석, 하고.

나는 머리를 숙이고 그저 상대의 답변을 기다리고 있었다.

——뭔가, 고백한 것 같군.

그런 생각을 하면서.

미추역전 세계의 클레릭

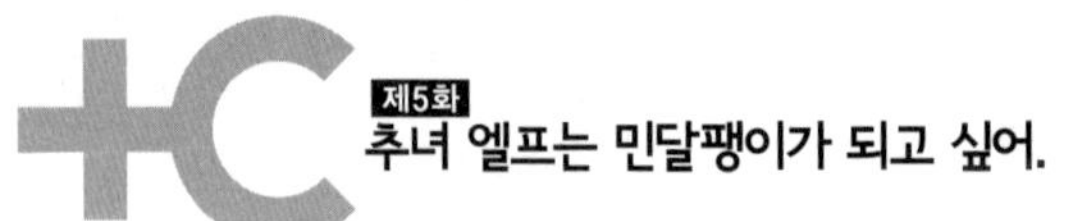

제5화 추녀 엘프는 민달팽이가 되고 싶어.

민달팽이가 되고 싶었다.

그 귀여운, 더듬이가 난, 미끈미끈한 생물이.

왜냐면, 민달팽이한테는—— 성별이 없으니까.

여자임을 버리고 싶은 것이다, 나는.

왜냐면, 여자인 이상—— 나는 미움받고 마니까.

이 추한 외모 때문에.

——뭐, 그런 생각을 한들 별도리가 없네요…….

빵을 산 뒤.

남성이 다정하게 대해 주는 **환상**을 본 나는 살금살금 뒷골목을 걸어 겨우 길드 건물에 도착했고, 혼자라도 받을 수 있는 의뢰를 찾아 퀘스트 보드를 쳐다보고 있었다.

……아니, 거짓말이다.

사실은 내게 날아오는 모멸의 말이나 시선이 무서워서 의뢰를 찾는 척하고 있었을 뿐이다.

길드에는 잡의 가호를 얻은 모험가가 많다. 그녀들은 마력 내성이 있기에 환혹 마술은 통하기 어렵다. S급인 내가 써도 엘프라고 인식되고 만다. 오늘은 마술 상태가 나쁘니까 더더욱 그렇다.

그래서 나는 길드에 찾아올 때는 우선 퀘스트 보드 앞으로 간다. 얼마 지나지 않아 다른 모험가도 나한테서 흥미를 잃는다. 그때까지 기다리는 것이다.

오늘도 똑같이 하려던 생각이었다.

하지만 이변이 일어났다.

건물에 들어갔을 때부터 뭔가 이상한 느낌은 들었다. 분위기가 평소와 다르다고 할지, 동요하고 있다고 할지, 들떠 있다고 할지.

——유명인이라도 온 걸까.

그렇다면 조금 보고 싶다는 마음도 있기는 있다.

하지만 그 이상으로 무서웠다.

유명인이 내 귀를 보고, 추한 얼굴과 몸을 보고, 미간을 찌푸리고, 내게 지독한 말을 던지는 게 무서웠다.

그 유명인의 마음을 끌기 위해 다른 모험가가 나를 들먹이며 웃는 것이, 무서웠다.

그리고, 실제로 그렇게 되고 말았다.

아마 남성이 온 것이리라. 이 나라, 아니 이 대륙에서는 남성은 희소한 존재다. 대부분의 남성이 신을 섬기는 길드 신관이고, 많은 여성의 **상대**를 해주시는 고귀한 분들이다.

남성은 특별하다.

남성은 훌륭하다.

남성은 존엄하다.

그 특별한 존재가 지금 접수대에 있는 모양이다. 인파가 생겨 보이지 않고, 애초에 나는 얼굴을 드는 것조차 무섭다. 살금살금 퀘스트 보드 앞까지 다가왔는데…….

"켁…… 엘프가 말이지."

"냄새난다고, 귀 긴 것들."

"아앙? 잡초 냄새가 난다 싶더니만 잡초녀였냐."

"숲으로 돌아가면 좋을 것을. 그렇게 하면 혐오 당할 일도 없는데 말이야."

여느 때와 마찬가지로, 아니, 여느 때 이상으로 '관심'이 격렬하다. 나를 헐뜯음으로써 남성분의 마음을 끌고 싶은 것이리라.

무섭다.

주위의 시선이 무섭다.

주위의 악의가 무섭다.

주위 분위기가 무섭다.

싸우면, 전투가 일어나면 나는 이곳에 있는 누구보다도 강할 것이다. 어디 그뿐이랴, 이곳에 있는 전원이 일제히 덤벼 와도 역으로 때려눕힐 수 있을 것이다.

하지만 그게 뭐가 되지?

——아무것도 되지 않는다.

어차피 이 세상은 약육강식.

무의 강함보다도 미의 강함이 세상을 좌우한다.

아무리 전투력이 높아도 추한 엘프인 나는 '약한' 것이다.

아름다움이 있으면 설령 목숨을 잃어도 사후 세계에서 구원받는다. 신들에게 사랑받기 때문이다.

하지만 나는 추하다.

가령 내가 이 자리에 있는 전원을 모두 죽였다고 치자. 그 후에는 뭐가 남지? 추한 자신뿐이다. 추한 외모를 견디다 못해 자기보다도 아름다운 사람들을 부당하게 죽였다는, 근본적인 인성마저 추한 존재로 전락한다.

그렇게 해서 추한 자신은 분명 지옥에 떨어진다.

이 세상도 지옥이지만, 더욱 추한 지옥에 떨어진다.

신들이 있는 세계에도, 착한 엘프가 사후에 도착한다는 꿈의 땅── 요정향에도 초대받지 못하리라.

천국에는 갈 수 없을 것이다.

그렇게 생각하니 두려워서 견딜 수가 없다. 죽은 후에도 이런 지옥이 계속된다니 견딜 수 없다. 그 공포에 비하면 뒤에서 험담을 듣는 것이나 내게 던지는 쓰레기를 맞는 것 따위 사소한 일이다.

"숲으로 돌아가, 추녀."

"썩을 엘프 녀석."

나무 맥주잔이나 접시를 맞아도 아프지 않다. 잡의 가호를 얻어 레벨을 올리고, S급 모험가가 된 자신을 상처입힐 수 있는 사람은 이 길드에는 없다.

나는 단단하다. 잡 레벨이 높으니까 필연적으로 방어력도 오른다.

하지만 그런 건, 아무것도 되지 않는다.

자신이 추한 여자(엘프)인 한.

──민달팽이가 되고 싶다.

여자로 있고 싶지 않았다. 남자가 되고 싶다는 거창한 말은 하지 않겠다. 인간형으로서의 의식 같은 건 없어도 좋다. 괴롭기만 할 뿐이니까.

작고, 귀엽고—— 남자도 여자도 아닌, 민달팽이가 되고 싶다.

——그러면 분명, 울 일도 없겠죠.

퀘스트 보드에 붙은 의뢰서가 흐릿하게 보인다. 이상하다. 평소에는 아무렇지도 않은데.

그 환상을 보고 나서 괜히 더 힘들게 느껴지는 것일지도 모른다.

——오늘은 돌아가도록 하죠.

그렇게 생각하고 뒤돌아봤다.

그리고, 숨 쉬는 것을 잊었다.

조금 전 환상에서 본 인간(흄) 남성이 눈앞에 있었으니까.

현실의 광경이라고는 생각되지 않았다.

머리가 이상해진 것이라고 생각했다. 정신에 너무나도 부하가 많이 걸려서 또 환상을 보고 있는 것이다.

그래, 환시다. 그게 틀림없다.

환상 속의 그는 머리를 숙이고 뭔가 의미를 알 수 없는 말을 했고, 그리고,

"저를 당신의 파티에 넣어 주십시오."

꿈이네. 응, 꿈. 틀림없어.

자기 자신한테 환혹 마술을 걸다니, 나도 꽤 하네.

하지만 꿈이라면 괜찮다. 마음대로 하겠어. 그래, 어릴 적에 엄마가 들려줬던 이야기처럼, 아름다운 오크 공주님이 그렇게

했던 것처럼——.

"저로 괜찮다면, 기꺼이."

그의 손을 잡았다.

실체가 있었다. 실감이 난다. 만져진다. 따뜻하다. 울퉁불퉁하다. 좋은 냄새가 난다.

이 정도 수준의 환혹 마술을 나 자신한테 걸 수 있다니, 나도 제법 하잖아, 하고 다시 한번 스스로에게 감탄했다. 완전히 머리가 맛이 간 것뿐일지도 모르지만.

어차피 맛이 간 거라면 끝까지 가 버릴까.

"괜찮으시다면 제 방까지 와주시겠어요? 여러 가지로 이야기를 나누고 싶으니."

남성분한테 권유해 봤다.

헌팅해 봤다.

심장이 두근두근 크게 고동친다. 이게 꿈이나 환상이라면 무조건 실패할 테고, 애초에 현실이었다면 이런 짓은 절대로 하지 않고, 할 수도 없다.

흄인 그—— 환상이지만 이름은 마코토라고 하는 듯하다. 신기한 어감. 다른 대륙에서 온 걸까. 뭐, 내 망상이지만.

마코토 님은 안심한 것처럼 숨을 내쉬더니,

"알겠습니다. 부디."

그렇게 말하며 미소 지었다.

검은 머리카락에 검은 눈동자, 밤의 신에게 사랑받은 듯한 미남자의 현기증이 날 것만 같을 정도의 위험한 미소를 눈앞에서

본 나는,

——이제 죽어도 좋아요.

둥실둥실 들뜬 기분으로 그의 손을 잡고 길드 건물을 나섰다.

신이시여, 엘프의 신이시여, 부디 이대로 꿈을 꾸게 한 채 저를 죽여 주세요——.

그렇게 바라면서.

아무래도 꿈이 아닌 것 같다는 걸 알게 됐을 때는 난 이미 알몸으로 그의 위에 올라타 있었다.

미추역전 세계의 클레릭

제6화
폭유 엘프한테 알몸으로 엎드려 사죄받다.

엘프인 루루 씨가 내 손을 잡고 이끌어, 나는 그녀의 집으로 초대되었다.

그리고 갑자기 침대에 자빠뜨려졌다.

“어? 잠깐, 어어?!”

놀라는 내 위에 올라타 허겁지겁 옷을 벗기 시작한 루루 씨. 내 경악은 멈추지 않는다.

“무, 무슨……? 어, 어어?!”

밀어내려고 했는데── 아니, 힘 엄청나게 강하구만?!

루루 씨는 그 아름다운 얼굴로 ‘씨익’ 웃었다. 이렇게, 입가를 올리고, 눈을 가늘게 뜨고, 혀를 핥으면서, 사냥감을 앞에 둔 육식 동물처럼.

육식계 여자?

이 세계의 엘프는 그래?

“마코토 님── 괜찮지요?”

“뭐, 뭐가 말입니까?!”

“후후, 제 환술도 상당한 수준이네요……. 대화야 어쨌건, 설마 촉각이나 후각까지 무의식적으로 재현할 수 있다니.”

이것도 평소 하던 망상 덕택이네요, 라는 말을 하면서 루루 씨는 상의를 벗었다. 출렁, 하고 속옷에 감싸인 풍만한 가슴이 흔들린다.

——망토 위로는 알 수 없었는데, 가슴이 엄청나게 크다!

G…… 아니, I컵 정도는 될 것 같다.

허리도 가늘고 엉덩이도 크다.

그리고, 그 엉덩이는 지금 내 배 위에 올라가 있다.

역강간 아닌지?

——이런 그라비아 체형 I컵 미녀한테 역강간당해서 동정을 버리는 건가? 그건 그것대로 좋다!

가 아니라!

"이, 이런 건 서로에 대해 잘 알고 나서 하는 편이 좋다고 생각합니다!"

"네에, 네에, 서로를 잘 알아나가도록 해요. 몸 구석부터 구석까지."

"순서가 달라!"

루루 씨는 내게 올라타서 자기 스커트 속에 손을 넣었다. 요령 좋게도, 내 몸을 억누르고 스커트를 입은 채로 팬티를 스륵 벗어 던졌다. 유술인가? 이런 야한 유술 있어? 이전 생에서 체육 교사한테 억지로 기술을 당했던 것과는 정반대인데요?

"우후후……. 그렇게나 무서워할 건 없다구요……? 어차피 제 환상이니까……. 살짝 고도인 자위행위니까……."

너무 고도인 것 아닌가?

"환상…… 이라니, 환술을 걸고 있는 겁니까? 저한테?"

"설마요. 설령 꿈이라 할지라도 남성분을 강간하는 무도한 짓, 저는 하지 않아요."

"하고 있습니다만! 지금 강간하려고 하고 있습니다만!"

"이건 합의하예요. 왜냐면 제 망상이니까요."

"합의가 아닙니다! 저기, 전 환상이 아닙니다만!"

"…………어머. 자기가 진짜라고 호소하는 환상이라니, 처음 봤어요."

"아니, 정말로 진짜입니다! 인간입니다! 조금 전에 빵을 건네 드렸지요?!"

"네, 생각해 보면 거기서부터 모든 게 이상했어요. 언제부턴가── 오늘은 줄곧 꿈을 꾸는 듯한 기분이니까, 저는 분명 어젯밤부터 잠에서 깨지 않은 거겠죠."

"눈을 떠요! 환상이 아닙니다!"

"꿈이라면 깨지 말아 주세요. 최소한 제가 처녀를 졸업할 때까지──."

마침내 브래지어(라고 생각되는 천으로 만들어진 젖가슴 밴드)마저 벗어 던진 루루 씨.

눈 같은 새하얀 피부와 한 손으로 쥐지 못할 정도로 큰 유방이 드러났다. 위로 톡 솟은 작은 핑크색 유륜과 유두가 내게 생각하는 것을 포기하게 만들었다.

──예쁘다…….

조각상처럼 아름다운 유방이었다.

그러면서도 수박처럼 커다란 가슴이었다.

"이거 봐, 제 알몸을 보고도 싫은 표정을 안 짓잖아요……. 꿈이거나 환상이 분명해요."

내 빰에 손을 대고 루루 씨의 미모가 내려온다. 어느샌가 내 셔츠도 허리부터 걷어 올려져, 목 아래까지 걷어져 있다.

숨김없이 드러난 내 가슴 위에 루루 씨의 새하얀 폭유가 '물컹'하고 올라탔다. 앗, 부드럽워! 조금 차갑다! 뺨과 손과 사타구니는 뜨거운데, 가슴만 조금 차가워! 지방이라서 열이 전달되지 않는 건가?! 열이 전달되지 않을 정도의 크기라는 건가!!

"제 퍼스트 키스, 받아 주세요."

내 퍼스트 키스이기도 합니다만!

코앞까지 다가온 루루 씨의 동물적인 욕구로 가득 찬 눈동자가 나를 보고 있다. 뚫어지게 보고 있다. 조금 무섭다.

아니, 상당히 무섭다.

어쩔 수 없기에————치트를 쓰기로 했다.

"에잇."

루루 씨의 양팔을 잡았다.

"어머?"

그 순간, 그녀한테서 힘이 빠져 나한테 엎어졌다. 우오오, 위험해, 그대로 입술이 닿을 뻔했어. 아슬아슬한 타이밍에 머리를 비틀어 피했다.

내 얼굴 옆에 엎어진 루루 씨는 "어라? 어머?" 하고 초조해진 듯이 목소리를 냈지만, 전혀 움직이지 않는다—— 움직일 수 없다. 내가 힘을 (일시적으로) 빼앗았기 때문이다.

에너지 드레인.

그것이 내가 얻은 특수 체질(치트 스킬).

"가위에 눌린…… 걸까요?"

"비슷한 겁니다……. 죄송합니다, 한번 이야기를 들어 주실 수 없겠습니까?"

루루 씨가 그그극, 하며 고개를 옆으로 향했다. 나는 천장을 본 채 그녀한테 말을 걸었다. 옆을 향하면 키스해 버릴 것 같은 거리니까.

"제 **마술**로 루루 씨의 육체를 속박했습니다."

사실은 마술과는 다르지만 그런 걸로 해 두자. 일단 지금은.

"네……?"

그녀는 믿기지 않는다는 듯한 목소리를 냈다. 이해한다. 나도 믿기지 않는다.

"S급 모험가인 당신에게 통할 거라고는 생각하지 않았습니다. 하지만 다행이군요. 일단 이야기를 나누죠."

"아니, 그런 게 아니라………………."

그녀를 곁눈질로 힐끔 봤다.

핏기가 가셔 있었다.

절망하는 표정을 짓고 있었다.

무서운 것이리라. 갑자기 힘을 빼앗겼으니까. 하지만 금방 돌아오니까 안심하——

"저기."

"예."

루루 씨는 떨리는 목소리로 말했다.

"혹시…………… 이거…………… 꿈이, 아닌 건가요………?"

그쪽인가~.

☆

"정말로 죄송했습니다…………………………………."

알몸 미녀가 엎드려 사죄하고 있다.

긴 금발이 바닥에 흐트러지고, 하얗고 얇은 등에는 등뼈가 또렷이 보였으며, 쏙 들어간 허리에서부터 큼지막한 골반까지 아름다운 S자를 그린 라인이 예쁜 엉덩이 밑으로 발끝을 동그랗게 옴츠린 발바닥이 보였다.

그건 정말이지 깔끔한 도게자였다.

무척 아름다운 엘프의, 무척 깔끔한 알몸 도게자였다.

또한 나는 당황하여 허둥대고 있다.

"그, 그만둬 주세요……. 이제 고개를 들어 주세요……. 아, 잠깐, 지금 들면 보여 버립니다."

가슴이 보여 버린다. 그곳도 보여 버린다. 보고 싶지만 보면 안 된다.

"죄, 죄송합니다! 추한 알몸을 보여 드려서……!"

도게자한 채로 황급히 망토를 덮어쓰는 루루 씨. 아니, 추하지는 않지만.

그래서, 그 뒤로 대화를 나눴다.

루루 씨는 바닥에서 떨어지려고 하지 않았기 때문에 나도 같이 바닥에 앉았다. 그녀 앞에 정좌했다. 맨살을 보지 않도록 가급적 눈을 돌리고.

"……그렇게 되어서, 저는 스승님의 말에 따라 마을로 와서 모험가가 된 겁니다. S급 모험가 파티에 넣어 달라고 하라고 하셨기에……."

"그, 그렇군요……."

루루 씨는 망토를 뒤집어쓰고 도게자한 상태로 그렇게 대답했다. 바닥에 웅크린 고양이 같다.

"즉—— 환상이 아니, 라는…………."

"예. 몇 번이나 그렇게 말했습니다만, 루루 씨의 환술이 아닙——."

"정말로 죄송했습니다아!!"

바닥에 이마를 문지르는 루루 씨. 이거, 벌써 다섯 번째 정도 되는 대화다.

"설마, 설마 남성분을 강간해 버리다니……! 속죄한들 미처 다 속죄할 수 없어요……!"

엉엉 울고 있다.

"아, 아니, 미수고……. 오해도 있었고요……."

"배상하겠어요! 전 재산을 바치겠어요! 제 목숨으로는 도저히 속죄할 수 없지만, 그래도 바라신다면 이 자리에서 자결하겠습니다!"

"아니아니아니아니! 기다려, 기다려 주세요! 그럴 필요 없습니다!"

"그러면 저는—— 어떻게 하면 좋은 건가요?!"

"아무것도 안 해도 됩니다! 저도 루루 씨의 알몸을 봐 버렸고, 그걸로 상쇄됐다는 걸로——."

"아아아아아아죄송합니다!! 이런! 저 같은 것의 나체를! 마코토 님의 시야에 넣거나 해서!! 지금 당장 죽을게요!! 죽게 해주세요!!"

"그만둬어어어!!"

망토 밑에 몰래 가지고 있던 나이프로 목을 단숨에 베려 하는 루루 씨를 필사적으로 말리는 나.

"용서해 주세요! 죽게 해주세요! 이제 살아 있는 것도 부끄러워요!!"

"기다려기다려기다려기다려기다려기다려기다려기다려기다려!!"

이렇게나 미인에다가 가느다란데, 그녀는 완력이 엄청나게 강하다. 이것도 잡의 가호라는 걸까. 어쩔 수 없기에 두 번째 에너지 드레인을 발동했다.

"꺄우…………."

나는 바닥에 쓰러져 엎드린 루루 씨를, 몸은 가급적 보지 않도록 하며 침대 위로 옮겼다.

일시적으로 흡수했을 뿐이니까 앞으로 5분만 지나면 원래대로 돌아올 것이다. 자연 회복이라는 거다. 이런 조정도 스승님 밑에서 연습했다.

침대에 옮겨진 루루 씨는 훌쩍훌쩍 울면서 "죄송해요, 죄송해요, 태어나서 죄송해요, 민달팽이가 되고 싶어……"라면서 베개에 얼굴을 파묻고 있다. 나이프는 빼앗았습니다. 그리고 어째서

민달팽이…….

어쩌지, 어쩌면 좋은 거야, 이 사람은 왜 이렇게나 비굴하냐고.

——아, 그런가. 엘프는 박해받고 있었지.

그야 비굴해질 법도 한가……. 줄곧 지독한 처사를 받아 왔으니까 말이지…….

근처에 있던 의자를 가져 와 침대 옆에 앉았다.

여하튼 대화를 나눌 수밖에 없겠지.

"저는 이 건은 신경 쓰지 않으니까, 루루 씨도 신경 쓰지 말아 주세요…… 라고 말해도 헛수고겠죠."

"무리예요…………. 저는 이제 죽을 수밖에 없어요…………. 지옥에 떨어질 테니까…………."

"아니, 그건 제가 곤란합니다……. S급 모험가와 파티를 짜서 인계를 구하라는 말을 들었으니까요……."

모포를 얼굴 위까지 가리는 것처럼 덮어쓰고 있는 그녀를 봤다.

"그 S급인 당신이 죽으면, 제가 스승님한테 혼납니다……. 그러니까 저를 위해서 죽지 말아 주세요."

조금 비겁하지만, '내가 곤란하니까 그만둬'라는 방향으로 설득하자. 어째서 자살 지원자를 말리는 일이 된 걸까.

"당신과 저는 파티를 짰습니다. 그건 괜찮지요? 그러니까, 인계를 구할 때까지—— 구체적으로는 인계를 멸망시키려 하는 '용'을 토벌할 때까지 죽지 말아 주세요."

그러자 그녀는 모포 밑에서 대답했다.

"아직, 파티를 짜 주시겠다고 말하는 건가요……? 그런 짓을 했는데도……?"

나는 미소 띤 얼굴로 대답했다.

"예."

그리고 쓸데없는 말을 입에 담았다.

"아무래도 저는 '클레릭'이라는 듯하니까 전위 동료가 없으면 '용'한테 이기지 못할지도 모르고요."

루루 씨가 되물었다.

"……………………클레릭?"

"예. 그렇게 들었고, 길드 카드의 스테이터스에도 그렇게 나와 있다고요?"

"…………듣고 보니, 남성은 다들 클레릭이 되네요. 길드 신관님이 되지 않고 어딘가의 파티에 들어간다면 필연적으로 클레릭이 돼요. 클레릭, 클레릭……."

"저기, 클레릭이 어쨌습니까?"

뭔가 안 좋은 예감이 든다.

"다시 한번, 확인하겠습니다만……."

루루 씨가 모포에서 눈가만을 꺼내서,

"마코토 님은 '클레릭으로서' '제 파티에 들어온다'. ………그걸로, 괜찮은 것이지요?"

"예, 예에……."

뭐지, 이 '언질을 잡힌' 느낌은.

뭔가, 터무니없이 안 좋은 예감이 든다.

나도 모르는 사이에 사기에 넘어간 듯한.

루루 씨는 길드 카드를 꺼내더니 마력을 흘려보내 허공에 스테이터스를 표시시켰다.

"파티 가입 신청은…… 어머, 어느새 되어 있네요. 아아, 길드에서 꿈을 꾸는 듯한 기분인 채로 절차를 밟았었죠……. 그래, 꿈이 아니야…… 꿈이 아니었어……."

"예에, 했었네요……."

"마코토 님."

루루 씨의 눈이 조금 전과 같은 **색**을 띠었다.

즉── **색욕**.

"클레릭의 일이, 어떠한 것인지, 알고 계시지요……?"

"네? 회복이라든가 원호라든가…………………… 아."

그 순간, 내 머릿속에 흐르기 시작하는 존재하지 않는 기억…… 이 아니라 스테이터스.

아득히 먼 고대의 마술사들이 몇 대에 걸쳐서 키워 온 연찬과 노력의 결정을 현대의 인류 종족한테 한순간에 이어받게 하는 궁극의 비술── 그것이 '잡 시스템'.

잡을 얻은 모험가는 그 잡의 스테이터스를 볼 수가 있다.

쉽게 말하면, '자신은 무엇을 할 수 있는지' 알 수 있는 것이다.

내가 얻은 잡은 클레릭. 그것의 주된 일은──

"여성과 성적인 의식을 하여 저주를 푸는 것."

뇌리에 떠오른 문언이 그대로 입 밖으로 나오고 있었다.

진짜냐.

"서, 성적인 의식이라니, 무슨──." "섹스예요……."

내 말이 채 끝나기 전에 끼어드는 느낌으로 그렇게 말한 루루 씨는 '히죽' 웃었다.

"섹스, 섹스, 섹스예요……. 야한 짓 하는 거예요…………. 클레릭 남성은 파티 여자들과 야한 짓을 하는 거라고요…………. 여자들한테 잇따라 범해지는 거예요…………. 그것이 일이에요…………. 어쩔 수 없네요…………?"

무서워!

조금 전에 그렇게나 미안해하는 듯했으면서!

지금은 모포에서 눈가만 내놓고 나를 물끄러미 보고 있다! 형형한 눈동자로 나를 보고 있다!!

"던전에 '음욕의 저주'가 충만하다는 건 알고 계시지요?"

"지금 알았습니다. 그, 스테이터스를 보고……."

"그러셨나요. 실은 저, 조금 전에 던전에 들어가 있었답니다."

"그렇군요……."

"저…… 아직 저주가 남아 있는 것 같아요……. 이건 해주가 필요하겠네요……? 저기, 마코토 님……?"

눈을 가늘게 뜨며 미소 짓는 음란 엘프가 나를 봤다.

오싹해졌다.

"하지만……."

그러나 루루 씨는 다시 머리 위까지 모포를 뒤집어썼다.

"싫으, 시겠죠……. 저 따위와 야한 짓 하는 건……."

조금 전에 역강간하려고 했던 걸 신경 쓰고 있는 모양이다.

그야 그렇다. 한순간에 잊은 건가 싶었다고. 안심했다.

까닭에 방심했다.

"저는 싫지 않습니다만……."

라고, 무심코 입 밖에 내고 말았다.

"싫지 않으신가요……?"

불쑥 얼굴을 내미는 루루 씨. 약빠르네~, 그치만 귀엽네~, 자각하고 있는 거겠지~, 약빠르지만 귀엽네~.

이런 여성과 섹스한다.

싫지는 않다.

깜짝 놀랐지만, 싫지는 않다.

30살 생일에 고급 유흥업소에서 동정을 버리려 했던 나다.

하물며 눈앞에 있는 폭유 엘프는 이전 생에서는 만나볼 수 없을 정도로 예쁘고, 꿈(판타지) 같은 야한 몸을 지니고 있다.

싫을 리가 없다.

오히려 대의명분이 생겨서 기쁠 정도다. 이세계 만세!

"정말로, 추한 엘프라고요? 뭣하시다면 저, 하고 있는 도중에는 포댓자루를 뒤집어쓰고 있을까요……?"

그렇게까지 비굴해지지 않아도.

“이렇게, 구멍만 내놓고……. 아, 얼굴의 숨구멍과 하반신의 삽입 구멍인데요…….”

온몸으로 뒤집어쓸 생각이었어?! 아니 그보다 삽입 구멍이라니!!

“포댓자루는 필요 없고, 그…… 싫지 않습니다. 여, 영광입니다. 당신 같은 사람과 할 수 있다니.”

나는 그녀의 손을 잡았다. 동정 주제에 용케 힘내고 있다고 스스로를 칭찬하고 있다.

“루루 씨는 무척 아름답습니다.”

말했다. 말해 줬다. 크아~, 창피해! 얼굴이 새빨개진다!

“…………그, 그런 농담을………………!”

루루 씨도 얼굴이 빨개졌다. 우오오! 뭐 이런 귀여운 반응이 다 있지! 꼴린다! 지금 당장 덮치고 싶어! 덮치는 방법 모르지만!

“저, 정말로, 이런 엘프인 저와 야한 짓 해주시는 건가요……? 정말로 괜찮나요……? 후회하지 않으시나요……? **이제 놓치지 않을 거지만요.**”

마지막 한 마디에서 굳고 굳은 결의를 느끼면서도, 나는 어째서 그녀가 이렇게나 비굴한지 신경 쓰였다.

박해받고 있다고는 해도 이 아름다움이잖아? 오히려 아름답기 때문에 시기당하고 있는 거 아닌가?

어쩌면—— 이 세계의 엘프는.

어떤 가능성에 생각이 미쳐, 나는 신중하게 물었다. 자칫 잘못하면 상당히 실례되는 질문이 되고 만다.

"그, 엘프랑 의식하면…… 뭔가 **안 좋은 점**이 있는 겁니까……?"

루루 씨는 갸우뚱하면서,

"안 좋은 점이라고 할지…… 어, 가능한가요? 저, 얼굴도 작고 허리도 가는 데다가, 가슴도 이렇게나 큰데요…… 우우, 스스로 말해 놓고서도 비참해져요…… 역시 포댓자루를 뒤집어쓸 수밖에……."

자랑인가?

아니, 그런 느낌이 아니다. 하지만 요령부득이다.

이제 어쩔 수 없다. 직구로 물어보자.

"으음, 저기, 그게, 무척 실례되는 걸 묻겠습니다만."

"네, 네에……."

"엘프분과 하면 그, **병**이 옮는다, 같은……?"

멍해지는 루루 씨.

황급히 고개를 저었다. 가로로.

"그, 그건 아니에요! 저, 처녀니까요!! 200년 살아왔지만, 숫처녀니까요!!"

피눈물을 흘리면서?!

"처녀, 숫처녀, 버진이에요! 올해로 219살이 되는데도! 아직 남자와 야한 짓한 적이 없어요! 처녀막도 제대로 남아 있어요! 자위할 때도 장난감(딜도) 안 쓰고 참고 있어요! 장난감이 아니라 진짜 자지로 처녀막 찢을 때를 위해서! 바깥쪽 건드리는 것만으로 가고 있어요!! 안쪽에 삽입당해서 가보고 싶은데도!!"

"이제됐습니다죄송합니다그이상말하지말아주세요! 실례했습

니다!!"
"아, 아뇨……."
하아, 하아, 하고 어깨를 들썩이며 거칠게 숨을 몰아쉬는 나와 루루 씨. 터무니없는 지뢰를 밟고 만 모양이다……. 아니, 실례인 질문을 한 내가 나쁘지만…….
"엘프와 의식했다고 주위에 알려지면…… 아뇨, 확실히 알려질 거예요. 만약 그렇게 되면,"
루루 씨는 주저하는 기색으로 이유를 이야기했다.
"마코토 님께 폐를 끼치게 되고 말아요……."
과연, 그렇군…….
그녀는 나를 걱정해 준 모양이다. 그런데도 성병을 의심하고 만 것을 나는 반성했다.
그리고 이전 생에서의 일을 떠올렸다.
반에서 괴롭힘당하는 아이를 도우면, 다음에 괴롭힘을 당하는 건 자신이다. 도운 아이가 괴롭히는 쪽으로 돌아서도 이상하지 않다. '분위기'란 그런 법이다.
그런 건 더는 사절이다.
그런 분위기에 휘둘리는 건 더는 싫다.
나는 이미 길드에서 그렇게 정했다. 루루 씨한테 말을 건 그때, 정해 두었다.
각오는 되어 있다.
"저는 신경 쓰지 않습니다."
"마코토 님……."

"같은 파티 아닙니까. 엘프분이 어떤 취급을 받아 왔는지 저는 모릅니다. 하지만 저는 루루 씨를 저버리거나 하지 않습니다."

깜짝 놀라는 루루 씨.

감격이 극에 달한 것처럼, 입에 손을 대고 눈물을 흘렸다.

"마코토 님……! 어찌, 어찌 이런…… 부성이……! 파파함이 느껴져요……!"

파파함이라니 뭐야? 응애함이 아니라?

"배가 끙끙거려요……! 자궁이 욱신거리는 걸 알겠어요……! 앗, 죄송해요, 이런 추한 엘프인데, 저……!"

갑자기 야한 말을 하기 시작해다 싶더니만 또 비굴해졌다고, 이 처녀빗치 엘프.

으음~, 어떤 말을 걸까 생각하고 있었더니,

"추한 엘프라고 말하는 거, 제 앞에서는 금지입니다."

내 입이 멋대로 말하기 시작했다. 아, 이거 잡── 내 안의 '클레릭'이 멋대로 말하고 있다. 그런 것도 있군?

"네……?"

신의 사도가 된 나, 즉 클레릭이 의식을 원활히 진행하기 위해, 헤매는 어린 양인 루루 씨에게 고했다.

"당신은 세상에서 가장 아름다운 여성입니다. 제가 보증합니다. 그러니, 자아, 마음을 드러내도록 하세요. 주께서는 무엇이든 꿰뚫어 보고 계십니다……. 신 앞에서 우리는 모두 알몸이니까요."

"마코토 님……. 아아, 클레릭 님……."

루루 씨의 눈동자 속에 하트 마크가 보인 듯한 느낌이 들었다.
"자아―― 의식을 시작하도록 하지요."
그렇게 말하고 나는 옷을 벗었다. 그리고 그녀를 가리는 모포에 손을 댔다.
"저기, 마코토 님……."
내 손에 닿자, 루루 씨가 말했다.
"처음이니까……."
"예."
"부드럽게, 할게요……?"
예?
에너지 드레인에서 완전히 회복된 듯한 루루 씨는 기세 좋게 모포를 걷어차더니, 상반신 알몸이 된 나를 침대에 깔아 눕혔다.
눈 깜짝할 사이에 몸의 위치가 뒤바뀌었다.
한순간에 상하가 반전됐다.
상하라고 할지…… 입장? 공수 교대 같은?
할짝, 하고 혀를 핥는 음란처녀빗치백마폭유엘프가 내 다리 사이를 스으윽 쓰다듬었다.
"잘 먹겠습니다♡"
먹히는 거, 내 쪽이야?

내 위에 알몸으로 올라탄 엘프 루루 씨는,

"후우……. 후우……. 후우……!"

엄청나게 욕정하고 있었다.

병적일 정도로 하얀 피부가 상기되어 빨개져 있다. 그건 무척 아름다운 나체였다.

수박보다 커다란 풍만한 가슴은 새하얀 눈처럼 아름다우면서도, 중력에 지지 않고 유두를 꼿꼿이 위로 세우고 있다.

꺾일 것 같을 정도로 가는 허리와 아기를 잘 낳을 수 있는 터질 것만 같은 커다란 엉덩이.

희미하게 난 음모와 그 안쪽에 있는 꼭 닫힌 비밀스러운 육단지. 거기서 애액이 주륵주륵 새어 나오는 걸 알 수 있다. 내 배 위에 흘렀는지 찌걱찌걱하는 감촉이 있다.

그렇게, 루루 씨는 나를 내려다보고 있다. 하아하아, 하고 숨을 거칠게 쉬며 더는 참을 수 없다는 기색으로 황홀한 눈동자로 나를 쳐다보고 있다. 야한 짓 하고 싶어, 섹스하고 싶어, 라고 그 눈이 호소하고 있는 것 같았다.

조심스럽게 말하겠다.

꼴린다.

"마코토 니임♡"

달콤하게 속삭였나 싶더니만, 그 미모를 내게 가까이 대고,

쪽♡

하고 입술을 겹쳤다.

내 퍼스트 키스였다. 루루 씨의 말을 믿는다면, 그녀에게도 이건 퍼스트 키스일 터였다.

처음으로 하는 뽀뽀 상대가 엄청나게 귀여운 엘프. 최고의 추억이 될 것 같다. 그 추억에 덮어쓰기를 하는 것처럼 루루 씨가 다시 키스했다.

——입술이 부드러워……!

함함, 하고 내 입술을 가볍게 살짝 깨무는 루루 씨. 그 감촉이 간지러우면서도 관능적이라 내 등줄기를 오싹오싹하게 만들었다.

하지만 그걸 충분히 즐기기 전에 루루 씨가 혀를 넣었다.

어색한 움직임이었다. 그러나 그 필사적인 모습이 반대로 귀여웠다. 그녀의 혀가 내 입안에서 끈적끈적하게 움직이며 돌아다녔다. 내 이와 잇몸을 핥고 혀를 뒤얽는다.

"푸핫…… 하앗, 하아, 하아, 하앗……!"

숨이 이어지지 않아서 루루 씨가 입술을 뗐다. 초지근거리에 절세의 미소녀가 있다. 내 타액을 마시고, 그 입술에 내 침으로 된 실을 다리처럼 '쭈욱' 이은 판타지의 엘프가 있다.

"루루 씨……."

1분 정도 계속 키스하고 있었다. 엄청나게 기분 좋았다. 더 하고 싶다고 생각했다. 루루 씨도 그렇게 생각한 모양이다.

나를 사랑스러운 듯이 보고는, 또 얼굴을 가까이 가져다 댔다. 입술을 겹친다.

"마코토 님♡ 마코토 님♡ 마코토 님♡♡"

키스하면서 내 이름을 불러 주는 루루 씨. 두 번, 세 번 입을 떼고는 다시 붙이고, 몇 번이고 몇 번이고 처음인 입맞춤을 나눴다.

그러는 중에, 서로 왠지 모르게 알았다.

키스하는 중에도 코로 숨 쉬면 된다.

그렇게 하면 계속 키스할 수 있어.

"응츄우♡"

"하므하뭇♡"

탐하는 것처럼 서로의 입술에 달라붙었다. 하훗하훗, 하는 숨결이 우리 둘 모두에게서 새어 나온다.

루루 씨가 타액을 내 목에 흘려 넣었다.

답례로 내 타액도 루루 씨의 목에 흘려 넣어 줬다.

혀와 혀로 서로의 입 안을 끈적질척하게 핥고, 이와 이가 몇 번이나 부딪쳐서 딱딱 소리를 냈고,

루루 씨의 혀를 내 입으로 전부 먹고,

내 혀가 루루 씨의 입에 전부 먹히고,

서로의 모든 것을 다 알고 싶다, 그녀의 모든 것을 다 먹어 치우고 싶다고 생각했다.

"하앗…… 하아…… 마코토…… 님……. 아앗, 기뻐…… 기뻐요……! 저, 남성분과 이런, 정열적인 키스를 할 수 있다니……. 꿈만 같아……!"

"저도…… 루루 씨 같은 귀여운 사람과 첫 키스를 할 수 있어

서…… 엄청나게 기쁩니다…….”

“어머나……♡”

루루 씨는 정말로 기쁜 듯이 미소 짓고는 내 양쪽 뺨에 손을 대고 또 키스했다.

“쪼오오오오옥……♡”

그러고 입술을 떼고, 나를 젖은 눈으로 바라봤다.

자세는 줄곧 변하지 않았다. 나는 상반신 알몸으로 침대에 누워 있고, 그녀는 전라로 내 배 위에 걸터앉아 있다. 모포는 바닥에 떨어진 듯하다.

엘프한테 쉬지 않고 계속 키스당했다, 라고도 할 수 있다. 처녀치고는 매우 밀어붙이는 기질이 강하다고 할지, 정열적이다. 200년 이상이나 숫처녀로 지내면 그렇게 되는 걸까. 아니면 이 세계의 엘프는 다들 야한 건가.

적어도 소위 말하는 ‘야마토 나데시코’ 같은, 남자의 손길이 이끄는 대로 몸을 맡기는 정숙한 느낌은 아닌 듯하다.

뭐, 야한 건 최고니까 아무래도 좋지만.

그 야한 엘프는 내 입을 범하는 데 만족했는지, 아니면 입만으로는 만족할 수 없는지,

“마코토 님의 **이곳**, 무척 뜨거워요……♡”

라며, 왼손으로 내 다리 사이를 만졌다.

솔직하게 말하지.

최초의 키스로 내 못난 아들은 풀발기했다.

키스가 이렇게나 야하다는 건 몰랐다. 키스만으로 발기하는

구나~, 라며 루루 씨와 혀를 얽으며 수수께끼의 감동을 느낄 정도다.

그 불뚝 선 페니스를, 바지에 텐트를 치고 있는 내 못난 아들을 루루 씨가 사랑스러운 듯이 쓰다듬어주고 있다.

"벗길…… 게요?"

그렇게 말하면서 몸을 아래쪽으로 이동시키고 있다. 허가를 얻는 것도 아니고, 그저 확인하고 있을 뿐이었다. 일단 물어봐 두기는 할게, 같은 느낌이었다.

루루 씨는 침대 위를 미끄러지다시피 하며 내 하반신으로 물러나더니, 벨트를 요령 좋게 풀고 바지에 손을 댔다. 바지가 아래쪽으로 쑤욱 끌어당겨지고, 그에 맞춰 나는 허리를 띄웠다. 바지가 다리에서 술술 벗겨져 나간다.

여성이 옷을 벗겨주는 건 뭔가 이렇게, 어린아이로 돌아간 기분이다.

그리고 벗긴 장본인인 루루 씨는 팬티를 꿰뚫을 것만 같이 우뚝 선 내 못난 아들을 보고,

"우후후…… 기운찬 아이……♡"

라며 손가락으로 부드럽게 콕콕 찔렀다.

——이 엘프 진짜로 야하구만! 에로프야!

"어머나, 마코토 님도 참…… 속옷을 이렇게나 적셔 버리다니……."

쿠퍼액으로 질척질척해진 팬티를 보고 루루 씨는 나를 음란한 눈으로 봤다.

"남성인데도, 밝히, 시네요……♡"

기쁘다는 듯이 묘한 말을 입에 담았다. 남자는 다들 밝힙니다만. 루루 씨는 처녀니까 모를지도 모르겠군.

아니 그보다, 그런 건 아무래도 좋습니다!

"저기, 루루 씨…… 저……."

나는 참을 수 없어져서 일어나려고 했다.

솔직히 그녀를 덮치고 싶다. 저 가슴에 얼굴을 묻고 마음껏 주무르고, 핥고, 빨아대고 싶다. 저 허리를 만지고, 엉덩이도 주무르고, 꽉 껴안고 싶다.

게다가 아무리 그래도 처녀인 그녀한테 처음부터 전부 시키는 건 곤란하다. 남자의 긍지, 책임으로서 내가 제대로 리드하지 않으면 안 된다. 동정입니다만. 동정입니다만!

그렇게 생각했는데,

"괜찮아요. 제게 맡겨 주세요. 상냥하게 해드릴 테니까요. 자, 편히 계세요."

하지만 루루 씨는 부드럽게 내 어깨를 밀어 다시 침대에 눕혔다.

"하, 하아……."

뭐, 그녀가 그렇게 말한다면 맡기자. 솔직히 까고 말해서, 조금 안심하고 있다. 리드하려다가 잘 못하면 어떻게 하지, 하고 불안하기도 했다. 첫 섹스에서 실패하는 체험담은 산더미처럼 많이 알고 있다. 인터넷으로 조사해 봤으니까.

게다가 루루 씨가 그런 성격—— 성벽인 것일지도 모른다. 누님 체질인 걸까? 여성 상위를 좋아한다는 거?

"자아, 마코토 님……? 팬티, 벗겨 버릴 게요……? 마코토 님의 부끄러운 곳, 전부 보여 주세요……?"

성벽인 듯했다.

그런 말을 들으니 괜히 쓸데없이 더 부끄러워지는군. 이것도 노렸던 것 중 하나일까.

"자아…… 꺼내버려요~♡"

루루 씨는 내 대답도 기다리지 않고 내 팬티를 내렸다.

티잉, 하고 풀발기한 동정 막대기가 속옷에서 튀어 오르는 것처럼 드러났다.

"어머♡♡♡"

루루 씨의 얼굴 한가득한 미소. 굉장하다. 오늘 본 것 중 가장 기뻐 보이는 표정이다.

"이것이…… 남성분의 자지로군요……♡ 아아…… 감동이에요……♡ 어찌 이리도 아름다운 걸까요……♡ 맥박이 쿵쿵 뛰고, 단단해져서……♡ 게다가 이 향기♡ 아아, 참을 수 없어요♡"

그리고 내 못난 아들을 마치 불상이나 마○아상인 것처럼 숭배하고 있다. 죄송합니다, 더러운 것에 대한 비유로 사용해서 죄송합니다, 하느님부처님. 마○아 님이 보고 계셔.

나도 고개를 살짝 들어 하반신을 봤다. 응, 전생하고 매일 스스로 딸치고 있지만, 변함없이 크다. 생전의 두 배 정도 길이와 굵기다. 비유하자면 500㎖ 페트병쯤 될까. 그것보다 조금 큰 정도.

너무 크면 여성은 기분 좋아지지 않는다는 (인터넷상에서의) 이야기가 있던데, 실제로는 어떨까. 참고로 불알도 크다.

그런 물건을 루루 씨는 감격의 눈빛으로 바라보고 있다. 자지, 자지, 하고 중얼거리는 그 모습은 겉모습뿐이라면 꿈꾸는 소녀 같다. 실제로는 처녀빗치 에로프지만.

그 에로프가 내 육봉에 숨을 불었다.

"후우……♡"

"하윽……!"

그것만으로도 내 허리가 가볍게 뜨고 말았다. 뭐지, 엘프의 숨결은 감도가 3,000배가 되는 효과라도 있는 건가?! 그렇게 생각하고 말 정도로 기분 좋았다.

"어머어머♡ 마코토 님? 숨을 분 것만으로도 그렇게나 느껴 버리시는군요♡"

"으으……."

창피하다……. 이 에로프 녀석…….

"아아, 더는 못 참겠어요♡ 먹어 버려도 될까요?"

무엇을? 이라고 묻기 전에 하반신이 뜨뜻미지근한 것에 감싸였다. 오싹오싹한 떨림이 등줄기를 타고 지나갔고, 나는 무심코 소리를 낼 뻔했다.

최고로 기분 좋았다.

따뜻하다. 목욕물 안보다도 조금 미지근하다.

봉 전체가 꾸욱, 하고 가볍게 조여들고, 귀두의 갓 아래쪽에 닿는 까끌까끌한 것이 내 의식을 한순간 새하얗게 만들었다.

하반신을 봤다.

루루 씨가 내 못난 아들을 입 안 가득 물고 있다.

펠라치오를 하고 있다.

아름다운 엘프가—— 현대 일본에서는 어디를 찾아도 만나볼 수 없을 정도의 미모를 지닌 특출난 미소녀가 내 육봉을 빨고 있다.

——개쩔어……!!

이미 이 광경만으로도 사정해 버릴 것만 같았다.

내 음경이 미소녀의 입에 감싸여 있다.

저 예쁜 얼굴의 저 예쁜 입으로, 내 못난 아들을 빨고 있다.

나와 대화를 나누고 내 이름을 사랑스럽게 부르며, 내 구강을 남김없이 모조리 핥은 저 혀가 내 페니스를 빨고 있다!

조금 전까지 잔뜩 핥고 빨아 댔던 저 입 안에 내 육봉이 감싸여 있다. 너무 커서 전부는 입에 들어가지 않았던 모양이다. 봉의 중간 정도부터 덥석 물고 있는 루루 씨가 위로 치켜뜬 눈으로 나를 보며 요염하게 웃고는,

“응후♡ 마히허♡”

감상을 말했다.

살짝 갈 뻔했습니다.

미소녀가 페니스를 빨아 주면서 ‘맛있어’라고 말해 주는 게 이렇게나 쾌감이었다니 몰랐습니다.

루루 씨는 일단 한 번 입을 떼더니, 내 페니스를 뺨으로 부비부비했다. 애완동물처럼 귀여워한다. 쪽, 쪽, 하고 내 못난 아들에 키스하면서 상냥하게 어루만진다.

감동과 욕정이 뒤섞인 황홀한 표정으로 감탄에 찬 한숨을 내

쉬며 내 페니스를 사랑하고 있다.

“하아…… 이 얼마나 훌륭한가요……♡ 제 구음(口淫) 연습용 장난감보다 크고 굵다니……♡ 게다가 이 열기♡ 이 맛♡ 이 향기♡ 아아, 이게 진짜 자지, 로군요……♡ 쪽♡”

야해!

에로프 야해!

“그럼, 마코토 님의 자지♡ 잘 먹도록 할게요♡”

이미 한참 전부터 루루 씨한테 맡기고 있었지만, 루루 씨는 일부러 그렇게 미리 양해를 얻은 뒤 다시 내 못난 아들에게 키스했다.

조금 전 입에 문 건 정말로 ‘참을 수 없었던’ 상태였던 모양이라, 이번에는 가벼운 입맞춤을 계속해 나갔다. 쪽, 쪽, 할짝, 할짝, 하고 내 페니스를 사랑스러운 듯이 핥아 나갔다.

키스했을 때, 그녀의 입술이 무척 부드럽다고 느꼈는데, 설마 페니스로도 같은 느낌을 받으리라고는 생각지 않았다. 내 팽창한 귀두에 그녀의 도톰한 입술이 맞닿는 것만으로도 엄청난 행복감을 맛보고 만다.

“할짝할짝♡ 응후, 마코토 님의 자지 정말로 맛있어요.”

귀두 아래쪽 갓 부분을 정성스럽게 핥은 그녀가 끝부분에서 주륵 나온 내 쿠퍼액을 춋, 하고 핥아먹고는 그렇게 미소 지었다.

“따뜻하고…… 무척 굵고, 커서…… 좋은 향기예요……♡”

자기 타액으로 질척질척하게 만들면서도, 끊임없이 흘러나오는 쿠퍼액을 입술과 혀로 건져 먹고는 뜨거운 한숨이 섞인 어조로 그렇게 말했다.

"불알님도 무척 커요♡ 정액 잔뜩♡ 만들어 주세요♡"

내 주머니를 마치 상사나 신처럼 칭송하면서, 쪽♡ 하고 키스하는 루루 씨. 고환에 '님'을 붙이는 풍습, 처음 들었습니다.

"하읍♡"

그 불알님이 미소녀 엘프의 입에 머금어졌다.

루루 씨의 혀가 불알 피부를 부드럽고 세심하게 핥아 나갔다. 마치 혀를 써서 왁스질하는 것처럼.

고환이, 남자한테는 소위 심장부인 곳이 다른 사람의 입 안에 들어갔다. 얇은 가죽 한 장을 사이에 두고 그녀의 혀와 이가 느껴졌다. 약간의, 아주 조금의 공포를 느낀 건 부정하지 않겠다.

하지만 그 이상으로 '보호(사랑)받고 있는' 안심감이 있다.

그리고 동시에 '자신의 아기 씨앗 제조 공장을 지고의 미소녀한테 핥게 시키고 있다'는 정복감도 느낀다.

――이런, 이런 걸 맛보면, 더는 돌아갈 수 없게 돼……!

루루 씨는 부르르 몸을 떠는 나를 올려다보며 기쁜 듯이 미소 지으며, 양쪽 불알을 사랑스럽게 남김없이 보호(핥아)해 주었다.

그리고 나서 봉을 따라 혀를 '레에~' 하고 상승시켜 나갔다. 그 끝에 있는 건 남자가 가장 느끼는 부분――귀두에서 제일 튀어나온 아래쪽 갓 부분이다.

"핥아도 핥아도 잔뜩 나와 버리네요♡ 흥분즙♡ 이렇게나…… 이렇게나 저로 느껴 주다니♡"

귀두를 혀로 핥으며 움직이면서, 내 쿠퍼액을 보고 루루 씨는

미소 지었다. “아~앙♡”하고 작은 입을 크게 벌리고 다시 내 페니스를 위에서부터 입에 물었다. 그리고,

“후히히헤호(움직일게요)?”

“어?”

“쭈뽑♡ 쭈뽑♡ 쭈뽑♡ 쭈뽑♡ 쭈뽑♡ 쭈뽑♡ 쭈뽑♡ 쭈뽑♡ 쭈뽑♡ 쭈뽑♡ 쭈뽑♡ 쭈뽑♡ 쭈뽑♡ 쭈뽑♡ 쭈뽑♡ 쭈뽑♡”

입을 ‘홋토코’*처럼 오므리면서 내 페니스를 위아래로 훑기 시작했다.

봉이 미소녀의 입으로 꾸욱 압박당한다. 위험하다. 손으로 할 때보다 몇 배나 기분 좋다. 그야 그렇다. 미소녀의 부드러운 입술로 쭉쭉 훑어지고 있는걸! 아니 그보다, 처녀인데 너무 잘하지 않나?

귀두 아래 갓 부분이 입술로 눌러진다. 여기가 최고로 기분 좋다. 입으로 압박하면서 혀로 귀두를 할짝할짝 핥아 댄다. 이것도 최고로 기분 좋다. 아니, 이미 전부 최고로 기분 좋다. 너무 기분 좋아서——

“앗, 위험햇, 루루 씨, 나옵니다! 나왓……!”

황급히 그녀의 입에서 페니스를 빼려고 했지만, 루루 씨는 내 하반신에 달라붙어 떨어지지 않았다.

“네헷♡ 갠차나요♡ 제 입 안에♡ 잔뜩 싸 주세요♡ 기분 좋게 사정해 주세요♡ 마코토 님의 찐득한 정액♡ 제 입 안에 잔뜩 잔뜩 쏟아내 주세요♡ 남성님의 듬직한 아기씨즙으로♡ 음란한 암컷의 목구멍 안쪽을 원하시는 대로 마음껏 범해 주세요♡”

---

* 입이 앞으로 쭉 내밀어져 있는 모습의 가면

루루 씨는 내 페니스를 빨면서 야한 말을 연발했다.

그 말에 어리광을 부려, 나는 그녀의 입 안에서 마음껏 사정했다.

"나, 나온닷——!"

뷰르르르르르르릇!!

"으으으응——♡♡♡♡"

뜨뜻미지근한 입 안에 감싸인 채로 정액이 요도에서 솟구쳐 나왔다. 루루 씨가 바란 대로, 그녀의 목구멍 안쪽에 내 아기씨 즙이 부어졌다.

루루 씨는 "응끅♡ 응끅♡" 하고 삼키는 소리를 내며 정액을 마시고 있다. 마시면서, 귀두 아래쪽 갓 부분을 입술로 꾸욱 조여, 안에 남은 정액도 쥐어짜 내려고 했다.

"루루 씨, 그거, 쩔엇……!"

나도 모르게 내 허리가 떴다. 루루 씨한테 흡인당한 페니스의 움직임을 따라서.

"응쮸우우우우♡ 쥬르르르르릅♡"

루루 씨는 혀로 페니스 끝을 빙글 휘감아, 요도에 남은 정액도 남김없이 쪽쪽 빨아냈다.

거기서부터 정액과 함께 영혼까지 빨려 나간 듯한 감각이 들었다. 위험하다. 에로프의 펠라, 진짜로 위험해.

"하앗…… 루루 씨…… 잠까……."

"아아…… 맛있어……♡"

루루 씨는 내 아들에서 입을 떼더니, 황홀하게 녹아내린 표정으로 감상을 말했다.

"남성분의 정액……♡ 어찌 이리도 맛있는 걸까요♡ 씁쓸함 안에 아련한 달콤함도 있어서……. 그러면서도 조금 시큼한 듯한……. 목에 달라붙어서 언제까지고 제 입에 남아 있으려 하는 것 같아요♡"

구츄구츄 소리를 내며 입안에서 맛을 확인하고는, 루루 씨는 "꿀꺽♡" 하고 내 정액을 삼켰다. 예쁜 목이 위아래로 움직여 내 아기씨즙이 그녀의 안으로 들어가는 것을 상상하고, 나는 더욱 큰 흥분을 느꼈다.

"보세요, 마코토 님♡ 정액♡ 전~부 먹었어요♡"

그렇게 말하며 입을 벌리고 입 안에 아무것도 들어있지 않다는 것을 내게 보여 주는 루루 씨. 나중에 들었는데, '정액을 먹은 후에는 입을 벌려 안을 보여 주는' 것이 숙녀의 소양이라는 듯하다.

——엄청나게 야해……!

그걸 보고 내 못난 아들은 빠르게도 부활하여 풀발기했다.

루루 씨의 얼굴 옆에 다시 일어서는 내 분신.

"어머♡"

그녀는 기쁜 듯이,

"이런 저로 또 흥분해 주신 거네요♡ 마코토 님은 참, 남성인데도 밝히신다니까요♡"

그렇게 말하며 간단한 주문을 영창하여 손 위에 물로 된 구체를 만들어 냈다. 침대 옆 테이블에서 잔을 들어 물로 된 구체를 안에 넣고, 입 안을 헹구다시피 하며 전부 마셨다.

"마코토 님도 마시겠어요?"

"예, 예에……."

긴장과 흥분으로 목이 바짝바짝 말랐던 나는 고개를 끄덕였다. 그러자,

"그럼―― 응츄♡"

루루 씨는 잔에 남은 물을 입에 머금고, 내게 키스하여 입으로 옮겨 물을 먹였다.

"으음?!"

맛있다. 뭐지, 엘프의 타액은 정수 효과라도 있는 건가? 일단 정액 맛은 전혀 나지 않았다. 루루 씨가 내게 키스하기 위해 입 안을 깨끗하게 해준 덕분이리라.

내 위에 배를 깔고 엎드려 누운 그녀는 몸을 딱 밀착시킨 채 내 입술을 탐하기 시작했다. 첫 키스와는 조금 인상이 달랐다. 루루 씨가 익숙해지기 시작한 건지, 긴장이 풀린 건지 움직임에서 딱딱함이 사라져 있었다.

"마코토 님……♡"

루루 씨가 귓가에서 속삭였다. 간지러운 숨결의 감각만으로도 내 못난 아들은 발딱 반응했다.

"삽입해도, 괜찮을까요……?"

오히려 삽입하고 싶습니다 제가!

라고 말하기 전에, 이미 루루 씨는 내 못난 아들을 찰싹♡ 하고 그곳에 바짝 갖다 대고 있었다.

아, 기승위군요. 처녀인데도.

내 희미한 놀람을 알아차리지 못하고,

"아아—— 엘프의 신이시여, 감사드립니다. 엘프인 저한테 설마 이러한 기회를 주실 줄이야……!"

꾹꾹, 하고 루루 씨의 예쁜 그곳에 내 귀두가 키스하고 있다. 아니, 루루 씨 자신이 내 페니스를 쥐고 자신의 비부에 문질러 대고 있다.

"이런 멋진 남성으로 처녀 졸업을 맞이할 수 있다니……! 이만한 행복은 없어요……!"

사랑스러운 듯이 나를 내려다보고, 루루 씨는 그런 말을 했다. 루루 씨도 상당히 멋지—— 다고 할지 야합니다.

내 위에 올라탄 엘프가 자신의 그곳을 손가락으로 넓히고 내 것을 맞아들이는 것처럼 천천히 허리를 내려 나갔다.

쑤욱.

귀두가, 엘프의 처녀 질에, 들어갔다.

——이게, 여자의……!

찌릿찌릿한 자극이 왔다. 삽입을 거부하는 것처럼, 그녀의 그곳이 꽉 닫혔지만,

"흐아앙♡"

루루 씨 자신이 억지로 삽입시켰다.

왼손으로 그곳을 벌리고, 앞으로 몸을 숙인 자세가 된 그녀는 오른손으로 자신의 몸무게를 버티고 있다. 양쪽 무릎을 세우고 앉아, 내 육봉을 귀두 아래쪽 갓 부분까지 맞아들였다.

세우고 있는 양쪽 무릎을 천천히 내려, 페니스의 삽입 각도와 깊이를 조정하고 있다.

"저, 저기, 제가 위로 올라갈까요?"

예쁜 얼굴이 흥분과 고통으로 일그러지는 걸 보고 나는 그렇게 제안했다.

하지만 루루 씨는 "네?" 하고 의외라는 듯한 표정을 짓고는,

"그런, 처음인 남성분에게 그런 걸 시킬 수는 없어요……♡ 만약 아프시면 말씀해 주세요……?"

아니, 아픈 건 그쪽이 아닐까.

적어도 나는 전혀 아프지 않다. 못난 아들은 그녀의 펠라로 젖어 있었고, 또한 그녀의 비부에서 애액이 넘쳐 나오니까 '로션 없이 오나홀에 박아 봤다' 같은 통증은 전혀 없다.

따뜻하고 부드러운 살갗으로 된 질에 감싸이는 건 쾌감 이외의 그 무엇도 아니었다.

그렇게 생각하는 사이에도 삽입은 깊어져 갔다.

"앗! 아아♡ 마코토 님의 자지가♡ 제 처녀막에♡"

기쁜 듯한 목소리로 루루 씨가 외쳤다.

"응끄으으으읏♡"

꿰뚫은, 듯했다. 귀두에 무언가 저항이 있었던 것 같은 느낌이 났다.

루루 씨는 허리를 멈추지 않고 한층 깊게 삽입해 갔다.

"으응……♡ 끄으으……♡ 커엇……♡ 그래도, 들어갔어♡♡"

괴로워하는 것 같기도 하고, 기뻐하는 것 같기도 한 목소리를

내면서 엘프가 처녀를 졸업했다. 내 페니스로.

"크윽, 루루 씨……!"

나 또한 현실에 존재하리라고는 생각되지 않을 미소녀로 동정을 버렸다. 처음으로 맛보는 여자의 질은 어떤 오나홀보다도 좁고, 따뜻하고, 미끌미끌해서 기분 좋았다.

"마코토 니임♡"

내 페니스를 반 정도 삽입시킨 루루 씨는 나한테 아양을 떨며 기대는 것처럼 안겨들었다.

우리는 하반신으로 이어지면서, 상반신으로도 서로를 꼬옥 안았다. 내 가슴에서 그녀의 풍만한 젖가슴이 말랑♡ 하고 뭉개진다. 우리는 키스를 하고 혀를 뒤얽었다.

"마코토 님♡ 마코토 니임♡ 마코토 니임♡♡"

절세의 미소녀 엘프가 내 이름을 사랑스러운 듯이 연호했다. 그때마다 꾹♡ 꾹♡ 하고 그곳이 조여드는 감각이 느껴졌다.

조여지고 있는 내 못난 아들이 열심히 호소했다. 못 참겠어. 움직이고 싶어.

"루루 씨! 저, 움직……!"

움직이겠습니다, 라고 말하려 했으나,

"네엣♡ 저한테, 맡겨 주세요♡"

그전에 루루 씨가 허리를 띄웠다. 내 목에 팔을 감은 채, 내게 몸을 딱 붙인 채, 쑤욱~~ 하고 허리만을 들어 올렸다.

질에서 뽑히는 움직임으로 스스스스스슥♡ 하고, 그녀의 질 안 주름들이 내 못난 아들을 전방위에서 문질렀다.

——이거, 위험해……!

귀두 갓 부분이 그녀의 안에서 뽑혀, 수 초만의 차가운 바깥 공기에 닿아 그 온도 차이를 맛봤고,

——쭈뽕♡

루루 씨가 허리를 내렸다. 내 페니스가 다시 그녀의 따뜻한 질에 감싸여, 조여졌다.

"으응♡ 크으으응♡"

바들바들, 하고 내 위에서 관능에 떠는 루루 씨. 이 엄청나게 귀여운 엘프가 내 페니스로 느끼고 있다고 생각하니 터무니없이 흥분됐다.

"흐아앗♡ 굉장해, 요오♡ 이것이 생자지……♡ 진짜 자지♡"

루루 씨는 황홀하게 녹아내린 얼굴로 그렇게 말하고는 피스톤을 개시했다.

미끌♡ 쑤폽♡ 미끄르르♡ 쑤푸풉♡

"앗♡ 아앙♡ 기분 좋아♡ 기분 좋아요오♡ 흐아앙♡ 이거♡ 최고예요오♡"

내 위에서 미소녀 엘프가 그 폭유를 출렁출렁 흔들며 내 페니스로 자위하고 있다.

"자지♡ 생♡ 자지♡ 기분 좋앗♡ 아앙♡ 더어♡ 더 깊숙한 곳까지♡"

정신없이 마구 교성을 질러 대는 루루 씨가 허리를 깊이 떨궜다.

꾸욱, 하고 귀두가 무언가에 짓눌렸다.

아마 자궁 입구라고 생각한다.

"흐아아아아아아아아아아아아아아앙♡♡♡"

루루 씨가 움찔움찔 떨면서 비명을 질렀다.

"크윽…… 루루 씨……!"

이때야 겨우 내 못난 아들이 전부 루루 씨의 질 안에 다 들어갔다. 그전까지는 내 페니스가 너무 길어서 반 정도까지밖에 들어가 있지 않았던 것이다.

"크흐으으으으으으으응♡♡♡"

꾸우우욱 하고 그녀의 질이 조여든다. 아무래도 이 음란 엘프, 처녀 상실 섹스로 빨리도 가 버린 모양이다.

못난 아들을 통째로 집어삼킨 그곳이 찌걱찌걱 소리를 내며 꾸물꾸물 움직여 기쁨으로 교성을 지르고 있다.

"흐아앙♡ 마코토 니임♡ 저♡ 가 버렸어요오♡"

질척질척하게 녹아내린 눈동자로 나를 보며 자백하는 미소녀 에로프. 나는 그녀의 뺨을 잡고 키스했다.

"응후읍♡ 으응므읍♡ 하앙♡ 눈앞이♡ 반짝반짝해여어♡ 가면서 하는 키스, 최고예여어♡

그렇게 말하면서도, 루루 씨는 다시 허리를 움직이기 시작했다.

"흐아앙♡ 키스하면서 섹스♡ 기분 좋앗♡ 가면서 키스하고♡ 키스하면서 또 섹스하고 있어요오♡ 기분 좋아♡ 기분 좋아♡ 섹스 기분 좋아요오오오오♡"

팡♡ 팡♡ 팡♡ 팡♡ 팡♡ 팡♡ 팡♡ 하고 허리를 부딪치는 루루 씨. 모험가라서 그런지, 그녀의 체력은 전혀 쇠하는 기미가 보이지 않았다.

"앗♡ 또 가버렷♡ 또 가요♡ 마코토 님의 자지로♡ 남성분의 생자지로♡ 또 가버려요오♡♡"

루루 씨가 내 위에서 허리를 흔들며 몸을 오른쪽으로 기울여 삽입 각도를 바꾸면서 교성을 질렀다. 내 페니스를 자신의 기분 좋은 곳에 가져다 대고 있는 모양이다. 내 귀두가 꾸욱꾸욱, 하고 그녀의 질벽을 문지르고 있다.

"여깃♡ 여기 굉장햇♡ 마코토 님의♡ 흑발 왕자님의♡ 훌륭한 자지로♡ 저의 제일 기분 좋은 곳 꾹꾹 문질러 쥬는 거♡ 앗♡ 안 됏♡ 가버려혓♡ 간다♡ 가욧♡ 가버렷가버렷가버렷가버렷가버렷♡ 가———— 아앗————♡♡♡♡♡♡♡♡♡♡♡♡♡♡♡"

움찔움찔——!

활처럼 등이 휘어지는 루루 씨. 앗♡ 앗♡ 하고 경련했나 싶더니만,

"흐아앙♡"

또다시 나한테 엎어졌다.

"하앗♡ 하아♡ 마코토♡ 님의♡ 자지♡ 갱장해여어♡ 저어♡ 또오♡ 가버렸어요오♡♡"

그리고 나한테 입술을 겹치고, 쪼오오옥♡ 하고 딥키스.

루루 씨는 내 페니스를 빼지 않고 그대로 내 입술을 계속 갈구했다. 나한테 키스하면서 숨을 가다듬고 있다.

"마코토 님♡ 감사합니다♡ 이런 저에게♡ 여자의 기쁨을 안겨주셔서♡"

그렇지만――.

하고, 조금 반성한 듯한 표정을 짓고,

"죄송해요, 저만 기분 좋아져 버려서……♡ 남성분도, 섹스로 기분 좋아진다고 들었는데, 정말인가요……?"

무슨 당연한 말을.

"저기, 저도 기분 좋습니다……. 엄청나게, 기분 좋습니다. 앞으로 조금이면 가 버릴 것 같습니다."

그러자 루루 씨는 "어머♡" 하고 장난스럽게 웃고는,

"마코토 님은 정말로 야한 사람♡ 이네요♡"

나한테 쪽♡ 하고 키스했다.

"이상적인 남성분이에요……. 아아, 저, 또 참을 수 없어져요♡ 하지만, 안 되겠, 지요. 마코토 님이 기분 좋아지지 않으면♡"

할짝, 하고 내 턱을 핥는 루루 씨.

"저, 다음은 제대로 참을 테니까요♡ 마코토 님이♡ 기분 좋아져서♡ 사정♡ 하실 때까지♡"

루루 씨는 그렇게 말하며 얼굴을 떼고, 상체를 일으키더니 이어진 채인 허리를 꾸불꾸불 돌리는 것처럼 움직이기 시작했다.

앗, 그거 위험해, 그것만으로도 벌써 위험합니다.

"우후후♡ 마코토 님의 느끼는 얼굴♡ 무~척 귀여워요♡"

그러고 나서 양손으로 내 젖꼭지를 빙글빙글 돌리며 괴롭히기 시작했다. 우옷, 기분 좋앗?! 이런 쾌감은 처음이야――!

흣, 앗, 하고 나도 모르게 소리를 내고 만 나를 보고 루루 씨가 '히쭈우욱' 웃었다.

"어머어머♡ 마코토 님도 참, 부끄러운 소리를 내시고♡ 정말로, 밝히신다니까요♡"

왠지 모르게 계속 당하고만 있는 게 싫었기에, 나도 루루 씨의 가슴에 손을 댔다.

"히야앗♡"

그러자 그녀도 자기도 모르게 나온 느낌으로 교성을 질렀다.

"앗♡ 정말♡ 마코토 님도 참♡ 그런♡ 가슴 같은 걸 만지신들♡ 별것 없는♡ 아앙♡"

"루루 씨의 가슴, 크고 예쁘고 부드러워서 최고입니다."

솔직하게 그렇게 말하자, 루루 씨는 놀란 듯이 눈을 똥그랗게 크게 뜨고, 얼굴이 빨개졌다.

"그, 그런……. 마코토 님은 그런 취향이 있으신 건가요……? 하아앙♡"

못난 아들이 루루 씨의 질에 삼켜지면서, 출렁출렁 흔들리는 루루 씨의 거유를 마구 주물렀다. 최고다.

"가슴은 큰 편이 좋습니다."

그녀를 흉내 내어 젖꼭지를 빙글빙글 돌리며 괴롭히자 "아앙♡ 안 돼요오♡"라며 몸을 비틀었다. 귀여워.

"별난♡ 취향♡ 이시네요♡ 정말♡ 저♡ 가슴은♡ 자신 없는데♡ 그런 말을 들어 버리면♡ 진심으로 받아들일 거예요♡"

조금 화내는 것 같기도 하고, 삐친 것 같기도 한 기색을 보이면서도, 느껴 버리는 루루 씨를 보고 나는 더 이상 참을 수 없었다.

"흐아앙?!♡"

무게로 침대에 가라앉아 있던 허리를 들어 그녀한테 부딪쳤다.

루루 씨는 침을 흘리면서 움찔움찔하고 있다.

"갑자기이♡ 안 돼요오♡"

"움직이겠습니다."

이번에야말로 그렇게 말하고, 나는 그녀의 가느다란 허리를 잡고 아래쪽에서 퍽퍽 박아 댔다.

"하앙♡ 아앙♡ 앙♡ 히잉♡ 흐아앙♡ 아앗♡ 끄흐응♡ 마코토 니임♡ 마코토 니임♡"

내가 피스톤 운동을 할 때마다 폭유 엘프가 기분 좋은 듯이 교성을 질렀다.

나도 기분 좋지만—— 조금 움직이기 힘들군.

"어잇차."

상반신을 일으켜 그녀를 끌어안았다. 대면좌위 형태다. 눈앞에 교성을 마구 지르는 엘프의 얼굴이 있다. 나는 참지 못하고 키스했다.

"으응♡ 으으응♡"

루루 씨를 껴안으면서, 그녀의 허리와 등을 움직이도록 유도하고, 질 안을 못난 아들로 원을 그리듯이 휘저었다. 격렬함보다도 밀착도를 맛볼 수 있는 체위였다.

"이거♡ 뭔가요오♡ 무척♡ 무척♡ 기분 좋아요오♡"

나도 잘 모른다. 아마 '클레릭'의 영향이리라고 생각한다. 잘 모르겠지만 기분 좋은 건 확실하다.

대면좌위로 루루 씨의 안을 맛본 뒤에는 그녀를 껴안은 채로

침대에 눕혔다.

상하 역전, 공수 교대다.

그녀를 아래에, 내가 위에.

정상위다. 남자가 여자를 깔아 눕히고 섹스하는 체위다.

베개에 루루 씨의 머리를 부드럽게 얹어 주자, 그녀는 "후에에……?" 하고 쾌락과 곤혹이 섞인 듯한 눈으로 나를 봤다.

"격렬하게 하겠습니다."

키스하면서 그렇게 속삭였다.

"후에……?"

허리를 움직여, 못난 아들이 루루 씨의 그곳에서 빠지기 직전까지 당겼다가, 있는 힘껏 찔러 줬다.

"흐뀨으읏♡"

비명과 교성의 중간 같은 목소리를 내며, 다리를 쭉~ 펴는 루루 씨.

"머햐…… 이거어……♡"

부르르 떠는 그녀의 입술을 탐했다. 그대로 허리를 움직였다.

팡♡ 팡♡ 팡♡ 팡♡ 팡♡ 팡♡ 팡♡ 팡♡

"후냐♡ 하응♡ 꺄흣♡ 흐귯♡ 이거♡ 뭉개졋♡ 자궁♡ 뭉개져 버렷♡"

귀두가 자궁구를 팍팍 찌르고 있는 걸 알 수 있었다. 조금 지나쳤으려나.

나는 밑에서 괴로운 듯이 교성을 지르는 그녀에게 물었다.

"……아프지 않습니까?"

"후왓♡ 네헤♡ 갠차♡ 나혓♡ 이거♡ 엄청♡ 기분 조아요오 ♡♡♡"

괜찮은 모양이다.

그럼 조금 더 격렬하게 할까.

조금 전에 그녀가 스스로 가져다 대고 있었던 '기분 좋은 장소'.

그곳을 향해 각도를 조정하면서 페니스를 삽입하자,

"응규우우————————♡"

정확히 닿은 모양이다. 루루 씨가 미소녀한테서 나와서는 안 될 목소리를 내주었다. 계속 절정 중인지, 질 안이 꽉 조였다가 풀렸다가 해서 바쁘다. 뻐끔뻐끔하고 입을 벌렸다가 닫는 물고기 같다. 루루 씨도 공기를 원해 입을 뻐끔뻐끔하고 있지만.

——이런 귀여운 애를 기분 좋게 만들어 주고 있다고 생각하니 엄청나게 흥분되는군…….

격렬한 심장 고동과 끓어오를 것 같을 정도로 흥분한 뇌리 한 구석에서, 냉정한 자신이 그렇게 판단했다. 이것도 클레릭이 된 영향일까.

밀착했던 몸을 떼고 상반신을 일으켜, 루루 씨의 예쁜 발목을 꽉 잡고 다리를 크게 벌렸다.

"아앙, 싫어어♡ 부끄러워요♡"

처음으로 '여성스럽게' 부끄러워하는 모습을 본 느낌이 든다. 거기에 흥분을 느끼면서, 나는 허리를 부딪쳤다. 노리는 건 물론 루루 씨의 약점이다.

퍽♡ 퍽♡ 퍽♡ 퍽♡ 퍽♡ 퍽♡

"응꺄앗♡ 안 돼요오♡ 거기이♡ 기분♡ 너무 좋아♡ 요오♡ 흐아아앙♡ 또 가버렷♡ 남성분한테 박혀서 가버렷♡ 가아아아아아♡♡♡"

새우의 반대 형태로 등이 휘는 루루 씨. 따뜻한 것이 느껴진다 싶었는데, 조수를 뿜고 있었다. 굉장하네, 처녀인데.

이렇게 말하는 나도 갈 것 같다. 루루 씨의 질 안이 너무 기분 좋다. 루루 씨가 갈 때마다 내 못난 아들을 꽉 조여서 사정을 재촉한다. 불알에서 정액이 콰아아 올라오는 것을 알 수 있다. "루루 씨, 저, 갈 것 같습니다――!"

"네――♡"

그때의 루루 씨의 얼굴이 굉장했다. 환희로 가득 차서 넘치고 있었다.

"네엣♡♡♡"

몇 년이나, 몇십 년이나, 몇백 년이나 이 순간을 기다리고 있었던 것만 같이.

몇 년이나, 몇십 년이나, 몇백 년이나 기다렸던 그때가 이제야 겨우 찾아왔다, 라고 말하는 것만 같이.

환희가 넘쳐흐르고, 그 안쪽에서 욕정의 얼굴을 있는 힘껏 내보이며, 한결같이 기쁜 듯이 외쳤다.

"와 줘요♡ 와 주세요오♡ 제 안에♡ 잔뜩♡ 잔뜩♡ 정액♡ 싸 주세요♡ 남성의 정액♡ 남성분의 아기씨즙♡ 제 자궁에 전부 쏟아내 주세요♡♡♡"

질내사정하라는 건가. 아무리 그래도 그건 곤란하지 않나, 하고 갈 것 같으면서도 생각했지만, '괜찮다'라고 머릿속에서 클레릭이 말했다. 의식에서의 사정은 임신하지 않는다는 듯하다. 진짜냐.

동정 졸업 섹스로 이런 미소녀 엘프의 질 안에 사정할 수 있다니, 뭐 이리도 멋진 거지, 이 잡.

루루 씨가 그 예쁜 다리로 내 허리를 사이에 꽉 끼웠다. '진짜좋아홀드'라는 건가. 위험한데, 밀착도와 흥분도가 장난 아니다.

정신적으로도 물리적으로도――몸과 마음도 있는 힘껏 원해지는 느낌이 있다. 황홀하게 녹아내린 표정, '싸 주세요오, 사정해 주세요오♡'라며 조르는 목소리, 다리로 물리적으로 구속된 하반신.

더는 참을 수 없다.

스트로크를 빠르게 하여, 요도까지 올라온 정액을 방출하는 순간,

"아앗♡ 왔다아♡ 저도♡ 저도 가버려요오♡♡"

내가 사정하려는 낌새를 알아차린 것인지, 루루 씨의 질 안이 꾸우욱 조였고, 그리고 나도 절정에 이르렀다.

뷰르르르르르르르릇――――――! 초뷰르르르르르르르르르르르릇――――――!!

정액을 고대하고 있었던 것만 같이 루루 씨의 질 안이 한층 조였다. 그건 마치 귀중한 고객을 환대하는 것만 같았다. '기다리고 있었습니다. 부디 제 안에 들어와 주십시오. 마음에 드실 때까지 유린해 주시길♡'이라며 알몸 도게자로 마중해 주는 엘프

루루 씨의 환상이 보였다.

솔직히 말해서, 너무 조여서 '사정한' 감각이 희미해질 정도다. 자궁 입구에 너무 딱 붙인 탓인지, '쌌다'는 느낌이 나지 않는다. 그저 정액을 빨리고 있는 듯한 느낌도 든다.

너무나도 큰 쾌감에 눈앞이 틱틱, 하고 하얗게 반짝였다. 나는 (이때는 자각하지 못했지만) 입을 열고 "오오……" 하고 신음하고 있었다. 굉장한 사정감이었다. 엘프한테 씨뿌리기하고 있다는 흥분과, 절세의 미소녀와 처음 섹스했다는 달성감이 내 안에서 사정과 결부되어 쾌락의 소용돌이를 돌고 있었다.

밑에서 교성을 지르는 그녀를 봤다. 혀를 내밀고 "아에에♡" 하고 신음하며 움찔움찔 경련하고 있었다. 미소녀가 절정하여 가버린 얼굴을 드러내고 있다. 내 페니스로 미친 듯이 가버리고 있다.

루루 씨의 질 안이 꾸물꾸물 꿈틀거려 한층 사정을 재촉하고 있다. 인생에서 가장 기분 좋은 순간이다. 나는 알몸으로 도게자하는 루루 씨의 환상에 이끌려, 그녀의 안에 계속해서 사정했다. 루루 씨의 진짜죠아홀드하반신도 나를 놓으려고 하지 않았다. 꽉 붙잡고 미친 듯이 가버리면서 마지막 한 방울까지 쥐어짜 내려고 한다.

"마……마코토 니임♡"

혀가 잘 안 돌아가 어눌한 발음을 내면서도 루루 씨는 나를 부르며 양팔을 벌리고 키스를 졸랐다.

나는 그녀에게 부드럽게 키스했다.

"으응♡ 아아, 꿀렁꿀렁, 나오는 거, 알겠어요오♡ 마코토 니임♡ 마코토 니임♡"

입술을 맞추면서도 내 사정은 계속되고 있었다. 전생하고 나서 못난 아들의 크기뿐만이 아니라 정액량도 장난 아니게 늘어나 버린 것이었다.

"루루 씨, 무척, 예쁩니다……."

"응앗♡ 그런♡ 그런 기쁜 말, 하지 말아 주세요♡ 앗, 안 돼, 기분 좋아서♡ 또 가버려요♡ 아앙♡"

나와 키스하면서, 나한테 사정당하면서, 루루 씨가 또 움찔움찔 경련했다.

그녀의 경련이 끝났을 즈음, 내 사정도 그제야 겨우 끝났다.

——엄청나게 싼 느낌이 든다……. 전생의 두 배 정도 나왔어…….

그래도 아직 루루 씨의 질은 아플 정도로 조여오고 있다.

"하아, 응……♡ 응츄♡ 츄르읍♡"

"으음……."

우리는 키스한 채로 잠시 첫 섹스의 여운을 맛보고 있었다. 속눈썹이 눈앞에서 닿을 거리에 미소녀 엘프의 파란 눈동자가 있다. 보석처럼 예쁜 눈이라는 건 이런 눈동자를 말하는 것이리라. 눈만이 아니다. 코도 입도, 뾰족한 귀도, 찰랑찰랑한 금발도, 가느다란 어깨도, 잡티 하나 없는 피부도, 위를 향해 봉긋 솟은 유방도, 꺾일 것 같은 허리도, 여성스러운 골반도, 튼실한 허벅지도, 손가락 끝에 이르기까지 전부 다 아름다웠다.

——이런 귀여운 애랑 한 거구나…….

말없이 그녀를 바라보며 꿈 같은 현실을 재확인했다. 판타지 애니에서 그대로 튀어나온 것 같은 엘프 미소녀로 동정을 버렸다. 그 엘프 안에는 아직 내 아들이 들어가 있는 채다.

"앗……♡ 마코토 님의 자지♡ 또 커져서……♡"

질 안에서 발기하는 육봉을 느꼈는지, 루루 씨가 기쁜 듯이 눈을 가늘게 뜨고 미소 지었다. 입술을 날름 핥은 건 키스했기 때문일까, 그게 아니면 또 섹스할 수 있을 거라고 생각했기 때문일까.

"루루 씨가 귀여워서……."

이가 간지러워질 것 같은 대사를 말하면서 그녀의 안에서 빼려고 했더니,

"아앙, 안 돼요오♡ 빼면, 안 돼애♡"

재차 루루 씨는 양다리로 내 허리를 사이에 꽉 끼웠다. 자각하고 있는지, 그 귀여운 얼굴 옆에 검지를 세우고,

"이대로…… 한 번 더…… 하지 않겠어요?♡"

쭈뼛쭈뼛 그렇게 제안했다.

거절할 이유는 없었다.

루루 씨한테 키스하고, 나는 다시 허리를 흔들기 시작했다.

"앗♡ 으응♡ 마코토 님♡ 마코토 니임♡ 그거♡ 무척 좋아요♡ 거기♡ 아앗♡ 남성분한테 주도적으로 박히는 거♡ 버릇이 될 것 같아요오♡"

그 뒤로 계속, 그녀는 짐승처럼 교성을 지르고 있었다.

제9화
어디서든 섹스♡

그날은 밤새 동안 섹스했다.

동이 터도 아직 계속 섹스했다.

낮이 되어 두 개의 태양이 중천에 왔을 즈음, 그제야 겨우 우리는 섹스를 멈췄다.

"하아…… 하아…… 하아……."

"흐앙……♡ 아응……♡"

침대 위에서 서로 뒤얽힌 채 숨을 가다듬는 짐승이 두 마리.

나는 몸을 일으키고는 땀과 애액투성이가 된 몸을 수건으로 닦고, 루루 씨가 마술로 내어 준 물을 마셨다.

활짝 열린 창문에서 삼림의 바람이 들어온다. 달아올랐던 몸이 식혀지는 감각이 기분 좋다.

"후우……."

물을 꿀꺽꿀꺽 마셨다. 아무리 마셔도 부족할 정도다. 기세 좋게 기울인 잔 안에 든 물이 입에서 새어 턱과 목, 그리고 가슴까지 흘렀다.

10발은 쌌을지도 모르겠다. 이전 생에서는 생각할 수 없을 정도의 회복력이다. 전생한 덕분일지도 모른다.

그렇긴 해도 첫 섹스로 흥분하고 있었고, 게다가 상대가 그림으로 그린 듯한 미소녀 엘프였기 때문이라는 이유도 있을 것이다.

그 엘프 씨는,

“으응……♡ 마코토 니임……♡”

몸을 일으키더니 물을 마시는 것도 아니고, 나한테 매달렸다. 그대로 키스했다. 이 사람도 엄청난 체력이다. 나보다도 전혀 지치지 않은 것처럼 보인다. 마지막에 가서는 거의 기승위로 허리를 계속 흔들어 대고 있었는데도.

달아오른 살과 형태가 좋은 폭유가 나한테 딱 달라붙었다. 그것만으로도 또 불끈해지고 만다. 그만큼 안은 몸인데도 전혀 질리지 않는다. 엘프 위험해.

클레릭이 되면 이런 미소녀와 섹스할 수 있는 것이다.

이득이었다.

엄청나게 기분 좋았다.

여자의 몸은 이렇게나 부드럽고, 따뜻하고, 편안해지는구나.

그렇게 생각하며, 나는 내게 바싹 다가붙는 루루 씨의 몸을 끌어안고 그 편안함을 즐겼다.

“아앙♡”

기쁜 듯이 교성을 내는 루루 씨. 위험하다. 또 하고 싶어졌다.

못난 아들이 또 발기하기 시작했다. 그와 동시에――

꼬르륵…….

내 배에서 배곯는 소리가 났다.

“아…….”

창피하다.

루루 씨는 멍하게 나를 본 뒤,

“어머, 확실히 계속 아무것도 먹지 않았으니 말이에요.”

“그, 그러게요…….”
“그러면 식사를 할까요.”
“예.”
“마코토 님은 몸을 씻고 계셔 주세요. 저는 간단한 걸 준비할게요?”
루루 씨는 그렇게 미소 짓고는 침대에서 내려가, 수건 한 장만을 몸에 감고 방에서 나갔다.
뒷모습도 예쁘구나…… 라고 멍하게 생각하는 나였다.

☆

루루 씨의 집은 마을 방벽 밖에 펼쳐진 삼림 안에 있다. 엘프니까 숲속이 좋은 것일지도 모른다.
2층짜리 로그하우스다. 우리는 2층 침실에서 그저 한결같이 사랑을 나눴다.
이 세계의 생활 기반은 마석과 마술로 성립되고 있다. 마석에 마술을 봉해 넣어, 기동시킴으로써 생활을 편리하게 만든다.
조명도 마석, 조리도 마석, 세탁도 마석, 공조에도 마석을 쓴다. 마석이 있으면 대체로 뭐든 할 수 있고, 에너지원은 마력(=생명력)이니까 벽지에 있어도 문제없다. 이런 숲속에서조차 **마술 문명**의 **이기**에 의지할 수 있다.
“이전 생보다 편리할지도……?”
물과 불의 정령에 의한 기적을 사치스럽게 써서, 나는 땀과 즙투성이가 된 몸을 씻고 있었다. 멱 감기── 샤워도 마석을 쓰면 이렇게 보는 바와 같다. 작은 노즐에서 기세 좋게 온수가 뿜어져 나온다. 샤워 헤드에 해당되는 부위에는 작은 마석이 달려 있다. 이것이 마석이다.

마력이 없으면 마석도 쓸 수 없다. 그렇긴 해도, 일상적으로 사용하는 만큼의 마력량도 자유롭게 사용하지 못하는 사람은 거의 없는 모양이지만.

나는 마력량도 나름대로 있다. 더욱이 어제 길드에서 잡을 얻음으로써 비약적으로 늘었다. 그런 데다 에너지 드레인이라는 체질(치트)도 있기에 부족할 일은 거의 없다. 냉수도 온수도 마음껏 쓸 수 있다. 수도세와 가스비가 들지 않는 생활, 얼마나 멋진지요.

이전 생에서 고급 유흥업소에 가기 위해 극한까지 생활비를 절약했던 것을 떠올렸다. 결국 헛수고가 되었지만.

그래도 뭐, 지금 와서는 아무래도 좋은 일이다. 저 미소녀 엘프와 섹스할 수 있었으니까.

게다가 이야기에 따라서는 이제부터 몇 번이든 섹스할 수 있는 듯하고.

"크후, 크으후후후우후후……."

내 웃음이지만 기분 나쁜 웃음이었다.

내가 샤워를 끝내자 교대로 루루 씨가 욕실에 들어갔다. 다이닝 테이블에 놓인 믹스 주스는 마술로 시원하고 차갑게 되어 있다. "마음껏 마셔 주세요♡"라며 얼굴만 쏙 내민 루루 씨가 귀엽다.

주스는 이전 생에서 마셨던 그것보다 맛있었다. 소재의 맛이 잘 살아있기도 하고, 뭘까, 뭔가 마소(마나)가 느껴지는 듯하다. '공기가 맛있다' 같은 감각이다. 마소(마나)가 맛있다.

한 모금 마시자 멈추지 않았다.

꿀꺽꿀꺽 마시고 있자, 샤워 소리와 루루 씨의 콧노래가 들려왔다. 우와~, 야해. 하반신이 욱신거립니다.

샤워하는 루루 씨를 덮치려——고 했던 자신을 최대한의 이성으로 억제했다. 동정을 버려 우쭐해진 것일지도 모른다.

"후우—— 안 되지, 안 돼."

의자에 앉아 기분을 진정시켰다.

갑자기 콧노래가 들리지 않게 됐다.

대신, 샤워 소리에 섞여 묘한 소리가 들려왔다.

"……흣, 으응♡ ……아앙♡ ……코토 니임♡"

이건, 그건가? 자위, 하고 있는 건가? 내가 주방에 있는데도? 나를 생각하면서? 나랑 한 섹스를 떠올리면서? 샤워자위 중인가?

우와~, 야해~.

나는 거의 무의식적으로 움직였다. 빵집에서 차갑게 거절당했던 루루 씨를 쫓아갔을 때처럼, 아니, 그 이상 무의식적으로 움직였다.

"꺄앗! 마, 마코토 님?!"

욕실 커튼을 열자 샤워기를 다리 사이에 대고 음핵을 괴롭히며 서서 자위하는 루루 씨가 있었다. 나를 보고는 굳어 있다. 신성할 정도로까지 아름다운 젖은 금발에서 물이 뚝뚝 떨어지고 있다. 가늘고 긴 손가락으로 휘저어진 비부의, 희미하게 난 음모에서 애액이 흐르고 있다. 파과의 붉은색과 정액의 하얀색 그리고 투명한 애액이 서로 뒤섞여 있다.

샤워가 멈췄다.

나를 보는 건 어안이 벙벙해진 이 세상 것이라고는 생각되지 않는 미모, 나보다 머리 하나 작은 가냘픈 몸, 남자인 내 손으로도 전부 다 잡을 수 없는 훌륭한 유방, 그만큼 휘저었는데도 처녀 같은 아름다움을 유지한 비부.

"꺄앗♡"

덮쳤다.

"앗♡ 마코토 니임♡ 굉장햇♡ 굉장해요오♡ 남성분인데도♡ 이런 곳에서♡ 너무 적극적이에요오♡ 싫엉♡ 남자한테♡ 덮쳐지다니♡ 역강간당하다니♡ 저♡ 꿈만 같아요오♡ 앗♡ 거기♡ 가버려요♡ 또 가버려요♡ 욕실에서♡ 역강간당해서♡ 가버려── 아아아아앙♡♡♡"

선 채로 앞에서 삽입해서 사정했다. 선 채로 뒤에서 삽입해서 사정했다. 선 채로 그녀를 끌어안고 삽입해서 사정했다.

아마 그 믹스 주스는 정력 증강 효과도 있었던 거라고 생각한다. 마카처럼.

이러저러해서, 욕실에서 욕정한 우리는 배곯는 소리가 나도 계속 섹스했다. 욕실에서 나와 서로의 몸을 수건으로 닦으며 섹스했다. 루루 씨한테 페니스를 빨게 하며 그녀의 머리카락을 닦았다. 나는 루루 씨의 가슴을 만지고, 루루 씨는 내 머리카락을 닦아 줬다. 하지만 몸을 닦은 의미도 없어졌다. 어째서냐면 에

키벤 스타일*로 2층까지 올라가는 도중에 계단에서 사정하고, 루루 씨의 방 침대에 눕힌 그녀가 절정하고, 루루 씨가 나한테 뒤치기로 박혀 앙앙 교성을 지르며 캐비닛 서랍에서 꺼낸 병에 든 수상한 액체는 이전 생에서 말하는 러브젤이었고, 게다가 미약 같은 효과가 있는 러브젤로, 그걸 서로한테 마구 발라 기억이 날아갈 정도로 섹스해댔기에 다음 날 아침은 두 사람 다 온몸이 끈적끈적해지고 말았기 때문이다. 마찬가지로 끈적끈적해진 침대에 다리가 올라가 있었고, 마찬가지로 끈적끈적해진 바닥 위에서 눈을 떴다. 등이 러브젤로 바닥에 달라붙어서 떨어질 때 투두둑 소리가 났다. 내 옆에서 색색 소리를 내며 자고 있던 루루 씨도 잠에서 깨고 "마코토 니임♡"이라며 사랑스럽게 내 이름을 불렀다.

☆

——그래서, 그 다음 날의 정오가 지난 시각.

우리는 이틀 만의 식사를 하고 있다.

루루 씨가 준비해 주었다. 아무리 그래도 배가 고팠던 것이다. 나도 그녀도.

우리는 옷도 제대로 입지 않은 채 둘이서 밥을 먹고 있다.

다이닝 테이블에 올라온 건 밀로 된 빵과 이상하게 큰 계란 프라이, 굵은 뼈가 붙어 있는 닭고기 스테이크와 본 적도 없는 잎 스프다. 간은 소금과 후추로 심플했지만, 매우 맛있었다. 배

* 남녀가 서로 마주 본 상태로 남자가 여자를 안아 들고 삽입하는 자세.

가 고파서 그런 것도 있겠지만, 아마 그래, 이전에 말했던 대로 마소(마나)가 맛있다.

나중에 돈을 내자.

아니 그보다, 파티에 가입한 것으로 되어 있는데 그런 쪽 부분은 어떨까. 돈 분배라든가 퀘스트라든가.

그런 이야기를 하려고 생각했지만, 밥을 다 먹고 식기를 정리해 준 루루 씨는 의자에 돌아가지 않고 내 위에 앉았다. 내가 의자가 되었다. 나한테 키스하고, 물 흐르듯이 자연스럽게 목과 가슴을 빨면서 아래쪽으로 내려가, 수면과 식사를 끝내고 풀발기한 내 못난 아들을 식후 디저트 대신으로 덥석 먹었다.

의자 밑에서 알몸 엘프가 그 거유를 활용하여 내 페니스를 감싸는 것처럼 사이에 끼웠다.

거유 엘프의 아침 인사 파이즈리가 시작되었다.

"우웃…… 루루 씨, 그거, 굉장해…… 능숙해졌어……!"

"우후♡ 마코토 님이 가르쳐 주시지 않았나요♡ 저의 이런 추한 가슴이라도 마코토 님이 좋아해 주신다면 무척 기뻐요♡"

주륵~, 하고 침을 흘리는 백마거유미소녀엘프. 이미 이 광경만으로도 가버릴 것 같습니다.

"그, 추하다고 하는 거, 금지라고, 말했을 터입니다……."

내 새빨간 귀두가 빼꼼 얼굴을 내미는 눈처럼 하얀 가슴을 보고, 나는 다시금 말했다.

루루 씨는 가슴을 꾸욱♡ 꾸욱♡ 하고 위아래로 움직이면서,

"마코토 님은 그렇게 말씀해 주시지만…… 객관적으로 봐서

제 가슴은…….”

풍만한 가슴에 아들이 훑어지면서, 나는 머리 한구석에서 '글쎄?' 하고 생각했다.

"개, 객관적으로 보면, 무척 아름답지 않은지……? 으읏……!"

"마코토 님은 클레릭이시니까 그렇게 말씀해 주시는 거겠지요. 하지만 저는 계속 그런 말을 들으면서 자라 왔고……. 그래도 이렇게 남성분을 위로할 수 있다면, 이 살찐 지방도 기뻐할 거예요."

"우오…… 기분 좋아…… 아니, 살찐 지방이라는 건 확실히 그렇겠지만……. 그래도 남자로서는 그편이 기쁘다고 할지……. 뭐, 사람에 따라 다를 수도 있겠지만…… 읏!!"

루루 씨는 내 말에 항의하는 것처럼 내 아들을 괴롭혔다. 좌우 유방을 번갈아 움직여, 집요하게 갓 부분을 공격했다.

"남성분은 다들 큰 배, 훌륭한 수염, 그리고 작은 가슴을 좋아하시잖아요? 저 같은 건――."

어라? 하고 위화감의 정체를 깨달은 순간, 나는 절정에 달했다.

뷰르르르릇! 하고 기세 좋게 날아간 정액이 루루 씨의 아름다운 얼굴을 하얗게 더럽혔다. 우와아…… 여신처럼 예쁜 엘프 얼굴에 싸는 거, 배덕감이랑 우월감이 있어서 엄청나게 기분 좋아…….

아니, 그게 아니고.

"큰 배에, 훌륭한 수염에, 작은 가슴을 좋아한다, 라고요?"

루루 씨는 얼싸당한 정액을 싫어하기는커녕 기쁜 듯이 손가락으로 건져서 핥았다. 꿀꺽.

"진해요오♡ ──네, 남성분은 그렇잖아요? 여자도 물론 그런 체형을 지향해요. 하지만 저는 가슴만 뚱뚱하고, 배도 허리도 작은 채예요……. 급기야 수염은 나지 않고 체모도 옅고, 얼굴도 이렇고……. 우우, 눈물이 나와요. 앗, 자지님에 남은 정액, 잘 먹겠습니다♡"

슬퍼하는가 싶더니만, 내 페니스즙을 보고 기쁜 듯이 달라붙는 에로프 씨. 쪼옥~ 쪼옥~ 하고 행복한 듯이 정액을 빨고 있습니다.

"우아…… 우오……! 아니, 잠깐 기다, 무슨…… 우호옷?!"

루루 씨는 정액을 마시며 살아가고 있는 것 아닐까 싶을 정도로 내 분신을 모조리 마셔 나갔다. 그 자극에 나는 정액 이외의 것도 나올 것 같아서 허리가 엉거주춤하게 뒤로 빠졌다.

"푸하아♡ 아아, 마코토 님의 정액, 어쩜 이렇게 맛있는 걸까요♡"

서큐버스인 걸까.

"서큐버스입니까?"

"엘프인데요……?"

내 발치에서, 입가에 정액과 음모가 묻은 채 고개를 갸웃하는 루루 씨. 그렇지요. 에로프지요.

"사실은 더 먹고 싶지만요…… 슬슬 '그 애'가 돌아올 테니."

루루 씨는 입가를 닦으며 일어서고는 그런 말을 했다.

"그 애?"

네, 하고 조금 전까지 정액과 음모가 달라붙어 있었다고는 생각되지 않을 정도로 아름다운 미소를 띤 얼굴로,

"제 파트너예요."

"파트너……."

"파티의 파트너예요. 저희는 2인 파티였거든요."

"아, 파티. 저도 가입한 거지요."

"네! 어서 오세요, '쌍렬(双烈)'에! 환영한답니다!"

전라로 환영받았다.

"파티는 4인 파티가 정석이라고 들었습니다만……."

스승님한테서 그렇게 들었다. 텔레포트 마석인 전이 결정의 상한이 네 명이니까, 라는 게 가장 큰 이유라는 듯하다.

"네. 하지만 저희는 그── 이 외모이기에 어디에서도 받아 주지 않았고, 누구도 들어와 주지 않아요. 추한 저희랑 같이 있으면 여러 가지로 불리하니까……."

슬픈 듯이 몸을 비트는 루루 씨. 크고 예쁜 가슴과, 이쪽 역시 크고 예쁜 엉덩이를 부끄러워한다기보다는 한심하다는 듯한 기색으로 손으로 가렸다.

아, 이거다. 이 위화감.

만났을 때부터 줄곧 자기를 '추하다'라고 비하하는 루루 씨.

엘프라는 차별받는 종족이라서일까 하고도 생각했는데…….

"그러니까, 마코토 님께서 가입해 주셔서 정말로 기뻐요! 클레릭인 마코토 님께서!"

하지만, 하고 루루 씨는 슬픈 듯이,

"마코토 님은 모르셨던 모양이지만, 클레릭은 그 파티의 여자 전원과 의식을 해요."

"요 이틀간 했던 것, 이로군요."

"네♡"

양손을 가슴 앞에서 깍지 끼고 기쁜 듯이 미소 짓는 루루 씨. 귀엽네~. 전혀 추하지 않은데 말이지.

"그래서, 제 파티는 저랑 나머지 한 명. 2인 파티인데요…… 그……."

"말하기 어려운 듯이, 왜 그러십니까?"

"또 한 명도…… 저랑 같은…… 추녀라서……. 아뇨, 저보다는 미인이지만요!"

"추녀……?"

"그녀는 저와 다르게 인간(흄)이니까 저보다는 미인이에요."

"아뇨, 루루 씨도 미인입니다, 특출난."

"정말…… 마코토 님은 너무 다정해요……. 하지만 때로 너무 다정한 말은 다른 사람을 상처 입히기도 한답니다……?"

타박하는 듯한 눈으로 나를 보는 루루 씨.

"섹스── 의식 중에는 기뻐요. 설령 거짓말이라도 그렇게 말씀해 주시면 자신을 속일 수 있어요. 하지만 항상 그렇게 말씀하시는 건 괜히 더 상처받아요……. 아, 아뇨, 마코토 님을 책망하고 있는 건 아니고 말이에요? 아아, 죄송해요, 저도 참, 무슨 실례되는 말을……!"

허둥대며 당황하는 그녀를 보고,

“아.”

불현듯 그 의심스러운 점을 알아차렸다.

여기에 와서, 겨우── 나는 그 가능성에 생각이 미쳤다.

“제 고향에서 엘프는── 루루 씨 같은 사람은 미인으로 취급받습니다만…….”

“………………네?”

“어쩌면 이 나라에서는…… 아니, 이 대륙에서는…… 그렇지 않다?”

“………………뭐라고요?”

루루 씨는 그렇게 말하며 나한테 바싹 다가섰다. 그 눈에 분노의 색과── 눈물이 생겨났다.

“무슨 말씀을 하시는 건가요? 제가 미인? 이…… 손에 다 들어가지 않을 정도로 큰 가슴도? 부러질 것 같을 정도로 가느다란 어깨랑 팔과 허리를 보시라고요? 비뚤비뚤한 곡선을 그리는 이 허리에서부터 엉덩이를── 똑바로, 똑바로 보시고 나서 그런 말씀을 해주세요!”

그녀는 눈물을 흘리며 그렇게 호소했다. 우롱당했다고 생각하는 것이리라.

“미안합니다, 그럴 생각은 아니었는데──.”

“그것 보세요, 그것 보세요!”

“그거, 전부 제가 태어난 나라에서는 자랑이 됩니다.”

“…………네?”

“진짭니다. 믿어 주십시오. ──이것 보십시오.”

나는 그렇게 말하며 자신의 아들을 가리켰다.

부끄러워하는 기색도 없이 발기하고 있었다.

"루루 씨는 제게는 무척 매력적입니다. 손으로 다 잡히지 않을 정도로 큰 가슴도, 부러질 것 같을 정도로 가느다란 어깨와 팔과 허리도, **여성스러운** 곡선을 그리는 허리에서부터 엉덩이도."

"**여성스럽다고요**……? 제, 제가……?"

"예. 무척 아름답다고 생각합니다."

부끄러워하는 기색도 없이 그렇게 전했다.

"마코토 님께서 태어나신 나라에서는……. 고향 나라에서는, 그런가요……?"

물론 취향의 차이는 있지만,

"그렇습니다."

"미, 믿기지 않아요……."

"그래도, 보십시오."

그렇게 말하고, 우뚝 선 아들을 보여줬다.

"루루 씨의 몸을 보면 흥분합니다."

"…………!!"

그녀의 얼굴이 새빨개졌다. 부끄러워하고 있다. 귀엽다. 섹스할 때는 그렇게나 치녀 같았던 사람이 갑자기 부끄러워하니 무척 흥분되는군요.

"그, 그런…… 그런 형편 좋은 이야기가…… 설마, 설마 그런…… 하지만, 하지만……."

루루 씨는 발기한 내 아들을 힐끔힐끔 보며 자신의 뺨을 양손으로 감싸고 고개를 가로저었다.

"확실히── 확실히 마코토 님은 클레릭이라고 쳐도, 그 점을 가미해도, 그 이상으로, 저를 원해 주셨어요……. 이 비대한 가슴도…… 무척 좋아하셔서…… 자지를 끼우게 하거나……."

"가슴은 크면 클수록 좋다고, 저는 생각합니다."

이견은 인정한다. 이건 내 성벽이다.

"…………! 그, 그런…… 여자의 가슴은 작을수록 좋은데……!"

"제 나라에도 그런 사람은 있었습니다. 하지만 저는 다릅니다. 거유파입니다."

루루 씨는 "꺼, 꺼유……?"라며 눈을 희번덕거렸다. 그런 단어 자체가 이 세계에는 없는 것일지도 모른다. 일본에서도 요 수십 년 정도에 생긴 말인 듯하고.

"그, 그러면…… 어, 엉덩이도……? 살, 그다지 안 붙어 있다고요……?"

곤혹스러운 듯이 엉덩이 위로 손을 움직이며 물어보는 루루 씨.

아니, 그녀의 힙은 솔직히 말해 크다. 하지만 이 세계에서는 이 정도로도 작은 것이리라. 마을에서 본 여성은 다들 스모 선수 같은 엉덩이를 지니고 있었고 말이지.

나는 고개를 끄덕였다.

"예, 무척 매력적입니다."

"허리도 가늘다고요……?"

"매우 좋습니다."

"팔이랑 어깨도, 가늘어요……."

"아주 좋습니다."
"체모도 옅어요……."
"진짜 좋습니다."
"피부도, 하얘요……."
"정말 좋습니다."
"어, 얼굴은 어떤가요?! 저는 다른 여자처럼 눈과 눈이 딱 붙어 있지 않다고요?! 코도 납작하지 않고요! 턱도 길지 않아요! 머리카락도 이렇게나 찰랑찰랑해서!"
번역하자면, 큰 눈동자에, 오뚝하게 선 콧날에, 입의 위치는 예술적이고, 머리카락은 금사 같은 아름다움이다. 물론,
"참으로 좋습니다."
"그, 그런……!"
루루 씨는 막다른 곳에 몰린 것만 같이 휘청휘청하며 뒷걸음질 쳤고, 울 것 같은, 그러면서도 구원받은 듯한, 천사와 악마를 동시에 본 것만 같은 표정을 짓고선,
"마코토 님은── 마코토 님은──."
이렇게 말했다.

"──────────────폭탄 전문 처리반, 인가요?"

그 표현은 좀 어떨까 싶은데.

☆

"정말로, 그런 남성분이 계신다니…………"

의자에 앉은 루루 씨가 어깨를 풀썩 떨궜다.

"믿을 수가 없어요……. 아뇨, 하지만, '감정' 마석의 반응은 '참'이었고……."

그렇다. 감정 마석이라는 것까지 사용되어 진위를 확인당했다. 엄청나게 고가이자 희소한 것이라는 듯한데도, 최후의 수단이에요, 부디 용서해 주세요, 도저히 믿기지 않아요, 라며 진지한 얼굴로 내게 육박해 와서.

그 결과 알몸으로 낙담하는 루루 씨가 완성되었다.

아니 그보다, 나도 어깨를 풀썩 떨구고 싶다. 설마 이세계에 왔나 싶더니만 일이 이렇게 되어 있었다니.

즉, 아무래도 이 세계는 '미추의 가치관이 역전된' 모양이다.

——하아. 아니, 알아차리는 게 늦다고, 나…….

자신의 나쁜 눈치에 실망했다.

이런 이세계물은 일본에 있었을 적에는 본 적도 들은 적도 읽은 적도 없었다. 어쩌면 존재했을지도 모르지만, 적어도 내 수비 범위에는 없었던 것이다. 변명이지만.

어쩐지 '아저씨 같은 여성'이 많다 싶었다. 그녀들은 이 세계에서는 미인인 것이다.

그리고 엘프는 '추함' 때문에 박해받고 있다, 라는 것인 듯하다. 반대로 오크나 고블린 등은 인기 폭발이라는 것 같다. 눈앞에서 어깨를 떨구며 낙담하는 루루 씨가 띄엄띄엄 알려주었다.

그보다, 스승님도 가르쳐 줘도 괜찮잖아, 라고는 생각했지만, 그렇다. 스승님은 그린 몬스터였다. 미추고 뭐고 상관없는 것이다.

아니, 어쩌면 이 세계에서는 그게 잘 생긴 것일지도 모른다. 있을 법하다. 엄청 있을 법하다. 왜냐면 겉모습이 고블린에 가까운걸.

참고로 이 세계는 남자는 매우 수가 적고, '남성이다'라는 것만으로 존귀한 모양이다. 또한 검은 머리카락과 검은 눈동자는 '밤의 신'한테 사랑받은 자인가 뭔가로 인기라는 듯하다.

그리고 남자의 수가 적은 탓인지, 또는 그것과는 무관하게 여성 쪽이 성욕이 왕성한 모양이다. 섹스는 기본적으로 여성 상위인 기승위로 하는 것이며, 남자(라기보다 길드 신관)은 누운 채로 매우 담백. 미추와 함께 정조 관념도 역전된 듯하다.

어쩐지, 나 같은 게 인기가 많은 노릇이다. 성욕 왕성하고, 검은 머리카락에, 검은 눈동자니까 말이지.

인기 있는 건 좋다.

하지만 중요한 여성이 **저래**서야…….

나는 위를 올려다보며 로그하우스 천장을 봤다.

"설마 이 세계…… 아니, 이 대륙이 그랬었다니……."

루루 씨도 위를 올려다보며 로그하우스 천장을 봤다.

“설마 마코토 님이 폭탄 전문 처리반…… 아니, 추녀 매니아였다니…….”

그렇게 바꿔 말해도, 딱히 변한 거 없지 않아?

그와 동시에 깨달았다. 서로에게로 시선을 내리고, 서로의 얼굴을 봤다.

전혀 문제없지 않아?

왜냐면 클레릭은 파티 전속이니까 아저씨 여자를 상대할 필요는 없고, 나는 루루 씨와 파티를 짰고, 그 루루 씨는 미인이고, 동료인 파트너분도 이 세계에서 ‘추녀 판정’이라면 미인이라는 게 되지 않나?

미녀와 합법적으로 마음껏 섹스할 수 있는 상황 아닌지?

루루 씨로서도 ‘미남 판정’인 나랑 마음껏 섹스할 수 있는 상황 아닌지?

아마 그녀도 같은 생각을 하고 있으리라. 무언가를 알아차린 얼굴, 무언가를 궁리하는 얼굴, 파아앗 밝아지며 기뻐 보이는 얼굴, 그렇게 표정이 쉭쉭 변하고 있다. 귀엽다.

“루루 씨.”

“마코토 님.”

“일단 앞으로 잘 부탁합니다.”

“일단 앞으로 잘 섹스하도록 하죠.”

잘 섹스라니, 뭔데.

엘프가 에로프인 것도, 이미지가 역전되었기 때문이려나…… 하고 생각한,

그때였다.

——철컥. 타앙!

현관문이 열렸다. 그것도 꽤 격렬하게.

철그럭, 철그럭, 하고 철이 마찰하는 소리—— 발소리. 아니, 달려오는 소리.

주방 문이 기세 좋게 열렸고,

"——네가 '마코토'냐."

철가면에 전신 갑옷을 입은 '기사'가 우리 앞에 나타났다. 기사는 흐릿한 목소리로 이렇게 외쳤다.

"내 언니한테 무슨 짓을 했어!"

분노 폭발이다.

나는 생각했다. 수라장일까?

제10화
변태초M촉수갑옷보이시소녀, 아시아 데데스키.

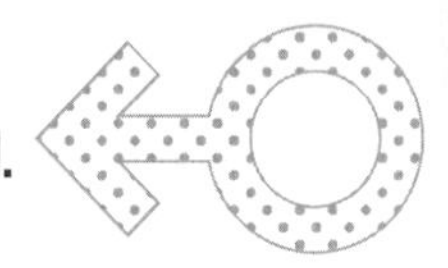

나는 아시아. 아시아 데데스키. 모험가다.

잡은 마법전사로, 레벨은 95. 최고 레벨까지 앞으로 4 남은 상태다. 이 대륙에서 나보다 고레벨인 마법전사는 없다. 그렇기에 S급이라는 랭크도 획득했다. 에헴.

전사계 잡이니까 당연히 파티의 전위를 담당하고 있다.

그렇긴 해도 지금은 나 혼자서 비교적 쉬운 던전을 공략하는 중이지만.

파트너인 **그녀**는 현재 요양 중이다. 저주에 걸린 것이다.

던전의 저주. 그렇다── 음욕의 저주에.

지금쯤은 스스로 '위로하고 있는' 도중일 것이다. 길드 신관이 상대해 주지 않으니까 어쩔 수 없다.

나? 나는 괜찮다. 이 갑옷이 있으니까.

이── **촉수 갑옷**이 있으니까.

안에 촉수 마물이 봉인되어 있다.

바깥쪽은 강고한 마도합금이며, 안쪽은 촉수.

여자만이 장비할 수 있는 특수한 방어구다. 어? 나는 여자입니다.

키가 175㎝인 건 그나마 괜찮다. 문제인 건 가슴이 100㎝나

되는데도 허리는 58㎝밖에 안 된다는 것. 지독한 가슴돼지잖아? 눈도 아몬드처럼 큰 **추녀**. 어째서 모두처럼 눈과 눈이 가깝지 않은 걸까. 수염도 나지 않았고. 그곳의 털은 조금 많지만.

같은 파티 멤버이자 추녀 동료이기도 한 루루는 자주 '민달팽이가 되고 싶어'라며 투덜거리고 있다. 마음은 잘 이해해, 나도 촉수가 되고 싶다. 게다가 만약 루루가 그렇게 되면 기쁘겠지. 민달팽이가 된 그녀가 잔뜩 괴롭혀 주었으면 좋겠다. 생각한 것만으로도 오싹오싹해♡

이야기가 샜다.

이 촉수 갑옷이라면 저주를 효율적으로 해제할 수 있다.

자위하는 것보다 훨씬 쉽게 해주(발산)할 수 있다. 촉수한테 범해지는 거, 기분 좋으니까 말이지!

쓸데없이 살찐 내 가슴도, 동전 같은 유륜도, 발딱 선 젖꼭지도, 너무 많이 비벼서 커진 음핵도, 장난감을 잔뜩 박아서 처녀인데도 처녀막이 없어진 그곳도, 촉수는 집요하고 끈질기게 넌더리가 날 정도로 괴롭혀 준다.

몬스터한테 둘러싸인 와중에도, 전사 스킬을 사용하여 완전 방어 상태로 그저 한결같이 맞고 있을 때도, 촉수는 나를 잔뜩 범해 준다. 스킬 발동 중에는 반동으로 경직 상태가 되니까 나 자신은 움직일 수 없지만, 촉수는 상관없이 움직여 나를 죽을 정도로 가버리게 해준다.

수많은 고블린한테 너덜너덜하게 얻어맞으면서, 허리를 움찔움찔 경련시키며 선 채로 가버리는 것이 나.

허접 몬스터들이 내 절규를 듣고 마치 자기들의 공격이 통하고 있다고 착각한다. 재미있다. 사실은 그저 촉수의 공격이 기분 좋아서 교성을 지르고 있을 뿐인데. 뭐, 수많은 녀석이 달려들어 얻어맞는 것도 기분 좋지만 말이야?

여하튼, 적의 공격에는 대미지 제로이고 아무런 상처가 없다. 촉수의 공격에는 약점을 집요하게 공격당해 빈사인 상태로, 나는 던전 공략에 힘쓴다. 아니, 자위만 하고 있는 건 아니니까, 진짜니까, 제대로 공략하고 있고앗♡ 잠♡ 지금 안 돼♡ 지금은 안 된다니까아♡ 미안, 촉수가♡ 앗♡ 아앗♡ 흐아아앙——♡♡♡

………………….

…………………………….

후우.

실례.

절정했다.

루루한테도 촉수 갑옷을 빌려줄까 하고 말했지만, '…………사양하겠어요'라며 떫은 표정을 지었다. 처녀막을 잃는 게 싫은 모양이다. 220년이나 처녀면 악화되는 것일지도 모른다. '아뇨, 아니에요. 당신이 초변태인 것뿐이에요'라고 반론당했지만.

그럴까나.

루루도 어지간하다고 생각하는데.

한바탕 가버렸기에 고블린들을 쓸어버렸다. 일격에 섬멸했다.

마석 잔뜩 GET했다고☆

그러저러해서 보스방에 도착. 상대는 트롤. 나보다 3m나 크다. 그곳도 컸다면 좋았을 텐데. 몬스터한테는 생식 기능이 없단 말이지. 촉수군도 공격만 할 뿐 씨뿌리기는 못 하고—— 앗, 잠깐, 아♡ 또 가버렷♡ 보스 눈앞에서 가버렷♡ 트롤의 굵은 곤봉으로 인정사정없이 얻어맞으면서 그것과는 전혀 상관없이 촉수한테 음핵 괴롭힘당해서 가버렷♡♡♡

트롤한테 엉망진창으로 얻어맞고 있긴 하지만, 나는 꿈쩍도 하지 않는다. 아니, 움찔움찔거리기밖에 하지 않는다. 촉수의 음핵 공격에 허릿심이 빠져 지면에 나뒹굴고 브릿지 자세처럼 허리가 활처럼 휘어 움찔움찔하던 차에 트롤이 곤봉을 내리쳤지만, 활처럼 휘어진 등은 그대로였고 그저 절규를 계속 지르고 있다.

내가 절정해서 움찔♡ 움찔♡ 하는 걸 보고 보스인 트롤이 '공격이 먹혔군' 같은 표정을 지으며 기뻐하고 있다. 미안, 네 공격은 전혀 기분 좋지 않았어.

"하아…… 얼른 끝낼까."

촉수군이 현자 타임으로 개운해진 동안 쓰러뜨려 버리자. 방어가 철벽이라고는 해도 공격하지 않으면 이길 수 없으니까 말이지. 나는 일어섰다. 흔들, 하고 장검을 치켜올리고,

갓 스매시
"【전기(戰技)】——신강천격(神剛天擊)."

잡 레벨 95 이상에서 겨우 배울 수 있는 전사계 최강의 공격 기술.

참고로 이 트롤은 레벨 10 정도면 쓰러뜨릴 수 있기에 오버킬도 한참 오버킬이다. 흔적도 남지 않는다.

벼락이 떨어진 듯한 소리가 났고 던전이 두 쪽으로 갈라졌다. 벽면과 지면에 10m 정도의 균열이 생기고 말았다. 뭐, 던전은 금방 원래대로 돌아가니까 괜찮지만.

"아~아."

구석에 떨어져 있던 트롤의 마석을 회수하며—이거 하나로 반 년은 먹고 살 수 있다—크게 갈라진 균열을 봤다.

"…………촉수가 아니라, 인간 것도 갖고 싶네~."

내 갈라진 균열에.

그런 말을 해버린 게 안 좋았던 것일지도 모른다.

"흐앗?!♡"

촉수 여러분이 내 갈라진 균열에 극태(極太) 촉수 페니스를 삽입했다.

"잠♡ 갑자기이♡ 그렇게 깊이이♡ 아앙♡ 안 돼앳♡ 안 된다니까아♡ 마석♡ 떨어뜨려 버렷♡ ——아아아아아아아아아아아아아아아아아아아아♡♡♡♡♡♡♡"

오톨도톨한 게 울퉁불퉁하고 거칠게 꾹꾹 누르면서 돌려대서 인기절정 가버림절정이었다.

그러고 나서 나는 아무도 없는 던전의 가장 깊은 곳에서 촉수 페니스한테 내 가장 깊은 곳을 팍팍 찔려, 세 시간 정도 계속 절정했다. 아무리 그래도 죽는 줄 알았다.

——엘프인 루루가 클레릭을 파티에 가입시켰다.

이상한 소문을 들은 건 그 던전에서 돌아오는 길이었다.

♡

트롤의 마석을 돈으로 바꾸기 위해 길드 건물에 들어가니,

"——들었어? 그 소문."

"그래, 풀 냄새 나는 엘프가 클레릭을 파티에 넣었다고 하는……. 게다가 남자라고……."

한구석에서 그런 이야기를 하는 목소리를 듣고, 나는 그녀들에게 가까이 다가갔다.

"풀 냄새 나는 여자라니, 루루 말이야?"

"아앙? 당연하잖—— 히익!"

"아시아……! 촉수갑옷 변태녀!"

"누가 풀 냄새 나는 엘프고, 누가 변태라고?"

철가면 안쪽에서 노려봐 주자, 두 사람은 겁 먹은 것처럼 움츠러들었다. 그리고 거북한 듯이 고개를 숙이고,

"아, 아니, 그…… 아무것도 아니야……."

"그, 그래요…… 아무것도 아니에요……."

"흐~음?"

나는 겁 먹은 두 사람을 내려다봤다. 피차별(엘프) 대상인 루루는 험담을 들어도 그저 가만히 있었지만, 인간(흄)인 나는 다르다. 험담을 들으면 제대로 **대화를 나누러 간다**.

"그래서, 남자 클레릭을 파티에 넣었다는 건 무슨 말이야?"

두 사람은 서로 얼굴을 마주 보고는,

"너, 너는, 루루랑 같은 파티잖아? 듣지 못한 거야?"
"뭘?"
"그저께였을까……. 이 길드 건물에 오랜만에 남자가 왔다고. 모험가 등록을 하기 위해서."
"남자가……?"
드문 일이다. 놀랐다. 이 나라에서는 남성은 태어났을 때부터 엘리트 코스를 걸으니까 대부분이 어릴 때부터 교회나 길드, 혹은 궁정에 소속되어 있다.
그런 것이, 길드에 '모험가 등록'을 하러 왔다고 하는 것이다. 어디에도 소속되지 않은 야생의 남자. 그런 건 '타이탄 슬라임'보다 드문 존재다.
나한테 사정을 이야기하는 그녀도 어딘가 들떠 있는 것 같았다.
"나이는 17이나 18 정도. 검은 머리카락에 검은 눈동자를 지닌, 미남자였어. 아아…… 멋있었지……. 내가 조금만 더 귀여웠더라면……"
그 남성을 떠올린 것인지, 넋을 잃고 멍한 표정을 짓는 그녀. 내 입장에서 보면 그녀도 충분히 귀여운 부류에 들어간다고 생각한다. 듬직한 수염에, 훌륭한 배, 무엇보다도 더 나아가서 그녀의 종족은 오크다. 본래라면 나 같은 추녀와는 사는 세계가 다르다. 분명 길드 신관도 상대해 줄 테고, 뭣하면 아내 중 한 명이 될 수 있을지도 모른다.
"…………그 남자가, 루루랑?"
"그래요."

오크 여자 옆에 있는 흄 여자가 고개를 끄덕였다. 그녀도 미인이다. 코는 통통하고 입도 눈도 작고, 물론 몸매도 좋다. 큰 배와 굵은 팔에서 엿볼 수 있는 무성한 체모는 암컷의 페로몬을 잔뜩 방출하고 있어서, 철가면을 쓰고 있어도 향기가 잘 풍겨 온다. 나도 이만큼 미인이었다면, 한참 전에 처녀를 졸업할 수 있었겠지. 아니, 딱히 부러운 건 아니지만. 진짜로.

흄 여자가 말했다.

"길드 신관이 되지 않겠냐는 접수양의 제안을 거절하고, 루루가 있는 곳으로 일직선으로 걸어갔나 싶더니만, 웬걸, 머리를 숙이고서는,"

머리를 숙였다? 남자가 여자한테? 믿기지 않는다. 남성은 희소하고 존귀한 존재다. 그들이 없다면, 그들이 봉사해 주지 않는다면 인류 종족(우리들)—인간만이 아니라 오크나 리저드, 엘프나 드워프 등 인간의 언어를 이해하는 자들—은 멸망하고 만다. 이 대륙에서는 어느 나라에서든 '남자'라는 것만으로 귀족과 동등한 지위에 있다.

남성이 엘프한테 머리를 숙인다니, 국왕이 평민한테 머리를 숙이는 것이나 마찬가지다. 믿기 어렵고, 있을 수 없다.

하지만 그녀는 그 이상의 말을 입에 담았다.

"저를 파티에 넣어 주십시오, 라고 말했다고요! ……듣지 못한 건가요?"

흄 여자는 탐색하는 것처럼 나를 봤다.

"드, 듣지 못했어……. 아니, 이틀 전부터 루루와는 따로 행동하고 있어서……."

일주일 정도 전에 오늘과는 다른 '르니브파'라고 하는, 이 나라와 같은 이름을 지닌 고난도 던전에 도전했다.

하지만 공략에는 실패했다. 보스가 너무 강했던 것이다.

게다가 던전 안에 너무 오래 머무르고 만 탓에 음주(淫呪)를 심하게 받고 말았다. 그래서 루루는 휴양하고 있을 터인 것이다. 나는 촉수 갑옷이 있으니까 공략 실패로 잃은 자원(아이템이라든가 생활비라든가)을 되찾기 위해 비교적 쉬운 던전으로 벌러 갔지만.

"그래도, 루루는…… 엘프고……."

내가 쥐어짜 내는 것처럼 말하자, 오크 여자와 흄 여자는 이구동성으로,

"엘프인데도, 남자 쪽에서 부탁했다고."

"엘프인데도, 남성 클레릭을 파티에 넣은 거예요."

두 사람은 마치 '용납하기 힘든 사실'이라는 것만 같이 분개한 모습으로 그렇게 말했다.

"……………………."

나는 그저 묵묵히, 그녀들이 하는 말을 듣고 있었다.

☆

도저히 믿어지지 않았다. 둘이서 나를 속이고 있는 건가 싶었다. '감정' 마석을 가지고 있었다면 썼을 것이다.

여하간 우리는 자주 속는다.

이 추한 외모인데도, 전투력은 특출나게 높으니까 자주 사기꾼한테 호구로 당하는 것이다.

외모가 아름다운 남성한테 '위험 지역 퀘스트를 대신 받아 줬으면 해'라면서 미소 띤 얼굴로 부탁받아서, 의기양양하게 클리어했더니 공적을 전부 가로채였고, 급기야는 이쪽이 사기꾼이라는 소리를 들은 적도 있다. 그 남자는 다른 나라에서 성직자였는데, 국왕(물론 여자)을 홀려 주지육림을 만드는 등 제멋대로 마음껏 행동하다가 암살당할 뻔하여 도망쳐 왔다는 사실을 나중에 알게 됐다. 경국의 미남자라고 불리고 있었다.

그 외에는 남성 상인한테서 산 마술 항아리가 터무니없는 가짜였던 적도 있다. 게다가 그 녀석은 실은 여자였다. 남장하고 있었던 것이다. 용서하기 힘든 사기녀다. 철저하게 몰아넣어, 웃거나 울 수 없게 만들어 줬다.

그 밖에도 아직 더 있다. 아무리 떠올려도 바닥나지 않고 계속 나온다. 열 받는다. 하지만 그 이상으로 슬프다.

속을 때마다 루루는 몹시 상처받았다. 엘프인 그녀는 인계에 아직 익숙해지지 않는지, 매번 잘 속는다. '이번에는 정말이라고 생각했는데'라며 쓰러져 우는 루루의 모습은 더는 보고 싶지 않다.

나는 그녀에게 주워졌다.

어떤 귀족 집안에서 태어난 나는 다섯 살 때 세계의 진실을 알았다. 추한 딸의 얼굴을 보고, 양친은 분명하게 말했던 것이다.

추녀한테 살아갈 가치는 없다.

어릴 적부터 못생겼던 나는 저주받은 아이 같은 취급을 받았다.

이 세계에서는 외모가 전부다. 아버지한테 얻어맞고, 어머니한테 호통을 듣고, 누나와 여동생은 더러운 걸 보는 듯한 눈으로 보고, 사용인한테도 무시당했다.

어느 날, 나는 발작을 일으켰다. 화가 폭발했다.

갓 배운 참인 화염 마술을 썼다. 양초에 불을 붙이는 정도의 하위마술일 터였다. 하지만 나한테는 재능이 있었다. 마술의 재능이.

평범한 인간을 벗어난 마력량에 의해 화염 마술은 대폭발을 일으켰다. 저택은 전소됐다.

다행히 죽은 사람은 나오지 않았지만, 저주받은 아이가 된 결정적인 순간이었다.

그 결과, 없는 존재로서 취급받았다. 저택과 함께 새롭게 별채가 지어져, 그곳 지하 감옥에 가두어진 것이다. 감옥에서는 마소(마나)가 차단되어 마술도 쓸 수 없었다. 너무하다고 생각한다. 식사도 제대로 주지 않았다. 사흘에 한 번, 잔반이라고도 부를 수 없는 쓰레기를 주었다. 엘프 사용인이 몰래 건네준 빵이 없었더라면 지금쯤 죽었을 것이다.

10살 때, 집에서 도망쳤다.

신분을 속이고 길드를 찾아가 모험가가 되었다.

그때, 초심자인 나를 주워 준 것이 당시 이미 S급 모험가였던 루루다. 그때부터 나를 단련해 주었다.

인간(흉)이면서 엘프 수준으로 추한 내게 동정해 준 것이라고 생각한다. 빵을 몰래 주었던 그 사용인처럼.

그래도 상관없다. 나는 태어나서 처음으로 있을 곳을 손에 얻었다. 루루가 준 것이다. 살아갈 의미와 함께.

외모가 전부인 이 세계에서 우리는 S급 모험가로서 활약한다. 던전을 공략하고, 몬스터를 쓰러뜨리고, '용'한테 지배당한 인계를 넓힌다.

세계에 공헌하는 게 아니다. 이런 세상은 똥이다. 멸망해도 좋다고 생각한다.

우리는 세계에 복수하고 있는 것이다. 우리를 인정하지 않는 세상을, 외모가 전부인 이 세상을, 무력으로 인정시키고 있는 것이다.

우리가 없으면 멸망하고 만다, 그렇게 사람들에게 인식시킨다.

자기들이 추하다며 멸시했던 자들한테 의지하지 않으면 살아갈 수 없다, 그렇게 그들에게 인식시키는 것이 나의 복수였다.

루루는 '보기 좋게 이용당하고 있을 뿐인 것 아닌가요?'라고 말하지만, 나는 그렇게는 생각하지 않는다. '용'한테 습격당해 영토를 잃고 있는 어떤 나라의 왕이 우리한테 토벌을 의뢰했다.

외모가 전부인 이 세계에서 자기보다 아득히 아름다운 사람이 추한 우리한테 머리를 숙인다.

이렇게나 통쾌한 일은 없다.

이 기쁨을 루루는 내게 가르쳐 주었다.

우리는 자매 같은 존재라고 그녀는 말했다.

나도 그렇게 생각한다.

내 언니를 속이는 녀석을 나는 절대로 용서하지 않는다.

그러니까 이번에도 용서할 생각은 없었다. 나한테 소문을 들려준 그녀들한테서 떨어져, 진위를 확인하러 간다. 만약 거짓말이라면 그 두 사람은 한 달 정도 섹스할 수 없는 몸으로 만들어 주겠어.

그렇게 생각하고 접수대로 갔는데——

"아, 아시아 씨."

미인 접수양인 라하리타는 내 모습을 보더니 히죽히죽 웃고는,

"벌써 의식(섹스)했나요?"

"싸움 걸고 있는 거냐?"

이 접수양은 내 추한 외모를 알고 있을 터였다. 이전에 딱 한 번 철가면을 벗었을 때의 '우와………………' 라는 아주 질색한 목소리와 오물을 보는 듯한 눈을 나는 결코 잊지 않았다.

그녀는 내가 추하니까 철가면에 전신 갑옷을 착용한다고 생각하고 있을 것이다. 아니, 실제로 그렇긴 하지만, 그렇다고 해서 이 모욕은 용서할 수 없다. 레벨 95 마법 전사가 분노에 몸을 맡겨 전력을 내면 이런 마을 따위 한순간에 날아간다는 것을 가르쳐 줄까.

"아, 아뇨, 그런 게 아니라!"

하지만 라하리타는 당황한 기색으로 고개를 가로젓더니,

"루루 씨가 클레릭을 파티에 넣지 않았나요! 그래서 부럽다~ 싶어서!!"

"……………………너까지 그런 거짓말을 하는 거냐. 길드도 한통속이 되어서 나를 속이려는 건가?"

분노를 억누르는 데 필사적이었다. 라하리타도 또한 "거짓말이 아니에요!"라며 필사적인 태도가 되어서, "루루 씨한테 듣지 못했나요?! 마코토 님이라고 하시는 미남자가 클레릭으로서 '쌍렬'에 가입했다고요! 이거 보세요!!"

그렇게 말하며 길드 파티 리스트를 공중에 표시하고 손가락으로 가리켰다.

확실히, 해당되는 이름이 있다. 하지만이다.

"이런 것까지 위조하다니, 지나친 거 아니야? 그렇게나 우리를 속여서 즐겁냐?"

"위조가 아니래도요! 그런 짓을 하면 제가 잘려 버려요!"

"너, 나한테 뭔가 원한이라도 있어? 잘릴 각오로 그렇게까지 한다는 건, 어지간한 원한인 거잖아?"

"없어요, 없어요! 믿어 주세요! ――여러분도 보셨지요?! 그 마코토 님을!"

라하리타가 뒤에서 대화를 바라보고 있던 다른 모험가들한테 그렇게 묻자,

"아아, 엄청난 꽃미남이었지."

"그런 분이 길드 신관으로 오셨다면 좋았을 텐데."

"정말 아깝지. 엘프 같은 거한테…… 어이쿠, 아무것도 아니에요~."

"루루를 만나고 오면 되지 않아?"

비교적 사이가 좋은―그렇다고는 해도 인사를 나누는 정도지만―모험가들조차 그렇게 말했다.

"……………………알았어."

나는 전원을 향해 말했다.

"만약 거짓말이면, 용서하지 않을 거니까."

죽일 생각으로 그렇게 선언했다. 나는 모두가 겁먹을 거라고 생각했다. 하지만 그렇게는 되지 않았다. 겁먹는 사람도 확실히 있었지만, 그 이상으로 '나 원 참' 하고 끝까지 믿지 않으려는 나한테 어처구니없어하는 사람이나, '좋겠다아' 하고 클레릭을 파티에 가입시킨 것을 부러워하는 사람 쪽이 더 많았다. 압도적으로.

속이고 있는 게 아닌 건가?

그러면, 속고 있는 건 내가 아니라 루루……?

"언니……!"

나는 마석을 교환하는 것도 잊고, 길드를 뛰쳐나갔다.

언니가 위험하다. 아니, 살해당하거나 하는 일은 만에 하나라도 있을 수 없지만, 전 재산을 바치는 일은 충분히 있을 수 있다. 그렇게 해서 지금쯤, '나는 무슨 짓을……! 아시아를 볼 낯이 없어요. 이렇게 된 이상은, 목숨으로 속죄해야……!'라며 나이프를 목에 찌르려 하고 있을지도 모른다. 눈에 보이는 듯했다. 나이프의 칼끝이 그녀의 불쌍할 정도로 가느다란 목을 찢고, 새빨간 피가 바닥에 뚝뚝——.

"언니!"

언니가 위험하다.

서두르지 않으면.

미추역전 세계의 클레릭

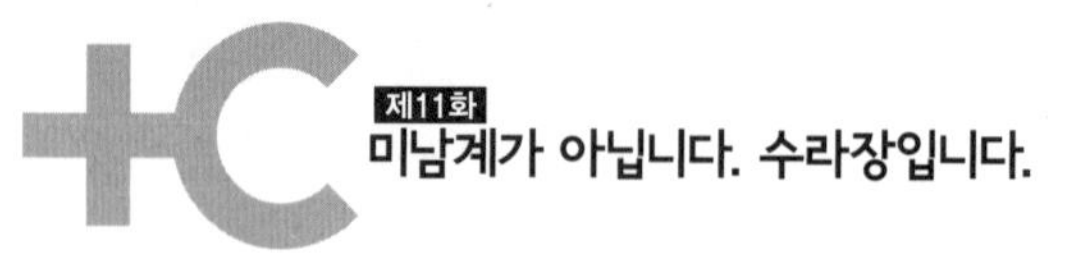
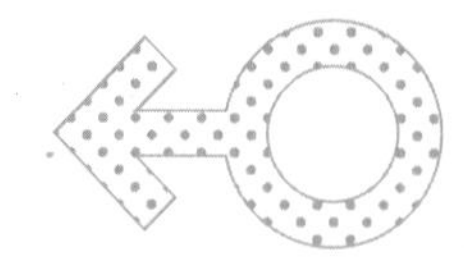

제11화 미남계가 아닙니다. 수라장입니다.

루루 씨의 집.

주방.

나와 루루 씨가 알몸인 채로 '일단 앞으로 잘 (섹스) 부탁합니다'라며 인사를 나눈 그때,

"내 언니한테 무슨 짓을 했어!"

방의 문을 걷어차서 부서뜨릴 것만 같은 기세로 들어온 커다란 기사가 소리쳤다.

분노 폭발이다. 엄청나게 쫄았다. 오줌 지릴 뻔했다. 작게 "히익" 하고 목소리가 나와 버렸다.

"아시아! 이 무슨 무례한 짓인가요!"

루루(알몸) 씨가 황급히 일어서서 이쪽으로 바싹 다가오는 전신 갑옷 기사를 제지했다.

"언니! 무사했어?! 심한 짓 당하지 않았어?! 아니 그보다 어째서 알몸—— 설마!"

철가면이 나를 찌릿 노려봤다.

아뿔싸, 내가 강간했다고 여겨졌구나.

"언니를 미남계로 홀린 거냐!"

홀리지 않았어.

"언니가 220년이나 처녀였다는 걸 이용해서!!"

"219년이에요!"

거길 정정하는 건가, 루루 씨.

"됐으니까 들어요, 아시아! 마코토 님은 저희 파티에 가입한 거예요! 전속 클레릭인 거라고요!"

"속으면 안 돼! 언니는 사람이 좋으니까 속기 쉽지만, 나는 그렇게는 되지 않아!"

철가면이 그렇게 말하며 나를 봤다. 나는 알몸인 채로 의자에 앉아 경직(쫄아버린) 상태다. 완전히 '바람이 들킨 기둥서방'이다. 아무래도 이 기사는 남동생인 것 같지만.

어라? 조금 전에 루루 씨가 '파트너는 추녀'라고 하지 않았던가? 내가 잘못 들었던 건가? 아, 이 남동생 군은 '파트너'가 아니라 다른 파티인 걸까?

"큭―― 엄청나게 멋있어! 정말로 멋있지만, 남자 알몸이라든가 처음 보지만, 나는 속지 않는다고! 뭐가 목적이냐!!"

내 얼굴을 본 시스콘 철가면은 어째서인지 주눅이 들면서도 나를 규탄했다.

아아, 그런가. 남자가 적은 거였지.

아니 그보다, 이 철가면은 남자가 아닌가……? 나(僕)라고 말하고 있는데?

내가 의문을 입에 담기 전에, 철가면은 거침없이 쏘아붙였다.

"너는 뭐가 목적이냐!"

"목적……?"

"시치미 떼지 말라고! 너 같은 남성이 우리 같은 추녀 파티의 클레릭이 된다……. 전속으로 '의식'을 한다는 거라고! 그런 달콤한 이야기를 믿을 거라고 생각하냐? 바보 취급하는 것도 어지간히 하라고!"

"엇, 아니, 저기……."

무슨 말이지?

"뭐가 목적이냐! 돈이냐? 아니면 퀘스트 보수냐? '용'의 머리냐?!"

"저기, 그러니까……. 저는 스승님한테서 S급 파티에 들어가라는 말을 들어서……."

"그것 보라지! 스승한테 명령받아서 억지로……"

"하지만 루루 씨의 파티에 들어가고 싶다고 생각한 건 저 자신입니다."

"……뭐라고?"

"그, 의식을 한다고는 생각지 않았지만, 저는 후회하지 않습니다. 루루 씨를 속이고자 하는 생각은 없습니다."

"믿을 수 없……."

"큰 오해가 있다고 생각합니다만……."

"오해?"

"저한테는 루루 씨가 추녀로는 보이지 않습니다."

"하?"

"오히려── 무척 예쁘다고 생각합니다."

"하아?!"

"저는 먼 이국에서 왔기에, 가치관이 다른 듯합니다."

"하아아아?!"

믿기지 않는다는 듯한 목소리를 내는 철가면 남동생 군. 그 놀라는 방식, 언니한테 엄청나게 실례 아닙니까……?

루루 씨도 조금 열 받았는지, 입가가 움찔움찔 움직이고 있다.

"……아시아, 정말이에요. 마코토 님은 저 같은 외모를 좋아한다는 모양이에요. 흐흥♪"

그래도 평정을 가장하며, 철가면을 타일렀다. 조금 득의양양하게. 어머나, 귀여워라.

"즉…… 소위 말하는 그……."

철가면은 루루 씨를 보고,

"폭탄 전문 처리반?"

그러니까 그 표현은 좀 어떨까 싶은데.

"그건 즉, 내가 폭탄이라는 거네, 아시아?"

루루 씨, 폭발했다!

"죄송합니다그런말이아니에요."

철가면이 곧바로 사과했다. 언니는 무서운 듯하다. 나는 루루 씨를 거들었다.

"루루 씨가 제 고향에 오셨다면, 필시 인기가 엄청났을 겁니다."

"뭐야, 그 나라는! 낙원이잖아!"

루루 씨는 판타지의 미소녀 엘프 그대로니까 말이지.

그런 그녀가 철가면을 질타했다.

"인제 그만 진정하세요, 아시아. 마코토 님은 저를 속이고 있지 않아요."

"그보다 언니, 어째서 알몸이야? 설마 정말로 미남계에 걸린 거야?"

"미남계는 아니지만요……."

이쪽을 힐끔 보고는,

"죄송해요, 마코토 님. 사정을 설명하고 올게요."

"하아…… 저기, 제 쪽에서도 이야기할까요……?"

"아뇨, 저한테 맡겨 주세요. 마코토 님은 쉬고 계셔 주세요. 그…… 또, 나중을 위해서♡"

그렇게 말하고, 요염하게 웃으며 루루 씨는 나갔다. 아니, 거짓말이다. 요염하다고 할지, 욕정이라는 느낌이었다. '웨히히'라는 느낌이었다.

또 나중에 할 생각일까.

그건 바라마지 않던 일이군요?

그렇게 해서, 루루 씨는 철가면 기사를 데리고 나갔다. 알몸인 채로. 전라 설득.

미추역전 세계의 클레릭

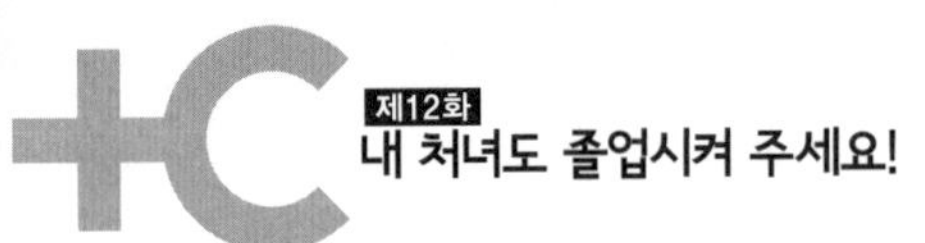

제12화 내 처녀도 졸업시켜 주세요!

문 너머에서 루루 씨와 아시아 군의 대화가 들려왔다.

응, 대화가 들리고 만다. 귀를 쫑긋 세우고 듣고 있는 건 아니지만, 뭐, 들려오는 건 어쩔 수 없지.

"언니, 뭔가 이렇게…… 여유가 생겼네."

"어? 그런가요?"

"응. 평소보다……."

"우후후. 들켜 버렸나요. 우후후후헤헤헤."

"대체 무슨 일이……?"

"크흠. 당신한테는 말해야만 하겠지요."

"설마……."

"그 설마예요. 저── 루루 와일즈 워드릿트는 처녀를 졸업했습니다!"

"뭣── 뭐라고오오오오?!"

"후후후, 처녀를 졸업한 거예요……! 처녀를! 졸업! 한 거예요!"

"그건 즉── 처녀를 졸업했다는?!"

"네, 처녀를 졸업했어요."

"섹스를── 섹스를 한 거네?!"

"네, 섹스를 했어요."

“소중히 간직해 뒀던 처녀막을, 마침내?!”
“네, 진짜 남성분의 자지로, 찢었어요.”
“굉장해애애애애애애애애애!! 해냈구나, 언니!!”
“그렇죠, 그렇죠. 아아, 저, 마침내 한 거예요!”
“축하해! 축하해!!”
“고마워, 고마워요, 아시아. 저한테 이런 날이 오다니…… 꿈에서도 생각지 못했어요. 설마 이 엘프족인 제가…… 처녀를…… 졸업…… 할 수 있다니……!!”
“우우, 다행이야……! 다행이야……! 언니, 다행이야……!”
“당신까지 울 필요는 없어요, 아시아. 하지만── 고마워.”
“그도 그럴 것이, 언니……. 엘프로 태어나서, 수백 년 동안 줄곧 처녀라서……. 더는 참지 못하고 장난감 정도가 아니라 ‘던전에 떨어진 긴 돌멩이’나 ‘수컷 고블린이 떨어뜨린 곤봉’으로 막을 찢으려 했던 적도 있던 그 언니가……!”
“그건 잊고 싶은 과거니까 말하지 말렴?”
“마소(마나)도 여성기도 썩어 가고 있는데…….”
“아직 안 썩었어!”
“잘됐네, 언니! 그래, 언니는 얼굴이나 체형이야 어쨌건 모험가로서는 일류고, 성격도 훌륭해! 머리에 포댓자루를 씌우면 남성분도 꼬무룩하지 않을 텐데, 하고 나는 줄곧 생각했었어! 믿고 있었다고!”
“너, 나를 그런 식으로 생각하고 있었니?”
“하지만, 그, 묻기 어려운데…… 역시 속고 있는 거 아니야……?”

"네, 좀처럼 믿기 힘든 일이지만, 마코토 님과는 눈과 눈을 맞추고, 서로 사랑을 나눴어요."

"눈과 눈을……. 굉장해……. 진짜다……. 언니의 얼굴을 직시할 수 있다니……."

"당신 조금 전부터 슬쩍슬쩍 지뢰를 밟고 있다고요?"

"그럼 그, 자지라고 생각했더니 실은 포션병이 박힌 것뿐이었다, 같은 결말은 아닌 거네?"

"아니에요. 저, 이 눈으로 자지님을 뚫어지게 관찰했어요. 향기도 맡았어요. 맛도 봤어요."

"핥았어?!"

"네—— 무척, 뛰어난 맛, 이었어요."

"뛰어난 맛이었구나아~……. 저기, 그거 정말로 자지였어? 소금에 절인 거대 민달팽이에 벌꿀을 바른 게 아니라? 그것도 똑바르고, 움찔움찔 움직이고, 맛도 비슷하다는데?"

"너, 나를 뭐라고 생각하는 거야?!"

"엘프니까……."

"엘프지만요! 그래도 제대로 했어! 처녀 졸업했다구!"

"그런가아~~~."

"그런 거예요."

"좋겠다아아아아아아아아아아아아아아아아아아아아아아아아!! 나도 자지 할짝할짝 핥고 싶고, 가슴 빨리고 싶고, 남성이랑 섹스하고 싶어~~~~~~~~~~~~~~~~~~~~~~~엇!!"

시스콘 기사는 게이인 걸까.

이대로라면 나, 뒤쪽 구멍도 동정의 위기 아닌지?

“후후, 안심하세요, 아시아.”

“우와아, 처녀 졸업했다고 여유로운 거 열 받아아~.”

“옛날부터 이랬어요. 처녀 졸업은 상관없어요.”

“처녀 졸업한 언니한테 질투로 열 받고 있습니다.”

“솔직하네요……. 그러니까 안심하도록 하세요. 마코토 님은 우리 ‘쌍렬’에 가입해 주신다고 말씀하셨어요. 클레릭으로서.”

“어?!?!”

어?!?!

“그건 즉――.”

그건 즉――?

“그래요, 당신도, 마코토 님과, 의식(섹스) 할 수 있는 거예요!”

“아싸아아아아아아아아아아아아아아아아아아아아아아아! 나도 섹스할 수 있어어어어어어어어어어어어어어어어어어어어어어어!!”

자아 그럼, 도망칠까.

저 기사, 언니 말고는 흥미 없는 시스콘이라고 생각했더니 양쪽(바이) 다였던 건가. 이건 위험하다고. 나는 이성애자(헤테로)다. 철가면 아래가 어떤 얼굴인지 모르지만, 설령 미남이라고 해도 무리인 건 무리다. 설령 엄청나게 귀여운 여장을 하고 있다고 해도 무리다. 나한테 ‘보추’를 사랑하는 성벽은 없는 것이다. 브리짓 쨩이라도 료찡이라도 아스톨포 군이라도 아슬아슬하게 무리다.

의식에 관해서는 몰랐다, 라는 걸로 파티는 빠지자. 일단 여기서 탈출이다.

매우서둘러팬티를입고창문을열고우와어둡네아래가안보이는데뛰어내려도지금의나라면다치지는않아빨리늦기전에지금콰아앙!

문이 부서지는 것 아닐까 싶을 정도의 기세로 열렸다.

늦었다.

"조금 전에는 실례했습니다, 마코토 님! 나는 아시아! 언니와 파티를 짜고 있습니다, 예에, 같은 파티입니다, 예에!! 파티가 같다! 즉, 클레릭인 당신을 공유할 수 있는 겁니다!!"

철가면에 전신 갑옷인 기사가 척척 걸어온다. 철이 부딪쳐서 철컥철컥 소리를 내며 이쪽으로 다가온다. 사냥감을 절대로 놓치지 않겠다는 의사가 느껴진다. 일주일 금딸한 남고생이 옷장 틈새에 숨긴 야한 책에 손을 뻗는 듯한 기세를 느낀다.

온몸이 성욕 덩어리 같은 기사였다.

오라가 일어나고 있는 것 같았다.

억지로 강간당하는 여성의 심정이 자~알 이해됐다. 경솔하게 남자가 있는 방에 들어가서는 안 된다. 온몸에서 '하고 싶다' 오라 전개 중인 남자가 육박해 오는 건 진짜로 무섭다.

박력에 집어 삼켜져 창틀에 다리를 걸친 상태에서 경직되고 만 내 팔을 철가면 시스콘 녀석 아시아가 붙잡았다.

"엇, 미아, 나, 남자는 좀."

변명할 여유도 없이.

"마코토 님은 폭탄 전문 처리반이지요?!"

아시아 군이 철가면을 벗었다.

"부탁합니다! 내 **처녀**도 졸업시켜 주세요!"

밤색 머리카락 미소녀가 그곳에 있었다.

짧은 보브컷을 한 갈색 머리카락이 뻗쳤다. 눈동자는 금색으로 아름답고, 잘 갖추어진 외모는 잡티 하나 없었으며, 살짝 처진 느낌의 눈가가 귀여운, 일본에서 아이돌을 했다면 정점에 설 수 있을 것 같을 정도의,

미소녀였다.

어, 엄청나게 귀엽잖아.

"…………여자애?"

"그렇습니다만?"

"꼬추 안 달렸어?"

"안 달렸습니다만?"

"철가면이랑 갑옷…………."

"엇, 아, 네. 그…… 나는, 이런 추한 얼굴이고, 가슴도 크고, 허리도 가늘고, 엉덩이도 허벅지도 처질 정도로는 육덕지지 않아서, 그래서 부끄러워서, 감추고 있는 겁니다……."

자랑인가?

몸을 배배 꼬는 아시아 **짱**은 실제로 귀엽지만.

"'나(僕)'라니……."

"모든 여자에게 남성은 동경하는 존재이기에…… 하다못해 말투만이라도 흉내 낼 수 있다면 싶어서…… '나'라고…… 이, 이상하지요! 죄송합니다! 와앗, 나도 참, 남자 앞에서 무슨 부끄러

운 짓을!"

소녀 말투 여자애인가아~~~~~~~~~~~~~~~~~~~~~!

그렇게 왔나아아아아아아~~~~~~~~~~~~~~~~~~~!!!

☆

나는 감동했다.

소년 말투 여자애다. 소년 말투 여자애가 정말로 있었던 것이다. 전신 갑옷의 남장 소년 말투 여자애는 실재했던 것이다. 역시나 이세계로구나얏호우!

"저기…… 마코토 님? 역시 나 같은 추녀는 상대해 주지 않는 겁니까……?"

소년 말투 미소녀 아시아 쨩이 울 것 같은 얼굴로 나를 봤다.

팬티 한 장 차림으로 창에 다리를 걸치고 있던 나는 천천히 그 다리를 내렸다.

"그렇지 않습니다."

팬티 한 장 차림으로 그녀의 양어깨에 손을 올리고, 팬티 한 장 차림으로 온화한 미소를 띠고, 팬티 한 장 차림으로 아시아 쨩의 눈을 물끄러미 바라봤다.

"당신은, 무척 아름답습니다."

"마코토 님……!"

클레릭과 동조한 내 말에 아시아 쨩은 감동한 것처럼 눈동자를 적셨다.

"역시, 폭탄 전문 처리반이군요……!"

으음――.

"앗, 미안해……. 남자의 알몸을 물끄러미 쳐다보고 말아서……."

아시아 쨩은 부끄러운 듯이 고개를 돌렸다. 그런가, 역전된 이 세계에서는 남자의 알몸은 일본에서의 여체 같은 것인가. 센시티브한 건가. 일단 가려 둘까.

팬티 한 장 차림으로 가슴을 가리는 포즈를 취하는 나. 에○13호기 같은 느낌.

뒤에서 대화를 바라보고 있던 루루 씨가 나 원 참, 하고 한숨을 내쉬었다.

"아시아, 마코토 님은 지치셨어요. 오늘은 더는……."

"하지만 언니는 조금 전까지 마코토 님과 의식(섹스)하고 있었던 거지?"

뒤돌아본 아시아 쨩이 그렇게 말하자, 루루 씨가 황홀한 표정으로 고개를 끄덕였다.

"네에, 그건 정말이지, 잔뜩♡"

"치사해! 나도 의식하고 싶어!"

"고집을 부리면 안 돼요. 마코토 님의 몸에 무슨 일이 있으면 어쩔 건가요."

"뿌우――."

아시아 쨩은 뺨을 불룩 부풀렸다. 귀여워.

"그것도 그런가~……. 마코토 님, 미안해. 나, 조급하게 굴어 버렸어."

그렇게 말하며 내게 사과하는 아시아 쨩. 솔직하고 착한 애구나~.

"하지만, 마코토 님은 정말로 폭탄 전문 처리반입니까? 정말로 언니의 알몸에 욕정할 수 있었던 겁니까?"

너무 솔직한 것도 좀 어떤가 싶지만.

조금 부끄럽지만, 루루 씨의 명예를 위해서도 제대로 대답한다.

"물론. 욕정이라고 할지…… 흥분했어. 루루 씨는 엄청나게 야했어."

"어머♡ 마코토 님도 참♡"

"흐음~. 헤에~."

기쁜 듯이 몸을 꾸불꾸불 움직이는 루루 씨와 아직 믿기지 않는다는 듯한 눈으로 쳐다보는 아시아 쨩.

"마코토 님이 폭탄 전문 처리반이라는 건 알겠습니다. 나와 언니의 얼굴을 봐도 싫은 표정 하나 짓지 않고……. 아니 그보다, 조금 전부터 언니의 가슴만 힐끔힐끔 보고 있고."

힐끔 보고 있는 게 들켰었어?!

아니, 어쩔 수 없잖아? 바로 거기에 거유 엘프가 알몸으로 있다고? 출렁출렁 가슴 흔들고 있다고? 봐 버리잖아?

그러자 아시아 쨩은,

"하지만── 제 알몸을 봐도 같은 말을 할 수 있습니까?"

결의를 굳힌 듯한 표정으로 그렇게 말한 것이었다.

"어? 그건…… 무슨……?"

전신 갑옷 여기사한테서 '내 지아비가 될 자는 한층 끔찍한 것을 보게 되겠지'라는 크○나 전하* 같은 말을 듣고 당황하는 나.

"——."

아시아 짱은 천천히 갑옷을 벗어 나갔다. 우선은 어깨부터, 다음으로 팔, 다리.

"엇, 어어…… 저기……?"

당황하는 나. 어째서냐면 그녀는 갑옷 밑에 아무것도 입고 있지 않았기 때문이다. 속옷이라든가 이너 같은 것도 입고 있지 않다.

작은 어깨, 가느다란 팔, 튼실한 허벅지가 드러나고, 허리 부분과 크디큰 흉갑도 벗어 버렸다.

알몸이 되었다.

가슴도, 그곳도, 훤히 보이게 됐다.

거유 그라비아 모델 체형이었다. 175㎝? 인 키에 걸맞게 가슴도 엉덩이도 매우 크고 아름답다. 나는 그 훌륭한 몸매에 욕정하기는커녕 감동했다.

게다가 감추려고 하지 않는다. 허리에 손을 대고, '자아, 봐라'라고 말하는 것만 같이 당당한 태도를 취하고 있다. 그야 이만큼 훌륭하면 수치심보다도 자신감이 웃돌지도 모른다.

하지만,

"어떻습니까? 나의 **추한** 몸은."

당당하게 나체를 드러낸 그녀의 그 목소리에 두려움 같은 기색이 섞여 있다는 것을, 나는 알아차렸다.

---

* 바람계곡의 나우시카에 등장하는 크샤나의 대사.

"나도, 언니와 같은 정도로── 추녀입니다. 이 쓸데없이 살찐 가슴, 가늘고 쏙 들어간 허리, 그런 것치고는 크지 않은 엉덩이. 자, 보십시오, 지독하지 않습니까?"

나는 말했다. 입을 떡 벌리고.

"엄청나게 예쁩니다……."

"그렇죠? 말했던 대로, 나는 무척 추── 뭐라고요?"

"엄청나게 야합니다……."

"네?"

"야합니다……."

"하? 거짓말, 어째서 그렇게나 응시할 수 있는 겁─── 아."

그렇게 말하고는 내 고간에 시선을 향한 아시아 짱. 팬티 한 장 차림인 고간은 텐트 하나가 서 있었다.

발기했다.

그야 그렇다. 장신 슬림 거유 미녀가 눈앞에서 당당하게 나체를 드러내고 있는 것이다. 뭔가 말할 때마다 출렁출렁, 하고 형태 좋은 유방이 흔들리고 있는 것이다. 핑크색 젖꼭지가, 훌륭하게 위를 향하고 있다. 루루 씨의 가슴이 '길다'라면, 이쪽은 '높다'이다. 그저 한결같이 중력에 거슬러, 위를 향해 위를 향해 뻗은 탑 같았다.

"저, 저기, 그렇게 보면──!"

내가 뚫어지게 보고 있었기 때문이리라. 아시아 짱은 갑자기 부끄러워진 것처럼 손으로 가슴을 가리고 허리를 비틀어 몸을 내 시선에서 차단했다.

——아, 부끄러운 거구나.

소년 말투 미소녀의 돌린 얼굴이 빨개졌다.

"처, 철석같이…… 싫어하는 표정을 지을 거라고 생각했는데……. 그, 그런, 발정 난 표정으로 보면, 아무리 나라도 부끄러운데, 하고……."

귀엽다.

그리고 나는 반성했다.

"미안, 아시아 쨩."

"어?"

"나, 착각하고 있었어. 네가 무척 당당한 태도를 취하고 있었으니까, 철석같이 자기 몸에 자신감이 있는 거라고 생각했거든. 하지만—— 사실은 반대였구나."

나는 계속해서 말했다.

"너는 자신이 없으니까 구태여 감추려고도 하지 않고 나한테 보여 준 거지. 내가 정말로 루루 씨나 아시아 쨩 같은 육체를 좋아하는지 어떤지를 확인하기 위해서."

"앗…… 그게, 그러니까……."

창피한 듯이 몸을 꾸물꾸물하는 아시아 쨩.

"맞아…… 요……."

분명 무서웠던 것이리라.

자신이 없는 자기 체구를, 방금 만난 참인 타인한테—— 그것도 이성한테 드러내는 것이다. 나라면 도저히 불가능하다.

그래도 그녀는 내게 알몸을 보여줬다. 창피할 터인 거유와 쏙 들어간 허리, 예쁜 엉덩이를 내게 드러냈다.

그 용기는, 대단하다.

"아시아 쨩."

"네, 넷."

"너는 정말로 굉장해."

"저기…… 인제 슬슬, 창피하다고 할지……."

"너는 정말로 귀여워."

"마, 마코토 님……♡"

"으흠!"

헛기침을 한 건 루루 씨. 조금 전부터 반쯤 뜬 눈으로 우리가 대화하는 걸 지켜보고 있던 루루 씨다.

"아, 언니. 있었어?"

"진심인 눈으로 묻는 거 그만해."

아시아 쨩은 나를 향해 돌아보더니,

"그럼 마코토 님, 여기선 언니도 있으니 내 방으로 가죠."

루루 씨가 항의.

"아시아, 너 말이야."

"언니는 가만히 있어. 나는 아직 마코토 님을 완전히 신용한 게 아니야. 그걸 지금부터 시험할 거니까."

"아니, 너 그렇게 말하면서 마코토 님을 먹을 생각이지."

"그, 그렇지 않아!"

하아…… 하고 한숨을 쉬는 루루 씨. 포기한 모양이다.

"뭐, 좋아요. 마코토 님, 죄송해요. 불초 여동생이 폐를 끼치겠지만, 용서해 주실 수 있으실까요?"

"으음, 저기……."

나는 루루 씨와 아시아 쨩을 보고,

——아시아 쨩한테 인정받기 위해 필요하다면, 어쩔 수 없습니다.

"아시아 쨩이랑 섹스할 수 있다니 최고입니다."

본심과 겉치레가 뒤바뀌었다.

뭐, 됐나.

"정말인가요, 기뻐! 얼른 가죠, 마코토 님. 이쪽, 2층이에요!"

아시아 쨩은 완전히 들떠서 내 손을 잡고 2층으로 가는 계단을 올라갔다. 탱탱한 엉덩이가 눈앞에서 흔들린다. 우와, 알몸 여자애가 계단을 오르는 걸 바로 밑 가까이에서 보는 거, 엄청 야하네.

그녀의 방은 루루 씨의 방과는 통로를 사이에 끼고 맞은편에 있었다.

문 앞에서 딱 멈춰 선 아시아 쨩.

"왜 그래?"

"저기, 그게…… 남자님을 방에 초대하는 게 처음이라, 긴장해 버려서……"

'남자님'이라니…….

"조금 어지럽혀져 있을지도 모르지만, 들어오시죠!"

아시아 쨩은 문을 달칵 열었다.

방안을 봤다.

할 말을 잃었다.

"……………………………뭐야, 이거."

아시아 쨩의 방은 어른의 장난감투성이였다.

책상 위에 크고 작은 다양한 딜도가 정연하게 늘어서 있다. 오른쪽에서 왼쪽을 향해 갈수록 커지고 굵어지고 훌륭해지는 건 뭘까, 음계 같다. 추잡한 마트료시카냐고.

바닥 매트는 무언가 액체가 스며든 자국투성이였고, 그 위에는 포션을 닮은 수상한 핑크색 액체가 든 병이 나뒹굴고 있다.

침대도 비슷한 상황이라, 골프공 크기의 구체가 줄로 이어진 물건이나, 밧줄이나 로프, 그리고 구속용 도구가 어지럽게 흩어져 있다. 그 구속용 도구는 밧줄로 침대 네 귀퉁이에 고정되어 있다. 셀프 구속 플레이라도 즐기고 있었던 것만 같이.

"저기…… 아시아 쨩……?"

"에헤헤, 부끄럽네, 나, 남자님한테 방 보여서, 부끄럽네에……♡"

아시아 쨩을 뒤돌아봤더니 그녀는 새빨개진 얼굴로 몸을 꾸물꾸물하고 있다.

"아니, 부끄러우면 숨기자고……."

"하지만, 부끄러운 모습을 보이는 거, 기분 좋아……!"

내 목소리가 들리지 않는지, 아시아 쨩은 황홀한 미소를 띠며 움찔움찔하고 있다. 에, 무서워.

"저기, 아시아 쨩?"

콕콕, 하고 그녀의 어깨를 손가락으로 가볍게 찌르자,

"하응?! 죄, 죄송해요, 마코토 님! 나도 참…… 살짝 가버리고 말았어요오……♡"

어깨를 찔린 것만으로 가버리는 거냐고.

"자, 자, 들어오시죠! 너저분한 곳이지만——."

그렇게 말하며 내 등을 밀어 방으로 넣는 아시아 쨩. 뒤에서 "남자님의 등……! 마, 만져 버렸어어……!"라며 감격이 극에 달한 목소리가 들려왔다.

어쩔 수 없이 방으로 들어가, 할 것이 없어 가만히 서 있자,

꿈틀꿈틀, 꾸물꾸물, 철썩철썩.

아시아 쨩의 전신 갑옷이 혼자서 움직여, 혼자서 계단을 올라와, 혼자서 방으로 들어왔다. 뭔가, 이상한 소리가 들리는 건 기분 탓일까. 꾸물꾸물, 처덕처덕, 하고.

"자, 촉수군도 들어와들어와!"

아시아 쨩은 갑옷이 움직이는 것을 전혀 이상하게 여기지 않고, 그러기는커녕 문을 열어 안으로 들였다.

갑옷에서 다리가 나와 있었다. 인간의 그것이 아니다. 굳이 말하자면 문어라든가 오징어 같은 연체동물의—— 촉수?

오히려 나는 완전히 기겁해 버렸다.

"우오오오오오오이?! 뭐야? 뭐야, 그거?!"

반응이 늦었지만, 엄청나게 큰 목소리를 내며 몸을 뒤로 젖히고 말았다.

갸우뚱한 얼굴로 나를 본 아시아 쨩이,

"촉수 갑옷인데요?"

자못 당연하다는 듯이 말했다.

촉수 갑옷이라고 하면── 그건가. 야한 만화라든가 게임에 있는, 안쪽이 촉수로 된 저주받은 갑옷인가. 설마 이 세계에도 있었을 줄이야. ……뭐, 있나. 이 세계, 이상하니까 말이지.

꿈틀꿈틀, 하고 촉수군은 정중하게 인사(?)해 주었다. 파○신마그 같군…….

"항상 촉수군이 강간해 주고 있어요♡"

기쁜 듯이 말하지 말라고.

"변태잖아……."

"하읏♡"

"언니한테 들어도 화가 날 뿐인데, 남자님한테 들으면 무척 흥분돼요♡"

"에엑……(완전 질색)."

아시아 쨩은 알몸으로 허리에 손을 대고 "엣헴."하며 고개를 끄덕였다.

"던전의 저주를 촉수 갑옷으로 해주(발산)하고 있어요!"

해주라고 쓰고 '발산'이라고 읽게 하는 거 처음 봤어.

나는 방에 어지럽게 흩어진 장난감(팔보다 굵은 딜도라든가, 애널 플러그라든가)를 둘러보고,

"이…… 자비 없는 물건들은……?"

"쓰고 있어요! 하지만 촉수군이 있으니까 최근에는 전혀 안 쓰고 있지만요! 에헤헷!"

명랑하게 웃지 마.

"하지만 마코토 님이 클레릭으로서 파티에 들어와 준다면…… 더는 스스로 해주(발산)하지 않아도 되겠네요……?"

몸을 내게 바짝 붙이는 아시아 쨩. 나는 박력에 밀려 뒷걸음질 치다가,

털썩.

하고 침대에 앉았다.

아, 이거, 루루 씨랑 같은 패턴인가? 역시 아시아 쨩도 여성 상위가 취향? 덮쳐지려나요?

아시아 쨩은 내 옆에 앉더니 홍조된 얼굴로 나를 쳐다봤다. 무척 귀엽다. 아니 그보다, 알몸 야해.

"마코토 님……."

그렇게 속삭이고는, 내 뺨을 양손으로 감싸고,

"으응……♡"

무서워하는 것처럼, 키스했다. 쪽, 하고 입술끼리 서로 닿는다.

"아시아 쨩……."

"마코토 님, 정말로, 싫은 듯한 표정을 짓지 않아……. 기뻐, 기뻐요……."

또륵, 하고 눈물을 흘리는 아시아 쨩. 조금 전까지의 변태 같은 모습은 어디에 간 것인지.

"더 키스해도, 될까요……?"

"물론."

내가 고개를 끄덕이자 아시아 쨩은 기쁜 듯이 수줍게 미소짓고는 새끼 새가 먹이를 쪼아먹는 것처럼 나한테 키스했다.

"응, 하음……♡ 응므읏……♡"

내 입술을 핥고, 혀를 넣는 아시아 쨩. 나도 답례로 혀를 감았더니,

"으응♡ 응믓♡"

그녀는 느낀 것처럼 몸이 튀었고, 스스로의 입안에 내 혀를 맞아들였다.

——루루 씨와는 다르군……?

바로 사흘 전까지 동정이었고 여성 경험이 한 명밖에 없는 나는 키스 취향이 사람마다 이렇게나 다른 건가 하고 놀랐다. 루루 씨는 한결같이 적극적으로 밀어붙여 왔지만, 아시아 쨩은 밀어붙여지는 걸 좋아하는 모양이었다.

"푸하아……♡ 하앙……♡ 하앗…… 하앗……♡ 마코토 니임……♡ 나, 나아……♡"

입술을 떼고 나를 뜨거운 시선으로 바라보는 아시아 쨩. 눈이 황홀하게 녹아내려 있었다.

동정을 버렸기 때문인지, 아니면 클레릭이 되었기 때문인지, 나는 알 수 있었다.

이건, 이 눈은, 해도 된다는 신호다. 여성한테서 '섹스하고 싶어'라고 요구받고 있는 신호다.

아시아 쨩은 침대에 누웠다.

"저기이, 마코토 님……."

조금 말하기 어려운 듯이, 그녀는 말했다.

"나, 이렇게 보여도, 변태예요……."

어떻게 봐도 변태입니다만…….

"그래서…… 그…… 남자한테 역강간당하고 싶다고 생각하고 있어서……."

조금 혼란에 빠졌다.

어, 그러니까, 이 세계는 여러 가지로 역전되었으니까, 이전 세계 기준이라면 '강간당하고 싶은 희망'이 있다는 걸까나. 분명 저쪽에서 말하는, '강한 여성한테 억지로 범해지고 싶은 남자' 같은 성벽인 것이리라.

과연, 그렇군. 변태다.

"그러니까, 그…… 여자인 내가 부탁하는 건 부끄럽지만요……."

변태 소년말투 여자애 아시아 짱은 내 밑에서 기도하는 것처럼 손깍지를 끼고는,

"나를…… 강간♡ 해주세요……♡"

완전히 욕정한 눈동자로 애원했다.

뚝, 하고.

내 안에서 무언가가 끊어졌다.

미추역전 세계의 클레릭

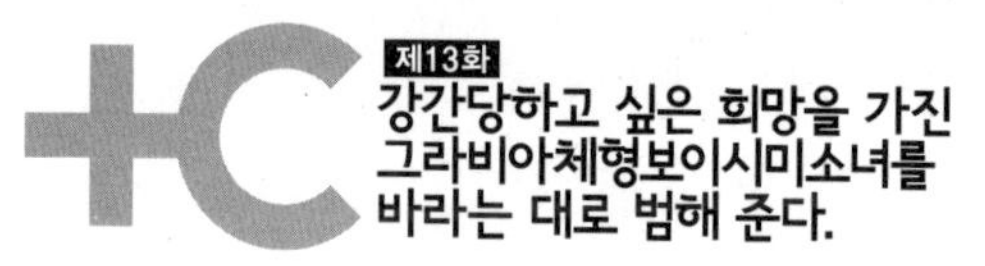

“싫어엇♡ 싫어어♡ 하지맛♡ 빼줘엇♡ 놔줘어♡♡”

정상위. 나는 아시아 쨩의 양팔을 붙잡고 끌어당기며 격렬하게 허리를 부딪쳤다. 그녀의 양팔 사이에 예쁜 가슴이 끼어 출렁♡ 출렁♡ 하고 슬라임처럼 흔들리고 있었다.

아시아 쨩은 싫어하는 기색을 보이면서도 일절 저항하지 않는다. 강간당하고 싶은 희망, 정말로 있었구나—.

“앗♡ 아앙♡ 싫어어, 싫다구우♡ 나, 나는, S급인데♡ 레벨 95 마법 전사인데♡ 트롤한테도 오우거한테도 데빌게스마로그랜드킹한테도 절대로 지지 않는데♡ 약해빠진 남자님한테 지로 범해지고 있어♡”

과연, 그렇군. 자기보다 격이 낮은 상대한테 강간당하는 시츄에이션에 불타오르는 모양이다. 그런데 데빌게스마로그랜드킹이라는 건 어떤 몬스터지?

아니, 그건 그렇다 치고—— 약해빠진 남자라고 했나.

에너지 드레인을 맛보여 주지.

“에잇.”

“……엇?! 어, 어째서——?! 히야앗♡”

그녀한테서 점점 힘이 빠져 간다.

나는 아시아 쨩의 양팔을 그녀의 머리 위로 가져가, 침대에 억눌렀다. 그녀가 바라는 대로 가학적인 미소를 띠고서.

"——누가 약해빠진 남자라고?"

"힉♡ 싫엇♡ 싫어어♡"

아시아 짱은 필사적으로—— 진심으로 내 구속을 풀려고 했지만, 당해내지 못했다.

"앗! 아아! 정말로, 정말로 저항할 수 없어♡ 아앙♡ 힘 세에엣♡ 나, 나, 정말로 억지로 범해지고 있어♡ 남자님한테 강간당하고 있어어어♡ 이거어어♡ 이거 해주길 원했어어어♡ 억지로 힘으로 제압당해서 강간당하고 싶었어어어♡♡♡"

하지만 기뻐 보였다. 나는 그녀가 원하는 대로 아시아 짱을 강간했다. 난폭하게.

"남자한테 강간당하고 싶다든가, 진짜로 변태구만, 아시아!"

팡!

"하앙♡"

치트 스킬로 움직일 수 없게 된 그라비아 체형 소년 말투 미소녀의 질을 마음대로 사용했다. 상대에 관한 것 따위 일절 생각하지 않는다. 내가 기분 좋아지기 위해서만 사용해 주지. 하지만——.

"앗♡ 싫어어♡ 싫엉♡ 난폭하게 하지 마아♡ 기분 좋아져 버리니까아♡ 치사해애♡ 그거 치사해애♡ 흐아아아아아아앙♡♡♡"

강간당하고 싶은 희망이 있는 아시아 짱은 그것이 기분 좋은 모양이라, 꾸우우욱 하고 질이 조여들었다. 또 가버린 듯하다.

"——흐아앗♡ 하아…… 으응……♡ 마, 마코토 니임♡ 마코토 니임♡ 아앙! 아직 안 돼앳♡ 가고 있으니까아♡ 가는 중이니까아!♡"

아시아 쨩이 엄청나게 기분 좋은 듯이 교성을 질렀다. 나는 그녀가 바라는 대로 말해 줬다.

"시끄럽다고! 억지로 강간당해서 기분 좋아지는 여자가 잘난 듯이 지껄이지 마라!"

있는 힘껏 박아 주자, "응기히이이♡"하고 비명을 지른 아시아 쨩이 나를 보며,

"그거, 그거 좋아요오!♡ 좀 더 있는 힘껏♡ 욕해 주세요♡ 나를♡ 변태인 나를♡ 남자님의 자지에 아양 떠는, 음란한 암캐라고 욕해 주세요오♡"

더 거친 게 좋은 건가. 그렇다면——.

나는 그녀를 안아 들어 네발로 기는 자세를 시키고는, 뒤에서 거칠게 삽입했다.

"히이이이잉♡♡♡"

등을 뒤로 젖히며 절정하는 아시아 쨩. 입구는 아플 정도로 조이고, 안쪽도 꿈틀꿈틀 조여든다.

"아앗♡ 엉덩이♡ 엉덩이 때려 주세요오♡ 있는 힘껏 때려 주세요오♡ 무저항인 내 엉덩이에♡ 마코토 님의 손자국을 남겨 주세요♡ 마코토 님의 오나홀 노예라는 증거를 새겨 주세요♡"

오나홀 노예로 삼는 게 아니고 파티 동료가 되는 거지만 뭐 괜찮나 세세한 건! 파앙!

"히이윽끄으으으으으♡♡♡♡♡"

엄청나게 큰 목소리로 울었다. 집이 찌르르 진할 정도로 큰 목

소리였다. 이게 그 전신 갑옷의 기사한테서 나오는 교성이냐고.

파앙! 파앙! 파앙!!

"응긋♡ 히끅♡ 흐아아앙♡♡"

안이 꾸욱꾸욱 조여든다. 엉덩이를 때릴 때마다 가버리고 있는 모양이다. 엄청난 조임이다.

"응아아…… 오오옹…… ♡♡♡"

침을 흘리며 절정한 얼굴을 드러내 보이는 레벨 95 마법 전사(조금 전에 스테이터스로 봤고 스스로도 말했었다). 그 크고 예쁜 엉덩이에 내 손자국이 잇따라 새겨지고 있다.

이 마을의 길드에서, 아니, 아마 이 나라에서 가장 강한 암컷을 복종시키고 있다는 우월감이 내 이성을 침범해 갔다.

"뭘 혼자서 마음대로 가고 있냐고, 마법 전사님!"

파앙!

"히이응?!♡"

"너는 내 자지에 봉사하기 위해 있는 거잖냐? 네년 혼자서 기분 좋아지지 말란 말이다!"

파앙!

내 입에서 매도의 문구가 술술 나온다. 어, 뭐야 이거. 이것도 클레릭의 역류인가? 클레릭님, 이런 플레이에도 대응하는 거야?

"아하아아앙!♡ 죄, 죄송해요오, 클레릭니임♡"

"아니잖냐, 주인님이잖냐!!"

파앙, 파앙!

"히이이이잉♡ 주♡ 주인니이이임♡ 좀 더♡ 좀 더어어어♡♡"

엄청나게 기쁜 듯이 교성과 비명을 지르는 아시아 쨩.

나는 자신의 대사에 완전 질색하고 있지만, 그녀가 기뻐하고 있으니 뭐 괜찮나, 하고 납득했다. 정말로 클레릭님 굉장하네.

“주인니임♡ 주인니이이임♡”

“그러니까 네년 혼자서 기분 좋아지지 말란 말이다, 암캐가! 조금은 가는 걸 참으란 말이다!”

팡, 팡, 하고 엉덩이를 때리면서 욕해 주자, 아시아 쨩은 침을 흘리며 교성을 질렀다.

“쥬히♡ 제서해혀어어어♡ 기분 너무 조아서♡ 기분 너무 좋아서 무리예여어어어♡”

“변태마조년이! 사과해라! 변태라서 죄송합니다, 라고 사과해!”

“사과할게요오! 죄송해요오! 죄송해혓제성해혓제성해혓! 남자님한테 강간당해서 기뻐하는 변태라서 제성햇── 흐아아아아아앙♡♡♡ 또 가버렷♡ 가버렷가버렷가버렷가버렷가버렷─ 가──아아아아아앗♡♡♡”

활처럼 등이 휘며 경련하는 아시아 쨩. 입이 뻐끔뻐끔 움직이고 있다.

“그러니까 멋대로 가지 말란 말이다!!”

짜악! 하고 좋은 소리가 울렸다. 아시아 쨩의 엉덩이를 때린 소리다.

아힝! 하고 좋은 소리로 울었다. 아시아 쨩이 기뻐하는 소리다.

마치 롤플레이처럼 그녀를 추잡한 말로 욕하는 자신(클레릭)을 냉정한 자신(나)이 관찰하고 있다.

——이미지 플레이 유흥업소는 이런 느낌이었으려나.

뒷치기로 아시아 짱한테 허리를 팡팡 부딪치며 그녀의 커다란 엉덩이를 짜악, 짜악, 때리는 나.

"응……?"

불현듯 시야 한구석에 비치는 것이 있었다. 띠링, 하고 내 안의 클레릭이 무언가 번뜩였다.

"어이 촉수, 너도 이쪽으로 와라."

바닥에 벗어 던져져 있던 촉수 갑옷을 나, 클레릭이 불렀다.

촉수군은 '꿈틀?' 하고 안쪽의 촉수로 고개를 갸웃하는 듯한 동작을 했다. 귀엽다. 꿈틀꿈틀하고 촉수를 뻗어 이쪽으로 질질 기어 온다. 귀엽다.

"후에에……? 촉수군……?♡"

황홀하게 녹아내린 눈동자로 촉수군을 보는 아시아 쨩. 나는 촉수군한테 명령했다.

"너, 이 녀석의 입을 범해 줘라."

내 제안에 '!'라는 형태를 취하는 촉수군. 알았어, 오케이, 라고 나한테는 들렸다. 분위기를 잘 맞춰 주는군.

"어~이, 아시아, 이제부터 네 구멍을 두 개 동시에 범해 주지. 어디 한껏 울면서 기뻐하라고."

"후에엣?! 그런, 그러어언! 최고예요오오!"

최고라는 듯했다.

촉수군이 그 가느다란 팔을 소용돌이 형태로 몇 개나 둘둘 감아 촉수 페니스를 만들어 냈다.

우와, 모양 자비 없어…….

“자, 언제나 범해 주는 촉수한테 애원해. 내 앞에서 상스럽게 부탁하는 거다.”

“넷, 네에에♡ 촉수구운, 내, 내 입, 범해 줘……♡”

“그리고 사과해라. 인간 자지가 더 기분 좋아요, 라고. 촉수군의 자지로 참을 수 없었어요, 라고 말이다.”

“그, 그러언♡ 그런 말, 못 해요오♡ 왜냐면, 왜냐며언, 촉수군은, 나를, 언제나 위로해 줘서어♡”

“시키는 대로 안 하면 그만둔다?”

나는 그렇게 말하고 허리 움직임을 멈췄다. 그녀의 질에서 천천히 페니스를 뽑아 나갔다.

“앗, 아아! 죄송해요! 빼지 말아 줘, 빼지 말아 줘요! 말할게요! 말할 테니까요오!”

아시아 쨩은 초조해진 듯이 엉덩이를 흔들흔들 움직여 내 못난 아들을 놓치지 않겠다는 듯이 뒷걸음질 쳐서 왔다. 너무 필사적인데.

그러고 나서 촉수 갑옷을 보고,

“촉수군…….”

꿈틀? 하고 촉수군이 움직였다.

“촉수군♡ 미, 미안햇, 촉수군♡ 나♡ 나아♡ 역시 인간의, 남자님의 자지가 기분 좋아서♡ 더는 촉수군 걸로는 만족할 수 없어어♡”

“착한 애다.”

나는 그녀를 칭찬하고는 귀두까지 뽑았던 페니스를 있는 힘껏 찔러 넣었다.

"오히이이이잉♡ 이, 이거어♡ 남자님의 자지, 최고오오♡"

몸을 움찔움찔 떨며 혀를 내밀고, 황홀한 표정으로 교성을 지르는 아시아 쨩.

한편, 여자친구의 네토라레 선언을 듣고 촉수군이 화난 듯이 부와악, 하고 팔을 펼쳤다. 그(?)는 정말로 분위기를 잘 맞춰 준다. 그러고 나서 촉수 페니스를 두 배, 세 배로 부풀렸다.

나는 신경 쓰지 않고 피스톤을 재개했다. 물론 스팽킹도다.

"히이이♡ 화내고 있어어♡ 촉수군이♡ 화내고 있어요오♡ 남자님한테 네토라레 당한 나한테♡ 화내고 있어요오♡"

파앙, 파앙, 하고 허리를 부딪치는 소리와 엉덩이를 때리는 소리, 그리고 아시아 쨩의 비명이 방에 울려 퍼졌다.

"더 사과해라. 죄송하다고 계속 사과해. 사과 강간당하면서 절정해라!"

"응아아앗' 죄♡ 죄송해요오♡ 제서햇♡ 으곡♡ 으구으으으?!♡"

아시아 쨩이 교성을 지르면서 사과하자 촉수군은 거대한 페니스를 그녀의 입 안에 처넣었다. 목구멍 안쪽까지 쓰고 있는 모양이라, 아시아 쨩이 질식할 것 같은 상태다.

"오고호오오오옥?! 쥬♡ 쥬거엇♡ 보지랑♡ 입엣♡ 자지♡ 박혀섯♡ 쥬거어엇♡♡♡"

찌걱♡ 꿀렁♡ 고뽀뽁♡ 쮸뽀뽁♡ 꾸물꾸물♡

파앙♡ 파앙♡ 파앙♡ 파앙♡ 파앙♡ 파앙♡ 파앙♡

“가버렷♡ 가버렷♡ 또 가버렷♡ 너무 가서♡ 주거버려어엇♡♡♡”

움찔움찔—! 하고 몇 번이나 등이 활처럼 휘는 아시아 쨩. 형태가 좋은 가슴이 출렁♡ 하고 흔들리고 그걸 놓치지 않았던 촉수군이 밥그릇 같은 팔을 내밀어 덥석♡ 하고 달라붙어 빨았다.

“히잉♡ 촉수♡ 안 돼앳♡ 그거 안 돼앳♡ 남자님의 자지한테 박히면서♡ 촉수 강간당하는 거 기분 너무 좋아앗♡ 머리 이상해져 버리니까아앗♡ 안 돼애♡ 이제 용서해줘엇♡ 더는 범하지 말아줘엇♡ 머리 몇 번이나 새하얘지고 있어엇♡ 남자님과 촉수한테 둘이서 강간당하는 거 기분 너무 좋아서 죽어버려어어어엇♡♡♡”

“오랏! 가버려라! 이 변태 초M이! 여자면서도 한심한 초 변태 육변기가! 너 같은 개변태한테 촉수랑 남자님의 자지는 아깝다고! 알았으면 사과하면서 가라! 나하고 촉수한테 강간당하는 것에 감사하면서 절정하면서 죽어라, 마조암컷이!!”

“히이이이이잉♡♡♡ 제성해여어엇♡ 감샤합니다앗♡ 감샤합니댜앗♡ 이런 변태 육변기의♡ 그곳과 입을 사용해 주셔서♡ 가는 것밖에 할 줄 아는 게 없는 변태 초M 마조암컷을♡ 남자님과 촉수님의 듬직한 자지로 강간해 주셔서♡ 감샤합니댜아아아아아♡♡♡”

질척질척하게 울면서 엄청나게 기쁜 듯이 교성을 마구 질러대는 아시아 쨩. 눈물과 침과 콧물과 애액과 조수를 전신에서 푸샤푸샤 뿜어내고, 거유와 엉덩이를 출렁출렁 흔들면서 나라

제일의 미소녀 전사가 성대하게 계속 가버리고 있다.

촉수군도 매우 달아올라 있는 모양이라, 방 전체를 뒤덮을 것만 같이 팽창하여 아시아 쨩의 가슴이나 어느샌가 엉덩이 구멍까지 공격하고 있다. 그곳을 나한테서 빼앗아서 되찾으려 하지 않는 건 주인인 아시아 쨩을 생각해서 그러는 것일까.

나도 슬슬 갈 것 같다. 롤플레이를 즐기는 냉정한 나의 사고가 아시아 쨩을 몰아붙이는 클레릭의 그것에 동조해 갔다.

"오랏! 네년만 가버리고 말이다, 변태 마조암컷 노예가! 내가 갈 것 같다고, 제대로 보지 조여라!"

"네에에엣! 와줘♡ 와줘♡ 싸주세요♡ 사정해 주세요♡ 안에♡ 안에 싸주세요♡ 남자님의 뜨거운 정액♡ 음란하고 한심한 마조암컷 노예의 변태 같은 그곳에♡ 있는 힘껏 뿌려 주세요♡♡♡"

"좋다! 싸주지! 안에 싸주마!"

그리고 나는 비장의 선언을 했다.

"알겠냐, 의식이 아니라고! 이건 의식이 아니다!"

"후엣?!?!♡♡♡ 의식이 아니며언♡ 의식이 아니며어언♡♡♡"

클레릭의 의식으로는 임신하지 않는다. 반대로 말하면 의식의 신비를 행사하지 않으면── '이건 의식이다'라고 내가 인정하지 않으면 임신할 가능성이 있다는 것이다.

"그래! 임신해라! 임신해! 의식이 아닌, 평범한 생 섹스로 착상해라! 네년의 한심한 마조암컷 거기가 나쁜 거다! 반성해랏!!"

조금 전까지의 황홀하게 녹아내린 표정은 어디로 가고, 아시아 쨩은 얼굴이 싸악 새파래져서,

"아앗! 싫어어어엇! 안 돼앳! 임신은! 임신은 안 돼앳! 생으로는 안 돼애! 생으로 질싸는 안 돼앳!!"

있는 힘껏 싫어했다. 전력으로 저항했다. 하지만 내가 에너지 드레인으로 힘을 빼앗았고, 촉수군도 그녀의 몸을 단단히 붙잡아 움직임을 멈추고 있다.

"어째서엇?! 촉수군! 왜야! 놔줘어! 놔줘엇! 임신해 버렷! 나! 임신해 버린다구웃!!"

"핫! 꼴 좋구나, 변태년! 오랏, 싼다! 싼다아아앗!!"

"싫어어어엇! 하지마아아아! 안에는! 보지 안에는 안 돼애앳! 의식이 아닌 생 섹스는 안 돼애애앳!"

"조여대기는! 우오오옷, 나온닷!!"

초뷰르르르르르우르르르우르르르릇――――!!

"시―――――― 싫어어어어어어어어어어어어어어어어어어어어어어어어어어어어어엇!!♡♡♡"

아시아 쨩이 울면서 절규했다.

하지만, 그 어미에 약간이지만 기쁜 듯한 울림이 있는 것을 나는 놓치지 않았다.

아~, 역시 기쁜 거군……. 의식(피임)하지 않은, 임신할지도 모른다는 공포감이 합쳐진 진짜 강간…….

"아앗…… 나오고 있어어…… 정액…… 나오고 있어어……♡"

움찔움찔, 하고 그만큼 싫어했던 생 질싸 강간으로 가버리는 아시아 쨩. 엄청나게 기분 좋아 보인다.

그녀의 질 안이 내 정액을 한 방울도 놓치지 않으려고 꾸물꾸

물 꿈틀거린다. 이쪽도 엄청나게 기분 좋다. 불알이 텅 빌 때까지 나올 것 같다.

“응앗…… 아직…… 나오고 있어……♡ 나…… 남자한테…… 억지로 강간당해서…… 질싸당해버렸어어……♡ 첫경험이…… 강간……♡ 처음 하는 섹스로, 무허가 질내사정……♡ 꿈 같아……♡ 꿈이 이뤄졌어어……♡”

아시아 쨩이 황홀하게 녹아내린 얼굴로 그런 말을 했다. 그러고 나서 눈만으로 내 쪽을 올려다보면서,

“응앗♡ 마코토 니임♡ 무척♡ 기분 좋았어요오♡ 특히 마지막 거♡ 진짜 질싸 강간 같아서♡ 최고였어요오♡♡♡”

라며 감상을 말했다. 그렇다, 물론 의식(피임)은 했다. 단지 그렇게 선언함으로써 그녀가 더욱 기뻐할 것이라는, 클레릭의 판단이 있었던 것이다.

——정말로 기뻐하고 있었군…….

“응앗……♡ 남자님이…… 이렇게까지 격렬하게 해주는 사람이…… 있다니……♡ 마코토 님은…… 최고예요오……♡”

초M적으로는 최고인 듯하다. 잘 모르겠지만, 기뻐해 줬으니 OK. 기분 좋았고, 조금 재미있었고 말이지.

“촉수군도……. 마지막에, 나를 구속해 줘서, 고마워……♡”

아시아 쨩이 파트너한테 그렇게 말하자 촉수군은 꿈틀꿈틀♡ 하고 기쁜 듯이 그녀에게 뺨을 비볐다. 귀엽다. 강아지나 고양이 같다. 버터촉수(견)이려나?

“그래도, 마코토 님……♡ 아직 부족한 것 같네요……?”

아시아 쨩이 내 고간을 보며 그렇게 미소 지었다.

침대 위에 축 늘어진 그녀를 —중력에 지지 않는 유방이나 젊고 탄력 있는 건강한 피부, 그리고 예쁜 질에서 주륵♡ 하고 넘쳐나오는 하얀 액체를— 보고 있었더니 못난 아들이 빠르게도 기운을 되찾았다.

"어쩔 수 없네요오, 정말♡"

아시아 쨩의 중성적인 이목구비가 **성적**인 미소를 지어냈다. 짧은보브컷소년말투폭유초M미소녀가 엉덩이를 흔들흔들하면서 네발로 기는 자세로 다가와, 내 페니스에 '쪽♡'하고 키스했다.

"하음……♡ 츄릅……♡ 주인님의 자지님♡ 무척 멋있어……♡"

페니스를 입에 물고 깨끗하게 청소한 뒤 쪼옥쪼옥, 하고 요도에 남은 정액을 빨았다.

"우웃…… 아시아 쨩……."

"응후♡ 주인니임……♡"

그러고 나서 그녀는 나를 치켜뜬 눈으로 보고는,

"또 나를…… 강간♡ 해주세요♡"

뒹굴, 하고 침대에 드러누워 개가 배를 보여 주는 듯한— 다리를 크게 벌린 자세를 하고 그렇게 졸랐다.

"시, 싫다고 말해도…… 하지 말라고 울면서 소리쳐도……♡ 절대로, 절대로, 그만두지 말아 주세요? 주인님……♡"

숨을 거칠게 쉬며 기쁜 듯이 그렇게 졸랐다. 스스로 말하고서 스스로 흥분하고 있는 것 같았다.

"잔뜩, 잔뜩, 범해 주세요♡ 나를, 엉망진창으로 만들어 주세요♡ 억지로, 난폭하게, 물건처럼 다뤄 주세요♡ 주인님 전용 육변기로 삼아 주세요♡ 주인님의 탱글탱글한 특농(特濃) 정액을, 나의 추잡한 그곳에 원하시는 만큼 쏟아부어 주세요♡ 나를—— 범해 죽여 주세요♡♡♡"

"어쩔 수 없구만……."

클레릭은 그녀가 바라는 대로, 완전히 강간마로 변모했다.

"엉망진창으로 부숴 주지, 아시아."

턱을 강하게 붙잡고, 그녀의 입술에 거칠게 달려들어 잡아먹는 듯한 키스를 하고,

"으으응~~~~~~~~♡♡♡"

그러고 나서 밤새, 아시아 짱을 강간했다.

미추역전 세계의 클레릭

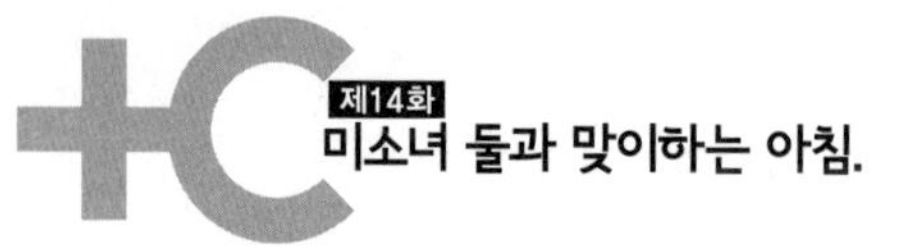

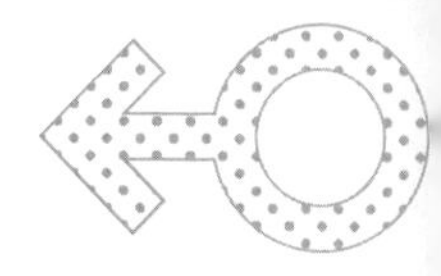

제14화 미소녀 둘과 맞이하는 아침.

사흘 뒤.

아침.

1층 주방.

나는 루루 씨, 아시아 쨩과 함께 식탁을 둘러싸고 있었다.

세 사람 다 반라다. 나는 팬티 한 장 차림이고, 루루 씨는 훤히 비쳐 보이는 브라와 팬티, 아시아 쨩은 헐렁헐렁한 티셔츠풍 옷과 심플한 팬티.

엘프인 루루 씨의 속옷 차림은 그야말로 요정, 혹은 천녀라고 해도 좋을 모습이었다. 얇은 소재로 된 브래지어는 그녀의 핑크색 젖꼭지가 희미하게 비쳐 보였고, 팬티 또한 예쁜 질이 비쳐 보였지만, 전혀 외설스럽게는 보이지 않는다. 그녀가 지닌 신성함이 조각품처럼 생각되게 만드는 것이었다. 손을 대는 것조차 망설여질 정도의 아름다움. 하지만 그런 그녀가 어젯밤에도 나한테 올라타 커다란 가슴을 흔들며 페니스를 육단지로 마구 훑어대고 있었다는 사실만으로도 밥을 먹으면서 발기할 것 같다. 했다.

보이시한 아시아 쨩의 헐렁헐렁 티셔츠 차림은 '어릴 적부터 소꿉친구였던 그녀가 나한테만 보여 주는 러프한 차림' 같은 정취가 있어서 무척 굿잡이다. 티셔츠 같은 상의는 아시아 쨩 정도의 거유라도 숨길 수 있을 정도로 헐렁헐렁해서 살짝 앞으로

숙인 것만으로도 가슴 끝이 힐끔힐끔 보이고 말아서 매우 굿잡이다. 면적이 넓은 건강한 느낌의 팬티는 그녀의 말로는 '야한 즙이라든가 마코토 님의 정액이 바닥에 흘러 버리니까♡' 필요하다고 한다. 야하다. 무척 굿잡이다.

S급 파티 '쌍렬'에 가입한 나는 그날부터 줄곧 집에서 한 걸음도 나가지 않고 섹스해대고 있었다.

아시아 짱과의 첫날밤을 맞이한 다음 날은 또 루루 씨한테 덮쳐지고.

그 다음 날은 또 아시아 짱을 덮치게끔 유혹수 당해서.

그리고 오늘이다.

밥이 맛있다. 이세계에 와서 좋았다고 생각되는 것 중 하나는 일본과 다름없는 맛있는 밥이다.

스승님의 동굴에서 만들었던 거대 멧돼지 전골 요리라든가, 야수의 불고기 구이라든가, 그 근처에 난 잡초나 나무 열매를 넣고 만든 수프 같은 것조차도 평범하게 맛있었다. 구운 고기에 소금과 후추를 뿌렸을 뿐인 거칠고 조잡한 요리인데도 복잡한 맛이 느껴지는 것이다. 소재가 좋은 것도 있겠지만, 아마 칼로리와 동시에 마소(마나)를 체내에 흡수하고 있기 때문이라고 생각한다.

루루 씨는 엘프라서 그런지, 만들어 준 요리의 소재도 식물성인 것이 많다. 바질이라든가 루콜라와 비슷한 약초 요리인데, 이게 실로 맛있다. 하얀 가루를 반죽하여 구운 피자 같은 것—아니, 그냥 피자로 괜찮나—에 올리는 게 딱 어울린다. 아궁이도 불도 마술로 쉽게 속삭 준비되니까, 수고를 들이지 않고 맛있는 식사를 만들 수 있는 것이었다.

그런 고로 이 루콜라 피자 맛있다. 몇 판이든 먹을 수 있을 것 같다.

"우후후. 마코토 님도 맛있게 먹어 주시니 만든 보람이 있어요♡"

"흐허흡히하?"

입 안에서 우물우물하며 대답하는 나.

아시아 짱이 파스타를 산더미처럼 담으며,

"언니는 그다지 많이 안 먹고 말이야. 나도 언니가 만드는 밥 좋아해!"

"고마워, 아시아."

생긋 미소 짓는 루루 씨는 진짜로 여신처럼 아름답다.

"그건 그렇고, 마코토 님의 마술은 굉장했지~."

떠올리는 것처럼 말한 아시아 짱한테 나는 물었다.

"마술이라니?"

"그 '힘이 빠지는' 마술 말이에요! 그런 거 나 처음 봤어요! 스승님── 이다 님의 마술인가요?"

아아, 에너지 드레인을 말하는 건가.

나는 고개를 가로저었다.

"아니, 그건 태어나면서부터 가지고 있던 체질 같은 거야. 스승님한테 사용법을 지도받은 건 맞지만."

"사용법을?"

"응. 처음 그 마술(에너지 드레인)을 썼을 때, 나는 사용법을 잘 몰라서 내 생명력도 다 빨아들일 뻔했거든."

"자신의 생명력을, 말인가요? 하지만 그렇다면 왔다가 갔다가 하면서 순환해서 다를 게 없는 것 아닌지?"

"그게 그렇지도 않아서 말이야. 자신한테서 빼앗은 생명력은 나한테 순환되지 않고 방출되어 버려."

잠자코 듣고 있던 루루 씨가 입을 누르며,

"어머나, 큰일이네요!"

나는 쓴웃음을 짓고,

"뭔가 점점 괴로워졌었는데, 스승님이 구해 줬지."

스승님은 결코 '에너지 드레인'을 쓸 수 있는 건 아니다. 하지만 비슷한 마술은 가지고 있는 모양이라, 그것과 같은 사용법을 가르쳐 주었다.

"그래서 스승님은 생명의 은인이야. 애초에 내가 이쪽에 와서 객사할 뻔했을 때 구해 준 것도 스승님이고 말이지."

"역시나 이다 님이에요."

"응! 게다가 그런 마술 체질을 가진 마코토 님도 굉장해요! 덕분에 나, 정말로 덮쳐지는 것 같아서── 흥분해 버렸어요♡ 에헤헤……♡"

생그읏, 하고 미소 짓는 아시아 짱. 어째 눈매가 야하다…….

"저도 마코토 님의 마술 체질에 목숨을 건졌어요. 그게 없었다면 지금쯤은 자살해서 죽었겠죠."

그랬었지요…….

“──자, 그럼 ‘저주’도 풀었고, 갈까요.”

식사를 끝내자 루루 씨가 그렇게 말을 꺼냈다.

“어디에?”

“물론 던전이야, 마코토 님. 우리는 이래 보여도 대륙 최강 파티니까 말이야.”

“네, 저희만이 할 수 있는 일(퀘스트)이라는 게 있어요.”

S급 파티만이 할 수 있는 일이라니…… 상당히 위험한 안건 아닌지?

“혹시 스승님이 말했던 ‘인계의 위기’라는 거……?”

“네. 던전이나 위험 지역에 사는, 인계에 해를 끼치는 ‘용’을 구축하는, 명예로운 의뢰.”

“의뢰인은 대부분이 국가로, ‘용’을 쓰러뜨린 사람은 용사로서 추앙받아. 우리 같은 추녀라도 인간 세상에서 있을 곳을 얻을 수 있는, 그런 의뢰.”

“그것이── ‘사룡(邪龍) 토벌 의뢰(드래곤 퀘스트)’.”

뭔가 들은 적 있는 명사네, 하고 생각하는 한편으로 살아서 돌아올 수 있을까, 하고도 생각하는 나였다.

제15화
갑자기! 던전 제100층.

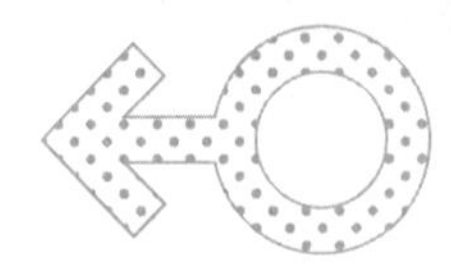

"여기가 르니브파 던전 제100층이에요."

우주에 있는 것만 같았다.

별이 가득한 하늘 속에 무수한 발판이 떠 있다. 발판은 투명한 다리나 계단으로 이어져 있어서, 오갈 수 있는 모양이다.

그곳에 나타난 건 거대한 '용'.

무수한 목과 검은 안개 같은 몸통을 가진 사룡(히드라)(蛇龍)이었다.

종족 : 주룡(宙龍).

종별 : 암룡(闇龍).

개체 명칭 : 에인션트 드래곤 · 황혼을 품은 자—— '파브니르'.

이 르니브파 왕국은 이 녀석을 봉인하고 있어서 그런 이름이 붙었다.

수천 년 전에 하늘에서 내려온 이 혜성 생물은 별의 대기(마나)와 접촉하여 모습을 '용'으로 바꾸었다.

그것이 이 별에서 가장 두려움을 사는 존재였기 때문이다.

당시의 용사들이 목숨을 걸고 이 대지에 봉인했고, 그리고 그 위에는 던전이 생겨났다. 식물이 뿌리내리는 것만 같이. 봉인된 '용'이 대지에 손을 뻗는 것만 같이.

그 봉인이 풀리려 하고 있다. 던전에서 기어 나오는 몬스터—— '용'의 화신들이 계속해서 늘어나, 왕국은 넘쳐나는 몬스터를 제어할 수 없게 되고 있다.

이대로라면 머지않아 인계는 멸망할 것이다.

하지만 아무도 알아차리지 못하고 있다.

일부 길드 관계자와 S급 모험가 파티 '쌍렬' 외에는.

길드와 왕국은 비밀리에 '쌍렬'을 파견했지만, 실패.

'쌍렬'의 두 사람—— 루루와 아시아는 강렬한 '최음'의 저주를 받았다.

두 사람은 세간의 누구도 모르는 곳에서 세계를 구하고 있는 모험가였다.

물론 대가는 있다.

두 사람의 희망은 '클레릭에 의한 해주를 받을 수 있게 되는' 것.

그 바람은 다른 형태로 이루어졌지만, 그건 제쳐 두고.

최음의 저주를 푸는 데 일주일 남짓을 소모하고—— 지금.

'쌍렬'과 새롭게 가세한 한 남자가 사룡(히드라)을 아득히 먼 곳에서 관찰하고 있었다.

☆

"아~, 꽤 커졌네요~."

몸길이 100m를 아득히 넘는 거구를 마술이 장치된 쌍안경으로 바라보며, 루루 씨가 태평하게 투덜거렸다.

"아니, 저기, 그런 긴급 퀘스트가 있다면 빨리 오는 편이 좋았던 것 아닌지……?"

요 며칠간, 엄청나게 섹스하고 있었습니다만……?

하지만 나를 돌아본 루루 씨는 갸우뚱하며,

"해주에 시간이 걸린 거예요. 어쩔 수 없는걸요?"

"그, 그랬었군요……?"

첫발째에 해주되었던 것 같은 감각이 있었는데, 기분 탓이었던 걸까.

"결코 '딱히이나라가없어져도우리한테손해는없네요이젠마코토님도계시고'라든가 생각하지 않았어요."

생각했을 것 같구만!

아시아 쨩도,

"그래그래. '이런 나라, 멸망하면 되는 거야!'라는 생각은 했지만 일은 제대로 할 거라구?"

생각했구나!

으음~, 뭐어, 아무 말도 하지 않겠다……. 나라의 구세주인데도 온 나라에서 차별받고 있으니까 말이지~…….

"그 나라에는 숨어 지내는 엘프가 꽤 있으니까요. 게다가 나쁜 사람만 있는 건 아니에요."

"극히 드물게 있지. 우리 외모에 구애되지 않고 평범하게 대해 주는 사람. 정말로 한 줌 정도지만."

"그렇구나…… 장하네……."

루루 씨가 엄지를 척 세웠다.

"사룡 토벌에 성공하면 왕국과 길드한테서 100년은 놀고먹으면서 살 수 있을 만큼의 돈을 뜯어내죠."

뭐, 그 정도는 받아도 된다고 생각한다.

아시아 짱이 고개를 갸웃했다.

"어떠려나~. 그 녀석들 심성이 추하니까 말이지~. '용'이 없어지면 우리가 방해되니까 죽이려 한다거나."

우와—, 그것도 있을 법하네—.

하지만 루루 씨와 아시아 짱은 '아무런 걱정 없다'라는 느낌으로 서로 웃고는,

"그러면 전부 죽이면 되겠네요. 엘프의 신도 분명 용서하실 거예요."

"해냈네! 대의명분이 생겨서 거리낌 없이 세계에 복수할 수 있겠네!"

부디 왕국과 길드가 두 사람에게 보수를 제대로 지불하기를!

그런 만담을 하고 있었더니,

——루오오오오오오오오오오오오오오오오오오오오……!

아득한 저편에 있는 사룡(히드라)이 우리를 발견하고 포효했다. 하늘 전체가 흔들리는 듯한 기묘한 울음소리였다. 그 소리는 내 고막에서 정신으로 울려 와서,

"으…… 뭐, 뭔가 상태가 안 좋아지기 시작했어……."

구역질이 난다. 불쾌감이 느껴진다. 눈이 핑핑 돈다든가 다리가 떨린다든가 하는 육체적인 난조가 아니다.

공포심이.

이유 없는 두려움이 나를 덮쳤다. '용'이 무섭다? 아니, 그뿐

만이 아니다. 이 공간이 무섭다? 그것도 있지만 다르다.

살아있는 것이, 무섭다.

호흡하는 것이, 두렵다.

심장 고동이 무섭다. 피가 도는 감각이 무섭다. 내가── 인간이 이 세계에 살아있다는 사실이, 터무니없이 두렵다.

어째서 인간이 이 세계에 있는 것일까. 인간이 없다면 이 별은 더욱 좋아질 텐데. 이 녀석들이 있는 것만으로도 사태는 악화되어 간다. 돌이킬 수 없게 되어 간다. 세계가 멸망한다. 별이 사멸한다.

어떻게든 하지 않으면.

어떻게든 해야만 한다.

지금 당장.

지금 바로. 지금바로지금바로지금바로지금바로지금바로지금바로지금바로지금바로지금바로지금바로지금바로지금바로지금바로지금바로지금바로.

──죽자.

손에 들고 있던 나이프를 목에 댄 직후,

"자요, 마코토 님."

쪽, 하고 루루 씨한테 키스당했다. 입술이 맞닿고 혀가 '날름' 하고 들어왔다. 내 혀와 루루 씨의 혀가 서로 얽히고, 그녀의 타액이 입안으로 침입해 온다.

아니── 타액과 함께 뜨뜻미지근한 액체를, 삼키게 했다.

"으읍…… 꿀꺽……! 푸하앗?!"

“괜찮나요? 죄송해요. 마코토 님이 아직 레벨 1이라는 걸 완전히 잊고 있었어요.”

“케흑, 콜록…… 저기, 지금 건……?”

“신비초(엘릭서)예요. 조금 전 파브니르의 포효── 그건 정신 오염 효과가 있어요. 저희는 잡의 가호로 막을 수 있지만, 마코토 님은 아직…….”

그런가……. 어쩐지 까닭 없이 몹시 죽고 싶어진 건 적의 공격이었던 건가……. 무서워!

그리고 그걸 루루 씨가 삼키게 해준 신비초(엘릭서)라는 걸로 중화했다는 거군…….

“저, 잡을 얻고 나서 아무것도 하지 않았고 말입니다…… 레벨 업이라든가…….”

이래서는 발목을 붙잡겠군, 하고 나는 낙담했다.

하지만 루루 씨는 생긋 웃고는,

“괜찮아요. 마코토 님은 그저 여기에 계시는 것만으로도.”

아시아 쨩도 방긋 웃고는,

“응! 우리는 그것만으로 힘이 되니까!”

그렇게 말해 주었다.

“아시아, 마코토 님께 방어 결계를. 이분이 있는 한 우리한테 패배는 없어요.”

“물론! 그럼 갔다 올게, 마코토 님! 우리 활약, 똑똑히 보고 있어 줘!”

아시아 쨩이 주문을 영창하고, 내 주위에 빛으로 짜인 구체가 만들어졌다. 결계라는 것이리라.

그렇게 두 사람은 나를 보고 고개를 끄덕인 뒤 사룡(히드라)을 향해 화려하게 비상하여 갔다.

“…………하늘, 날 수 있군요.”

남겨진 나는 아연하게 그렇게 중얼거렸다. 레벨이라고 할지, 장르가 다른 느낌이 든다.

☆

두 사람과 ‘용’의 싸움은 굉장했다.

별이 가득한 하늘 속에서 아시아 쨩은 유도성이 있는 화구를 연발하여 사룡(히드라)의 머리를 순식간에 절반까지 소멸시켰다. 한 발 한 발이 태양처럼 무식하게 컸다. 엄청나게 눈부셨다.

사룡(히드라)의 반격이 온다. 눈부시고 굵은 광선이 아시아 쨩을 집어삼켰다. 그녀는 몸의 왼쪽 반신이 융해됐다.

“아시아 쨩!!”

소리치는 나. 하지만 걱정할 필요는 없었다. 조금 전의 결계 같은 빛의 실이 자동으로 아시아 쨩의 육체를 형성하여 눈 깜짝할 사이에 재생했다. 뭐야 저거, 뭐야?

루루 씨는 별 같은 공격 방법이다. 전선에서 마구 날뛴 아시아 쨩한테 사룡(히드라)의 의식(어그로)이 집중되자, 시야 바깥에서 일직선으로 몸통에 돌진했다.

굉음이 울렸다. 소리의 벽을 돌파하고, 사룡(히드라)의 검은 안개 같은 몸통도 관통하고, 루루 씨는 그 몸으로 '용'을 꿰뚫었다. 그대로 아득히 후방까지 날아서 멀어지더니, 관성을 무시한 움직임으로 반전, 자기가 한 공격의 성과를 확인했다.

나중에 들은 것인데, 루루 씨의 공격은 적에게 약점을 드러내게 하는 효과가 있다고 한다.

사룡(히드라)의 몸통이 꿈틀거렸다. 검은 안개가 걷혀 간다. 그녀가 꿰뚫은 부분에서 새빨간 내장기관이 드러났다. 잘 모르겠지만, 아무런 근거도 없지만, 확신했다. 저게 심장이다. '용'의 '핵'이다.

절호의 기회. 이걸 놓칠 두 사람이 아니다. 루루 씨와 아시아 쨩은 한 번 숨을 돌리지도 않고 접근했고,

——키이에에아아아아아아아아아아아아아아아아아아아아아아아아!!!

절규.

'용'의 비명.

발광.

'용'의 울음소리.

별이 가득한 하늘이었던 공간 전역이 격렬하게 흔들리고, 새하얀색에 집어 삼켜져 간다. 루루 씨와 아시아 쨩도, 빛도 소리도, 서 있는 감각도, 콧구멍에 남는 마소(마나)의 향기도, 혀에 남는 신비초(엘릭서)와 루루 씨의 타액 맛도, 모든 것이 전부 새하얀색에 파묻혀 갔고——.

————————————.

내 육체는 소멸했다.

하지만── 화악, 하고 빛의 실이 무언가를 형성했다. 내 몸을 만들었다. 그것을, 머리 위에서 내가 보고 있다. 머리가 생기고, 어깨가 생기고, 양팔이 생기고, 손가락과 허리가 동시에 만들어지고, 다리가 뻗었을 때,

"──헉."

의식이 돌아왔다.

주위를 봤다. 조금 전의 별이 가득한 공간으로 돌아와 있었다. 발판도 있다. 다리도 있다.

──방금, 죽었던 건가, 나?

손을 덥석덥석 쥐었다 폈다 하면서 생각했다. 그렇게 생각했을 때, 두 사람이 떨어졌다.

"아걍."

"갸흥."

귀여움을 뛰어넘어 아예 재미있는 소리를 내며, 루루 씨와 아시아 쨩이 내가 탄 발판에 낙하했다.

"괘, 괜찮아, 두 사람 다?!"

"으응── 괘, 괜찮아요……. 고작해야, 수명이 100년 정도 줄어든 정도…… 예요……."

그거 조금도 괜찮지 않은 거 아닌가?

"대미지 왔어……. 촉수군한테 처음 애널 파였을 때보다 대미지 왔어……!"

비유 방식, 비유 방식.

그리고, 사룡(히드라)을 봤다.

머리가 전부 없어져 한 마리 긴 뱀이 되어 있다. 전신이 검은 안개 같다.

"저거, 안 죽은 건가……?"

"이제야 겨우 본령 발휘라는 상황이네요."

"여기서부터가 진짜네."

"하지만 저희는 이제……."

"마력이 텅 비었네……."

하지만 두 사람이 매우 쉽사리 말하는 것을, 나는 흘려들을 수는 없어서,

"미안……. 나, 아무것도 할 수 없어서……."

"아뇨, 마코토 님."

"응, 이제부터 힘을 받을 거야."

뭐? 하고 물을 틈도 없이.

두 사람은 각각 내 손을 잡더니 자신의 가슴으로 이끌었다. 두 사람 다 갑옷은커녕 옷도 (어느샌가) 벗고 있었다. 루루 씨의 거유와 아시아 짱의 미유에, 두 사람의 생가슴에 내 손바닥이 닿았다.

"적도 지금은 회복 중── 움직이지 못해요."

"지금 이 동안에, 해버려!"

쪼물♡

오물쪼물♡

나도 모르는 사이에 손이 멋대로 두 사람의 가슴을 주무르고 있었다. 어, 뭐야 이거. 부드러워…… 이 아니라, 어째서 난 전

투 중에 동료의 가슴을 쪼물락쪼물락하고 있는 거지?

“하앙♡”

“끄흥♡”

달콤한 목소리를 내는 루루 씨와 아시아 쨩.

——자, 두 사람에게 주문을.

내 머릿속에서 클레릭의 목소리가 났다.

그런…… 건가?

——그건 사룡의 음주[부정](淫呪)를 씻어내고, 주의 사랑으로써 생명의 씨앗을 쏟아붓는 클레릭의 **기적**.

나는 머릿속에 울리는 목소리대로 영창했고,

“——청불[디오 엑소리움](淸祓).”

희미한 빛이 우리를 감쌌다. 따뜻한 빛이었다. 그와 동시에 상기되는 건 두 사람과 나눴던 수많은 사랑. 달콤한 밀월의 나날. 의식[섹스]의 기억[추억].

그렇다. 이건 의식으로 얻은 생명력을 그녀들에게 부여하는 마법.

“사전에 섹스하면 섹스할수록 전투 중에 파워업한다…… 라는 거임?!”

나도 모르게 이상한 어미를 붙이며 말해 버렸지만 대강 틀리지는 않은 모양이었다.

그 증거로 조금 전까지 고갈되려던 두 사람의 마력이 회복되고 있는 것이 클레릭의 눈으로 보였다.

"네, 마코토 님. 클레릭의 역할은 해주와 회복에 있어요. 그리고 회복은 상처나 체력뿐만이 아니라, 마력—— 생명력까지도."

"마코토 님이 우리한테 쏟아부어 준 씨앗의 수만큼, 회복하는 거야! 질내사정한 횟수만큼이네!"

너무 억지 아닌지?

"자, 가죠, 아시아. 다행히 저희한테는 앞으로 27번의 재충전이 남아 있어요. 하지만——."

그렇게나 했던가요.

"그러네! 이 한 번으로 쓰러뜨려 버리자! 그리고 또 마코토 님한테 섹스해달라고 하는 거야!"

그게 모티베이션으로 괜찮은 겁니까.

"가겠어요!"

"오우!"

……두 사람은 다시 사룡을 향해 날아갔다.

사룡(히드라)도 쉬었다고는 해도, 머릿수를 원래대로 돌릴 정도는 아니었던 모양이다.

완전회복한 두 사람의 적은 아니었다.

"하아아아아아아아앗!"

"테에에에에에에에잇!"

——루오오오오오오오오…………옹………….

루루 씨와 아시아 쨩의 혼신의 공격으로, '인계의 위협'이라 불리며 두려움을 샀던 사룡은 어처구니없이 쉽게 쓰러졌다.

☆

'용'의 머리가 잘리고, 몸통의 핵이 파괴되어, 전신이 안개로 되돌아갔다.

"해냈어요, 마코토 님!"

"해냈어, 마코토 님!"

사룡을 쓰러뜨린 두 사람이 내가 있는 발판까지 돌아왔나 싶더니만, 그대로 내게 안겨들었다.

"마코토 님 덕분이에요! 저희, 언제나 도중에 마력이 고갈되어 버려서……."

"퇴각하고, 게다가 음주까지 걸려서 엄청 힘들었는데!"

"아니, 나는 아무것도……."

정말로 아무것도 하지 않은 느낌이 든다.

굳이 말하자면 가슴을 주무른 것뿐이라고 할지.

"아뇨, 마코토 님이 파티에 들어와 주신 덕분이에요."

"그래! 클레릭님한테 해주받는 것만으로도 고마운데, 전투에까지 따라와 주고!"

"마코토 님은 승리의 남신님이에요!"

"마코토 님 정말 좋아――!!"

꼬옥꼬옥 끌어안긴다. 절세의 미녀 엘프와 소년 말투 미소녀한테 꼬옥꼬옥 끌어안기고 있다. 최고로 행복하다.

"자아, 자아, 집에 돌아가죠. 길드에 보고 따위 내일 하면 돼요!"

“응! 돌아가서 빨리 섹스하자! 나, 음욕의 저주가 아주 큰일이야!”

그렇게 재촉하는 두 사람의 눈동자는 확실히 형형하게 빛나고 있어서, 마치 하트 마크가 떠올라 있는 것만 같았다.

또 그 엘프 상위의 쥐어짜이는 섹스와 초M 소년 말투 여자애 강간 플레이를 하는 건가—.

그렇게 생각하니 내 고간도 부글부글 치밀어 오르기 시작했다. 응, 빨리 돌아가자. 빨리 돌아가서 섹스하자.

그리고, 루루 씨가 전이 결정—— 던전에서 탈출하기 위한 텔레포트 마술석을 꺼낸 그때.

——놓치지 않겠다……. 너희들만큼은…….

어디선가, 목소리가 났다.

제16화
싸움을 멈춰. 세 사람을 멈춰. 나 때문에 싸우지 마.*

당황하여 주위를 보는 우리들.

루루 씨는 탐색 마술을 펼쳐 주위를 조사했다.

"'용'이 아니에요! 이건── 같은 인류 종족의 기척?!"

아시아 쨩이 전율하면서,

"엑── 위험, 위험해, 이런 바보 같은 마력, 몰라……! 우리보다도 훨씬 강해──?!"

S급 모험가보다도 강한 녀석?! 그런 게 있는 건가?!

"저기예요, 마코토 님!"

루루 씨가 가리킨 곳에는──

"……………………스승님?"

갈색 로브로 몸을 감싼 녹색 피부를 지닌 작은 노인. 그린 몬스터인 나의 스승님, 이다가 있었다. 투명한 발판 위에 서서 우리를 내려다보고 있다.

"…………마코토여."

"스승님! 어째서 여기에?!"

"어, 그럼 저분이──."

"인계무쌍의 대현자, 이다 님?!"

루루 씨와 아시아 쨩이 놀랐다. 그러고 보니 스승님은 유명인

---

* 카와이 나오코의 1982년 노래, 싸움을 멈춰요

이었지.

"거리낌 없이 내 이름을 부르지 마라, 꼬마 계집들이!"

"힉——."

"윽——."

스승님한테 일갈당해, 멈칫하는 두 사람. 나도 깜짝 놀랐다. 이렇게나 화내는 스승님은 본 적이 없다.

"스, 스승님? 왜 그렇게 화내고 있는 겁니까……?"

찌릿, 하고 나를 내려다보는 스승님. 무셔라. 귀여운 고블린 같은 얼굴인데도, 화나면 엄청나게 박력 있구나…….

"마코토, 그대…… 그대……. 내 명령을 어겼으렷다………?!"

"명령……? 아니, 제대로 지켰다고요?! 보세요, S급 파티에 가입해서 사룡을 쓰러뜨리지 않았습니까?!"

"그게 아니다—— 그게 아니란 말이니라!"

분노로 소리를 지른 스승님. 동시에 '부왁'하고 마력의 파도 같은 것이 내뿜어졌다. 순간적으로 내 방패가 된 두 사람이 "큭" "우왓" 하고 소리를 냈고, 그것만으로도 땅에 무릎을 꿇었다.

"그저—— 소리 지른 것만으로도……!"

"위험해……. '용' 따위보다 훨씬 강해……!"

"루루 씨! 아시아 쨩!"

스승님은 조용히 우리를 내려다봤다.

"……내 제자를 감싸다니. 그럴 필요 따위 없는 것을. 네 녀석들이 내 제자를…………!!"

나는 노인에게 추궁했다. 감정을 분노로 물들이고.

"이게 무슨 짓입니까! 두 사람이 대체 뭘 했다는 겁니까!"

"마코토, 그대는── 그대는──!"

스승님은 분노로 부들부들 떨면서, 이렇게 말했다.

"동정을 버렸으렷다!!"

하?

"하?"

"동정이니라! 그대, 동정을 버렸으렷다! 그만큼 버리지 말라고 말했을 터인데! 명령해 뒀을 터인데!"

"어? 아니, 하?"

뭔 소리 하는 거야, 이 할아버지.

"섹스하지 않았느냐──────────!!! 거기 여자들과 섹스하지 않았느냐──────────아──────────────!!!"

어, 뭐가 어떻게 된 거야? 하고 내가 두 사람을 보자, 두 사람 다 득의양양한 얼굴이었다.

루루 씨가 허리에 손을 대고는 흥, 하고 콧김 거칠게 말했다.

"섹스했습니다만, 그게 무슨 문제라도? 마코토 님은 저희 같은 외모를 좋아하시기에. 폭탄 전문 처리반, 이기에."

폭탄 전문 처리반 아니다만.

아시아 쨩이 스승님을 손가락으로 척 가리키며,

"섹스했는데, 그게 뭐! 우리 같은 추녀는 섹스하면 안 된다는 거냐! 당신 같은 미남 할아범한테 비난받을 이유는 없어!"

아~, 역시 이 세계 기준이라면 스승님도 미남인 건가~. 이상해라~.

아니, 그게 아니라.

"저기~, 스승님? 제가 동정을 버리는 게 뭔가 문제가……?"

그러자 고블린 할아범은,

"뭐가 문제냐? 라고오오오오오마코토그대애애애애애애애애!!!"

엄청나게 화났다. 발을 동동 구르고 있고, 게다가 살짝 울고 있다. 에, 어째서 우는 거야?

아, 혹시——.

"설마 스승님도 동정이라서 제자한테 앞질러진 게 분하다, 라든가……?"

"그럴 리가 있겠냐 멍청아아! 틀린 말은 아니지만 그렇다고 맞는 말도 아니니라 얼간아아아아아아!!"

어느 쪽이냐고.

"그대의 동정은! 그대의 동정으은!"

분한 눈물을 흘리며, 그린 몬스터가 소리쳤다.

"내가 받아 갈 터였느니라아아아아아아아아아아아아아아아!!!"

………….

……………………….

에엑……………………….

"아니, 에엑…… 뭐야 그거…… 무서워……."

"질색하지 말거라! 상처받지 않느냐!!"

"에엑…… 무서워……. 스승님, 나를 그런 눈으로 보고 있었어……? 무서워……."

돌이켜 생각해 보면, 스승님과 처음 만났을 때 '동정인가?'라고 물어봤었지……. 무서워…….

떨고 있는 내 옆에서 루루 씨와 아시아 짱은 오히려 달아올라 있었다.

"미남 할아범한테 먹히는 미청년…… 가능! 이 아니라, 이건 조금 예상 밖이네요."

"우와—, 보고 싶어 그거—! ……가 아니라, 흑심이 있었다니 너무하다고 생각하는데—."

아니, 너희들.

스승님은 잔뜩 화내고 있다.

"네 녀석들 꼬마 계집은, 내가 기대하며 숙성시키고 있던 동정을 가로채 간 것이니라아아아아!"

지팡이로 척 가리키며, 소리쳤다.

"그 죄—— 만 번 죽어 마땅할지니!!"

결정타 대사는 멋있는데 말이지.

한편, 그 말을 들은 루루 씨는,

"우…… 그건 미안한 짓을…… 했을지도 모르겠네요……."

라며 죄책감을 느끼고 있는 듯하다. 기본적으로 좋은 사람이니까 말이지.

하지만 싸우는 것도 불사하는 성격인 아시아 쨩은,

"마음은 이해하지만, 어쩔 수 없잖아. 빠른 사람이 임자라고. 그도 그럴 것이 남자님의 동정이라고? 내가 언니였다면 덮쳤을 거야."

실제로 루루 씨한테는 덮쳐졌었지요? 라고 말하려고 생각했지만, 당사자인 루루 씨가 죽고 싶어 하는 것 같은 얼굴을 하고 있으니 잠자코 있자.

아시아 쨩은 한층 언니를 감싸며 말했다.

"애초에 말이야~, 숙성시켰다니 뭐야. 그렇게나 마코토 님의 동정을 먹고 싶었으면 재빨리 해버렸으면 됐잖아. 기회는 얼마든지 있었잖아?"

그런 몬스터한테 얼마든지 당할 기회가 있었다는 사실, 한없이 무섭다.

"할 수 없는 사정이 있었던 것이니라. 할 수 없는 정사가 있었던 것이니라!"

라임 맞추지 마.

"어쨌든 네 녀석들은 용서하지 않겠다! 자세를 취하거라! 이 내가 몸소 지옥으로 보내 주마!!"

부와아아아, 하고 나한테도 알 수 있을 정도로 스승님의 투기? 마력? 같은 것이 부풀어 올랐다. 설마 했던 전개다. 설마 내 스승님이 마왕 같은 포지션이 되다니!

"어쩔 수 없네요── 하겠어요, 아시아! 날아오는 불똥은 치울 뿐!"

"알았어! 헤헤, 아무리 강하다고 해도 이쪽에는 마코토 님이 있으니까 말이야!"

이쪽도 싸울 생각으로 가득해!

"기, 기다려 주세요, 세 사람 다! 나를 둘러싸고 다투는 건!"

나도 모르게 이런 대사를 말하고 말았다. 쇼와 시절의 히로인이냐고.

"죽인다!"

"할 수 있다면!"

"어디 해보라고!"

르니브파 던전, 제100층.

고블린 할아버지와 절세의 미녀 엘프&보이시 미소녀가 사투를 개시했다.

내 스승님과 내 파티 멤버가 피로 피를 씻는 싸움을 시작한 것이다.

어째서인지, 내 동정이 이유였다.

왜 이렇게 된 거지…………

☆

한 시간 뒤.

"칫!!!!!!!!! 이제 적당히 먼지가 되지 않겠느냐!!!!! 뒤져라——열핵폭발광(하이 아토믹 웨이트)!"

별이 가득한 하늘 속에서 핵폭발 같은 대폭발이 퍼퍼퍼퍼퍼퍼퍼퍼퍼퍼퍼퍼퍼퍼퍼퍼퍼펑 하고 불꽃놀이처럼 **옆으로** 일어났다. 손에 드는 불꽃놀이가 아니라고? 쏘아 올리는, 나이아가라 같은 불꽃이니까 말이야? 나는 아시아 쨩과 스승님이 겹쳐서 전개해 준 결계 덕분에 살아있지만, 눈부셔서 눈이 멀 것 같습니다.

"갸아아아아아아아악!! 반—— 몸이 반, 날아갔어요————!!!"

루루 씨가 소리쳤다. 어째서 핵폭발을 몇 발이나 맞고도 몸이 반 날아가는 것만으로 그치는 걸까. 어째서 몸이 반 없는데도 살아있는 걸까. 엘프는 아무 일도 없었다는 것만 같이 자동재생 마술로 몸을 복원하고 전선에 복귀했다.

"죽어, 미남 고블린! ——즉사(데스 리졸루션)!"

스승님한테 육박하여 베고자 달려든 아시아 쨩이 눈에도 보이지 않는 속도로 검을 휘두르며(팔이 문어처럼 몇 개나 꿈틀꿈틀하고 있는, 것처럼 보인다), 지근거리에서 무시무시한 말을 입에 담고 있다.

"——사주원한감질마불부암병식호흡정지(死呪怨恨憾嫉魔不負闇病息呼吸停止)사주원한감질마불부암병식호흡정지사주원한감질마불부암병식호흡정지사주원한감질마불부암병식호흡정지사주원한감질마불부암병식호흡정지……!"

염불처럼 외는 마법검사 아시아 쨩. 그녀가 내민 왼손 검지에서 해골 형태를 한 하얀 빛이 범람한 강처럼 콰아아 넘쳐났다. 그 해골의 수는 수백을 족히 넘었다.

클레릭이니까 아는 건데, 저건 클레릭계의 최고 마술이다. 저 해골 하나에라도 스쳤다간 즉사하는, 졸라게 무서운 염불주술이다.

"무르구나, 꼬마 계집!"

하지만 그린 몬스터, 미남 고블린, 인계무쌍의 대현자인 나의 이다 스승님은 "후우" 하고 숨을 분 것만으로도 그 해골 무리를 반전시켰다. 튕겨 돌려보낸 것이다.

"말도 안 돼애?! ——아흐응."

아시아 짱은 피할 틈도 없었다. 해골의 파도에 삼켜져 눈 깜짝할 사이에 의식을 잃었다. 죽고 만 것이다.

거꾸로 떨어지는 그녀. 내 쪽으로 떨어져 오는 그녀. 미리 그렇게 설정했다고밖에 생각되지 않을 정도로 정확하게 내가 있는 곳으로 떨어져 오는 그녀. 튀어 오른 개복치가 수면에 몸을 부딪치듯 철퍼덕, 하고 낙하한 그녀.

"………………여기요."

몰캉, 하고 어째서인지 트인 아시아 짱의 가슴을 주물렀다.

"아하앙♡"

달콤한 목소리를 내며 아시아 짱이 되살아났다. 뭐냐고, 이거…….

"즉사의 해골(데스 리졸루션)은 하얀색이니까, 저 파도에 삼켜지는 거 질벅질벅한 정액 욕조에 잠긴 것 같아서 기분 좋죠!"

기쁜 표정으로 내게 동의를 구하는 아시아 짱. 미안, 모르겠어.

"젠장~! 역시나 인계무쌍! 강하네~……."

분한 듯이 스승님을 올려다보는 아시아 짱.

때마침 루루 씨도 죽어서 떨어졌기에 역시 가슴을 주물렀다. "하앙♡" 되살아났다. 여동생과 마찬가지로 스승님을 노려봤다.

"이대로는 결판이 나지 않겠네요……! 아, 마코토 님, 잠깐 젖꼭지도 괴롭혀 주지 않겠어요……?"

전투 중에 무슨 말을 하는 거야?

"큭…… 네 녀석들! 전투 중에 내 제자랑 농탕질해대고서는!"

그것 봐, 스승님도 화내고 있잖아.

"부럽다고!"

부러운 거냐고.

나는 한숨을 내쉬고,

"저기~, 스승님. 명령을 어긴 건 사과할 테니까, 이제 이쯤에서 봐줄 수 없겠습니까……?"

그러자 스승님은 엄청나게 상처받은 표정이 되었다.

"어, 어째서……?"

"아니, 어째서냐니……. 스승님은 제 동정을 그녀들한테 빼앗긴 게 분하다고 말했습니다만."

"분하지 않으냐! 배 아프지 않으냐!"

"하지만, '저의' 동정이지 않습니까. 제가 누구한테 주든 제 마음 아닌지……?"

스승님은 "어?"하고 경직됐다. 울 것 같은 표정이 되었다.

"조금 전부터 신경 쓰였다만, 그대, 그 녀석들의 편인 게냐……? 어째서 편을 들어 주는 게냐……?"

"아니, 파티 동료고……. 하지만 스승님도 제 편이라고요? 소중한 은인입니다."

"에헤, 소중해? 정말로?"

우와, 기뻐 보여.

"그러니까 스승님과 두 사람이 싸우지 말아 줬으면 한달까……. 일단, 공격을 그만둬 줄 수 없겠습니까? 제 얼굴을 봐서."

뭔가 엄청나게 자신감 가득한 꽃미남 같은 대사지만, 지금은 이게 가장 효과적이리라. 아마도.

"므으…… 그렇다면 마코토에게 묻겠느니라!"

"뭡니까?"

"나, 좋아해?"

"……하아, 뭐어. 은인이고, 좋아한다고 하면 좋아합니다만……."

"흐흥~! 헤헹~!"

기뻐 보이네, 이 고블린 할아범.

"마코토가 그렇게까지 말한다면야 어쩔 수 없구먼!"

"전투를 그만둬 주겠다는?"

"그러하니라! 마코토를 봐서 말이지!"

선뜻 승낙했다. 진짜로 뭐지, 이 할아범. 그리고 윙크 날리지 마.

어쨌든 이걸로 끝이다. 나는 뒤돌아보며,

"설득, 성공했습니다. 이걸로 싸우지 않아도 되겠지요?"

루루 씨와 아시아 짱은 어쩔 수 없다는 듯이 고개를 끄덕였다.

"……이다 님이 전투를 멈춘다면, 이쪽에서 공격할 이유는 없네요."

"뭐, 괜찮나. 당하기만 한 건 조금 열 받지만."

두 사람 다 납득해 줘서 다행이다.

스승님은 사뿐사뿐 내려와서,

"우우…… 하지만, 그런가……. 이미 동정이 아니게 되어 버린 게로구나……."

내 눈앞에 착지한 순간, 슬픈 듯이 눈물을 흘렸다. 어째서 그렇게나……. 그리고 내 고간을 뚫어지게 보는 거 그만둬…….

그 모습에 동정했는지, 루루 씨도 겸연쩍은 듯한 얼굴로,

"이다 님……. 흘러가다 보니 그렇게 되었다고는 해도, 이러한 일이 되고 말아 죄송해요……."

머리를 꾸벅 숙였다. 아니, 루루 씨는 아무것도 나쁘지 않은 게 아닌지.

"아니…… 그대가 나쁜 게 아니다."

그렇지요.

"동정을 버리지 말라는 명령을 어긴 마코토가 나쁜 게야."

나인가—.

하지만 어쩔 수 없잖아……. 진심으로 한 말이라고 생각하지 않잖아……. 설마 진심으로 그린 몬스터가 내 동정을 노리고 있었다든가 상상도 하지 않잖아…….

"마코토 님은 나쁘지 않아!"

아시아 짱은 싸울 듯한 태도다. 그래, 더 말해줘!

"미남인 주제에 덮치지 않았던 이다 님이 나쁜 거야!"

그것도 좀 어떤가 싶은데?!

"이 겁쟁이! 남색 에로 할아범! 겁쟁이 유혹수 에로 할아범!"

그건 말이 지나치다고! 스승님도 폭발해!

"무슨 말을 지껄이는 게냐, 추녀가! 뒤룩뒤룩 살찐 가슴을 가지고선, 수치를 알거라!"

그것도 말이 지나쳐! 어째 초등학생 같다고, 너희들!

""키익――!!""

일촉즉발. 또 싸움으로 발전할 것 같았다. 같았기에,

"두 사람 다 그만해 주세요!"

두 사람의 팔을 잡고 치트 스킬을 썼다.

에너지 드레인.

두 사람한테서 힘을 빨아들였다. 휘청, 하고 아시아 짱과 스승님이 지면에 잠기는 것처럼 무릎을 꿇었다.

"후와……♡ 마코토 님의 마술 체질(에너지 드레인)……♡"

아시아 짱은 탈력당하는 게 쾌감이 되어 버린 모양이라, 어째 움찔움찔 경련하고 있다. 살작 가버리고 있다.

"와왓, 그만, 그만두거라, 마코토……! 놓는 것이니라……!"

한편, 스승님은 힘이 빠진 손으로 내 팔을 떼어놓으려고 했다.

"안 됩니다. 싸운 사람한테는 양쪽 다 벌입니다. 한동안 얌전히 있어 주세요."

"그런 게 아니니라, 아니니라, 지금, 전투 후의 마력이 적은 상태로, 한층 고갈되면――"

평소와 다르게 초조해하는 스승님을 보고 나는 의아하게 여겼다. 어라, 혹시 생명의 위험? 나는 황급히 손을 놓았다. 하지만,

"저기, 괜찮습니까, 스승님……?"

"아아…… 안 되느니라…… 안 되느니라……! 풀린다……!"

뭔가를 두려워하는 것처럼, 바들바들 떨면서 자신의 손을 바라보는 스승님. 어, 풀린다니, 어어?

"봉인이, 풀린다……! 내 안의 '그 녀석'이……!"

그거, 혹시 위험한 것 아닌지——?!

내가 손을 뻗었을 때는 이미 늦었다.

퐁.

하는 소리를 내며.

스승님이 폭발했다.

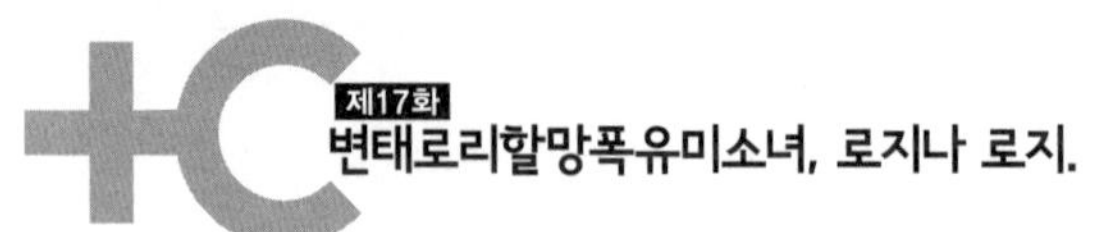

제17화 변태로리할망폭유미소녀, 로지나 로지.

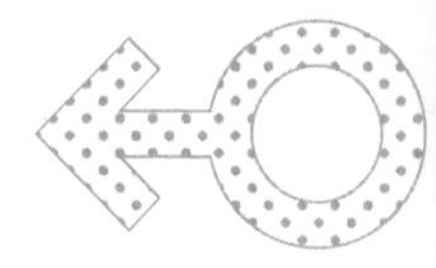

폭발의 연기가 우리를 감쌌다.

스승님이 폭발한 것이다. 봉인이 풀린다느니 뭐라느니 말하고선.

"스, 스승님——!!"

소리쳤다. 내 탓이다. 내가 생각 없이 에너지 드레인을 쓰는 바람에 스승님이, 스승님이——!

연기가 걷혔다.

거기에는—————————— 여자애가 있었다.

엄청나게 귀여운 여자애가, 그곳에 있었다.

"하?"

엉뚱한 목소리를 내는 나.

"어?"

"에, 누구야, 이거?"

루루 씨와 아시아 쨩도 놀라고 있다.

그야 그럴 것이다.

연기가 걷혔더니 여자애가 털썩 앉아 있었으니까. 그것도 스승님과 같은 갈색 로브를 입고, 스승님과 같은 지팡이를 들고.

머리카락은 길고, 반짝이는 듯한 은색.

체격은 스승님과 그렇게까지 크게 다르지 않다. 130㎝ 정도일까.

나이는 어리게 보였다.

그리고 엄청난 미소녀였다. 귀엽다. 천사 같다. 루루 씨가 여신이고, 아시아 쨩이 그라비아 아이돌이라면, 이 애는 천사다.

하지만 무엇보다도 눈길을 끄는 건──── 가슴이다.

가슴이, 엄청나게, 크다.

젖통이, 말도 안 될 정도로, 거대하다.

거유다.

폭유다.

머리보다 크다.

루루 씨보다도 큰 거 아닐까. 이 작은 키로, 루루 씨보다도 가슴이 크다. 클레릭이 목측(目測)했다. 내 안의 잡── 신기한 힘이 여자애의 스테이터스를 산출해 냈다.

키 130.2㎝

가슴── 160.5㎝

허리── 50㎝

엉덩이── 90㎝

즉,

로,

로,

——로리 폭유다아아아아아아아아아아아아아아아아아아아아아아!!!

"마코토 님?! 어째서 갑자기 주먹을 쥐고 해냈다는 포즈를?! 어째서 말없이 하늘을 향해 주먹을 쥐고 해냈다는 포즈를 취하고 있는 건가요?!?!"

"왜, 왜 그래?! 왜 갑자기 감격의 눈물을 흘리면서 기뻐하는 것 같은 거야? 기다리고 기다렸다는 것 같은 얼굴 하고 있는데?!?!"

미안, 흥분했다.

"로리 폭유는 정말로 있었다고! 거짓말이 아니었어!! 라○타는 정말로 있었던 거야!!"

""무슨 소리야?!""

미안, 흥분이 가라앉지 않는다.

"우, 우, 우……."

내가 신에게 감사를 올리고 있자,

"우와아아아아아아아아아아아아아아아아아아아아아아아아앙!!"

로리폭유미소녀가 울음을 터뜨렸다.

소리 높여 울었다.

"으앗, 미, 미안! 무섭게 했으려나! 미안해~, 무섭지 않아~, 무섭지 않단다~?"

"마코토 님이 간드러진 목소리예요."

"심플하게 기분 나빠요."

외야는 무시했다.

"저기…… 너는, 누구려나? 스승님의 옷을 입고 있는데……. 스승님의 친척인가 뭔가?"

거기까지 물었다가, 문득 깨달았다.

스승님은 폭발 직전에 '봉인이 풀린다'라고 말했었다. 인제 와서 새삼스럽지만, 이건 위험한 상황이 아닐까. 이 로리폭유미소녀가 실은 파괴와 멸망의 화신이고 스승님이 그 몸에 봉인하고 있었던 신대의 악마일 가능성도 완전히 버릴 수 없다.

그도 그럴 것이 위험하다고, 이 가슴은. 엄청나게 위험해…….

우와…… 쩔어……. 이렇게나 큰데 안 처졌어……. 중력에 빈틈없이 거스르고 있어……. 160㎝나 되는데도……. 스승님의 로브가 작은 건지 터질 것 같은걸…….

아니, 그게 아니라.

"이름을 가르쳐 줄래……? 나는 마코토. 너의 이름은?"

소리 높여 울고 있던 로리폭유미소녀는 히끅히끅, 하고 오열을 흘리며 그 손으로 얼굴을 덮었다. 부끄러운 걸까나, 귀엽다.

"……………………니라."

작은 목소리로 그렇게 말했다. 나는 되물었다.

"응?"

그러자 여자애는 고개를 벌떡 들고는,

"나는 이다이니라!!! 이 바보 제자가!!!"

라고 말했다.

뭐?

"나는 경직됐다."

"마코토 님, 지문과 대사가 뒤바뀌었어요."

미안……. 아니, 그걸 아는 거 대단하네, 루루 씨…….

"어, 어? 스승님……? 거짓말이지……?"

"거짓말일까 보냐! 나이니라! 이다이니라! 인계무쌍, 최강 현자인 이다 님이니라!!"

여자애는 벌떡 일어나 양손을 처억, 허리에 대며 외쳤다. 우와, 가슴 엄청나게 흔들렸어.

"스승님……?"

"그래!"

"스승님……의 증손녀?"

"아니다, 얼간아!"

기대가 어긋났다는 듯이 머리를 세게 맞았다.

"어, 정말로, 정말로 스승님입니까?"

"그러니까! 그렇다고 말하고 있지 않느냐!"

"루루 씨, 진위 마술 쓸 수 있습니까?!"

나는 뒤돌아봤고, 하지만 루루 씨는 침통한 표정으로 무언가

를 참는 것처럼,

"……쓰고 있어요. 풉, 트, 틀림없이, 이 여성은, 이다 님이에요…… 푸풉……."

진짜로냐!

"진짜로냐!!"

상황을 파악한 듯한 루루 씨가 설명해 주었다.

"즉 이다 님은 변화 마술로 자신의 모습을 바꾸고 있었다——라는 것이네요. 저희들이라도 간파할 수 없는, 아니, 지상의 누구도 알 수 없을 정도로 쓸데없이 고도인 술식으로, 쓸데없이……."

"자꾸 쓸데없다고 말하지 마!!"

화내는 여자애.

루루 씨가 추가 공격.

"이런…… 푸풉…… 이런 뚱뚱하고 쪼그맣고 못생긴 암컷의 모습을 숨기기 위해…… 푸푸풉…… 그런 미남 할아버지로 변화하고 있었다…… 고…… 푸푸푸풉— 쿡쿡쿡."

루루 씨, 침통한 표정으로 보였는데, 아니었군. 웃음을 참고 있었을 뿐이었어.

아니, 그보다 '뚱뚱하고 쪼그맣고 못생긴 암컷의 모습'이라니, 엄청난 단어구만……. 혐오 발언이 되는 거 아니야?

"읏~~~~!! 미안하게 됐구나! 미안하게 됐구나미안하게 됐구나미안하게 됐구나! 내가 뚱뚱하고 쪼그맣고 못생긴 암컷이라 미안하게 됐구나~~~~!!! 우와아아아아아아아아아아아아아앙!!"

와……! 울어 버렸어…….

스승님? 울어 버렸네…….

“나도 이런 모습 싫느니라아아아아아아아아아아아아아! 하물며 마코토한테 보이다니, 이젠 죽어 버리고 싶느니라아아아아아아아아아아아아아아아아아아아아아아아아아아!!!”

정말로 스승님이구나……. 이 애가, 스승님의 진짜 모습이구나…….

그리고, 미추의 가치관이 역전된 이 세계에서는 스승님은 추녀 취급이구나……. 어쩐지, 인간이 사는 마을에서 떨어진 동굴에서 나오지 않는 노릇이네……. 인간 사회가 싫다고 말했었으니 말이지…….

어린애처럼 흐느껴 우는 스승님한테 동정하고 만다. 그── 아니, 그녀한테 있어서는 절대로 숨겨 두고 싶은 추한 모습을 드러내고 만 것이 되리라.

나 때문에.

“……죄송합니다, 스승님. 제가 에너지 드레인을 쓴 탓에.”

“바보야! 멍청아! 그러니까 그 힘은 경솔하게 쓰지 말라고 말하지 않았느냐!”

스승님한테 찰싹찰싹 맞았다. 아프지 않다. 아프지 않도록 힘을 조절해 주고 있는 것이리라. 진심으로 때리는 거였다면 지금쯤 내 몸은 흔적도 남지 않았을 터다.

그리고 이 대화로 확신했다. 이 애는 틀림없는 스승님이다. 이 징징대는 방식은 100% 스승님이다. 내가 스승님의 카레에 스승님이 싫어하는 가지를 넣었을 때랑 같은 반응인걸.

그건 그렇고 로리폭유미소녀한테서 '바보야' '멍청아'라고 욕을 먹으면서 찰싹찰싹 맞는 거 조금 이상한 기분이 드는군요……. 아니, 아무것도 아니다. 내 탓으로 이렇게 된 것이다. 반성하라고, 나란 바보야!

"하지만 스승님, 어떻게 해서 제 동정을 빼앗을 생각이었던 겁니까? 설마 그 모습인 채로……?"

내가 묻자 스승님은 "히끅."하고 흐느끼고는,

"……나도 딱히 마코토를 강간할 생각은 아니었느니라."

"어? 그렇습니까?"

"그대, 나를 뭐라고 생각하는 게냐?"

"변태TS로리할망폭유스승님."

"의미는 모르겠지만 한없이 바보 취급당하는 느낌이 든다! 하지 마, 하지 마라! 나는 그대의 스승이니라!"

뿡뿡 화내는 변태TS로리할망폭유스승님. 위험하다, 귀엽다.

그러는가 싶더니만 푸쉬, 하고 풍선에서 공기가 빠진 것처럼 시무룩해졌다.

"내 변화 마술은── 미완성이었느니라……."

"미완성?"

"그래. 나는── 창피를 무릅쓰고 말하겠다만── 그대들의 말대로 이 추한 모습이 싫어서 그 미남 할아범으로 변화하고 있었던 게야……."

"미남 할아범."

"허나 방심하면 변화가 풀려 버리지……. 이렇게 말이다……."

"그게 미완성인 겁니까?"

"그러하다. 그 술법이 완성되면 무슨 일이 일어나건 원래 모습으로는 돌아가지 않게 되느니라. 그리고 완성까지 앞으로 조금이었느니라."

"그게 제 동정과 무슨 상관이 있는 겁니까?"

"최후의 의식── 그건 말이다, 마코토."

그렇게 말하며 나를 물끄러미 쳐다보는 로리폭유미소녀.

"'동정과 1년간 침식을 함께하면서 성욕을 참는' 것이었느니라……."

…………….

…………………………….

브아~~~~~~보 아니야?

"진심으로 바보 취급하는 듯한 그 얼굴을 그만두는 게다!"

"죄송합니다."

"그대를 줍고 나서 반년. 의식이 완성되기까지 앞으로 반년이었는데……! 옛 지인한테서 도움을 요청받아 깜박 그대를 보내고만 내가 멍청이였다……! 설마, 설마 동정을 버릴 줄이야……!!"

내가 동정을 버린 것으로 인해 로리폭유미소녀가 지면에 두 손과 두 무릎을 찧고 절망하고 있다. 뭐지, 이 상황. 아니 그보다, 폭유가 굉장하다. 네발로 기는 자세가 되어서 가슴이 지면과 키스하고 있다.

"마코토라면 사흘이면 돌아올 거라고 생각했더니 일주일 지나도 돌아오지 않고……! 편지조차 보내지 않는 것 아니냐……!

외로웠으니까 말이야!!"

"어, 죄송합니다……."

울면서 외로움을 호소하는 로리폭유미소녀, 방심했지마는 귀엽다…….

"그러기는커녕 고삐가 풀린 제자는 인계 관광과 모험을 즐기고, 인기폭발승승장구—— 끝내는 나와 비슷한 추녀한테 걸려 파티를 짜고 클레릭으로서 섹스하고, 동정을 졸업해 버릴 줄이야……! 이 이다, 평생의 불찰이니라아아아!"

"어째서 제가 관광과 모험을 즐기고 인기 폭발이었던 것까지 알고 있는 겁니까."

"보면 아느니라 멍청아아아아아!! 뭐냐 너, 그 윤기가 감도는 얼굴으으으은!! 분명 만끽하고 있었던 거잖냐아아아아!!!"

일어서서 발을 동동 구르며 절규하는 스승님. 가슴이 튄다, 튄다.

"게다가 말이다! 나는 모험가가 되라고는 말했지만, 클레릭이 되라고는 말하지 않았다고?!"

화, 확실히 그렇다……. 어라, 그렇지만 기다려 봐?

"남자가 모험가가 되면 자동으로 클레릭이 되어 버리지 않습니까……?"

머엉, 하고 입을 벌리는 스승님. 그러고 난 뒤, 머리를 감싸 쥐며 대절규.

"아, 아뿔싸아아아아아아아아아!!! 그랬었지이이이이이이이!!!"

"스승님…… 여전히 맹한 게 나사가 빠져 있군요……."

"나의, 나의 동정이이이이이이! 기껏 참고 있었던 내 동정 자지가 추녀한테 먹혔어어어어어어!"

"동정 자지라고 하지 마!"

"추녀라서 미안하게 됐네요!"

"당신도 별다를 것 없잖아!"

잠자코 듣고 있던 루루 씨와 아시아 쨩한테서도 딴지가 들어왔다.

이런이런.

이유는 어찌 됐건, 엉엉 우는 스승님은 조금 불쌍하다. 변화가 풀린 건 내 탓이고.

"저기, 으음…… 어떻게 할까요? 뭔가 제가 할 수 있는 일이 있습니까? 스승님은 어떻게 하고 싶습니까?"

"섹스하고 싶어!"

우와아.

"나도…… 나도…… 처녀 졸업하고 싶어!! 남자한테 안기고 싶느니라!! 500년이란 말이다?! 그대가 알겠느냐? 500년이나 쭉, 쭉, 쭉, 쭈———욱 처녀로 있는 여자의 괴로움을!!"

무게가 다르다……. 30년 동정인 나라도 상당했다만……. 500년인가……. 루루 씨보다도 훨씬 굉장한 게 왔군…….

스승님은 머리를 확 숙였다.

도게자했다.

"부탁이니라! 나랑 섹스해다오!!"

"너무 직구야!"

하지만 그걸로 스승님이 조금이라도 보답 받는다면…… 하고 나는 생각했다. 이 사람한테는 도움을 받았다. 그 은의에 답하고 싶다.

하지만,

"안 돼요. 마코토 님은 파티의 클레릭이니까요."

"그래. 근처의 아무 여자한테나 하게 해줄 수는 없는 노릇이네."

루루 씨와 아시아 쨩은 반대인 듯하다.

스승님은 물러서지 않았다.

"그럼, 그럼 나도 파티에 가입시켜다오! 그걸로 마코토랑 섹스시켜다오!"

"흑심을 숨겨 주세요!"

딴지를 걸며, 나는 루루 씨를 봤다.

섹스하는 건 나지만, 파티 리더는 루루 씨다. 결정권은 그녀에게 있다. 어째서일까. 나는 파티의 소유물이기 때문일까. 조금 슬퍼지네.

루루 씨는 떨떠름해하고 있다. 물론 아시아 쨩도다.

"500년…… 동정은 하지만요……."

"전력은 되지만 말이야……."

조금 전까지 싸우고 있었으니 말이지. 그렇게 쉽게는 안 될 것이다. 심정적으로.

"마코토 님의 자지는 하나밖에 없고요……."

"마코토 님의 자지는 하나밖에 없고……."

그야 두 개 있으면 무섭다고.

"뭐, 하룻밤만이라면……."

"사정 한 발만이라면……."

그 셈법 뭐야?

"그럴 수가! 한 번만이라니 참을 수 있을 리 없지 않으냐?! 반년 동안 쭉 참아 왔다고?! 제발 부탁이니라! 부탁이다, 나도 파티에 끼워서 매일 밤 섹스시켜다오오오!"

말투.

""매일 밤은 안 돼.""

자매의 목소리가 겹쳤다.

"사흘에 한 번!"

"""으음~……."""

"부탁이니라, 마코토오! 그대로부터도 뭐라 말해 다오오!!"

스승님이 내 다리에 매달려 울고 있다. 에엑, 이런 모습 보고 싶지 않았어……. 하지만 다리에 닿는 말랑말랑한 폭유가 기분 좋은 것도 부정할 수 없다…….

내 쪽에서도 부탁하자. 내 탓인 것 같고. 석연치 않지만.

"죄송합니다. 이런 거라도 제 은인입니다. 저는 스승님이 없었다면 에너지 드레인을 완벽히 다루지 못해 지금쯤 죽었을 겁니다. 제가 지금 살아있을 수 있는 건 이 사람 덕분입니다. 그러니── 부탁합니다. 파티에 넣어 주지 않겠습니까?"

나는 머리를 숙였다.

"와와와, 마코토 님! 머리를 들어 주세요!"

"그그그, 그래! 남자님이 머리를 숙이다니!"

비겁한 수를 쓴다.

“두 사람이 좋다고 할 때까지 저는 이대로 있겠습니다.”

“아, 알겠어요! 알겠으니까요!”

“치사하네에, 마코토 님은…….”

기대를 담아 머리를 들었다.

“그럼, 괜찮은 거로군요……?”

두 사람은 서로 얼굴을 마주 보더니, 어쩔 수 없다는 느낌으로 한숨을 내쉬었다.

“마코토 님이 그렇게까지 말씀하신다면.”

“어쩔 수 없네. 마코토 님의 은인이고.”

“두 사람 다, 고맙습니다!”

그 말을 듣고 파아아아아앗 하고 얼굴을 반짝이는 스승님.

“고맙다! 고맙다! 은혜를 입었구나!”

두 사람은 다 같이 스승님을 손가락으로 가리키고는,

“하지만 우선순위는 저희가 위니까요.”

“그래. 그건 양보할 수 없으니까 말이야.”

“알고 있느니라, 알고 있느니라! 나는 세 번째 여자면 된다! 므후후, 남자와…… 의식…… 므후후후…… 므후후후후후후후………”

이러쿵저러쿵해서.

로리폭유인 현자가 파티에 가입했다.

매우 새삼스럽지만, 로리할망폭유미소녀한테 ‘섹스하게 해줘!’라고 부탁받는 거, 엄청나게 흥분했다.

☆

그날 밤.

길드에 보고도 대충대충 하고, 우리는 집으로 돌아왔다.

스승님은 집 정원에 텐트를 쳤다. 거기서 묵는다는 듯한데——.

"……엄청난데."

텐트 내부는 이공간이었다.

겉모습은 평범한 텐트인데, 안에 들어가니 훌륭한 코티지였던 것이다. 공간이 일그러져 있다는 듯하다.

"결계 코티지이니라. 흐흥!"

자랑스러운 듯이 가슴을 펴는 쪼그만 스승님. 가슴이 너무 커서 로브가 터질 것 같다.

"우리 '사랑의 보금자리'라는 것이니라……♡"

루루 씨와 아시아 쨩은 오늘 밤 상대를 스승님한테 양보해 주었다. 두 사람 다 좋은 사람이다.

그리고 나는 스승님과 둘이서 이 텐트—— 결계 코티지에 묵게 되었다.

식사와 입욕을 끝마치고, 호화로운 침실로 날 데리고 갔다.

둘이 나란히 킹사이즈 침대에 앉아 있다.

샤워한 후이기에 나는 팬티 한 장 차림, 스승님은 목욕수건 한 장 차림이다.

스승님은 쪼그맣기에 나란히 앉으면 내 가슴 언저리에 머리가 온다. 스승님의 정수리가 보인다. 좋은 냄새가 난다. 찰랑찰랑한 은발이 예쁘다. 터질 것만 같은 가슴이 엄청나게 야하다. 머리도 가슴도 양쪽 다 만지고 싶어, 라고 생각하고 있었더니,

“마, 마코토……♡”

스스슥, 하고 내 손을 잡는 스승님.

“오늘 밤은 잔뜩 즐기자꾸나……?”

부드러운 손바닥 감촉은 정말로 천사였다.

스승님은 고블린이 아니라 드워프의 일족이라는 듯하다. 진짜 나이는 513살이라는 것 같다. 엘프처럼 겉모습은 젊은 채이기에 그렇게는 보이지 않지만.

키 130㎝에 가슴이 160㎝인, 겉모습은 천사 같은 미소녀――.

내가 경직되어 있는 걸 뭔가 착각했는지, 스승님은 어색한 듯이 손을 놨다.

“미안하구나.”

“예?”

“……이 모습으로는 그대도 흥분되지 않겠지. 기다리거라, 지금 변화술을 써서――.”

“아뇨, 스승님.”

나는 제지했다. 전력으로 막았다.

“부디, 그 모습대로.”

“어?”

“스승님이 괜찮다면, 그 모습대로.”

"아니, 그 모습대로라니, 그대."

아장, 하고 침대에서 일어서 내 쪽을 향하고,

"이거라고?"라며 자신의 가슴을 흔들흔들 흔드는 로리폭유스승님. 우와, 무거워 보여.

"이런 뚱보에, 이런── 추한 얼굴이니라. 그대도…… 나 같은 추녀를 상대하는 건, 싫겠, 지……?"

자기가 한 말에 상처받은 것처럼, 스승님은 나를 쭈뼛쭈뼛 올려다봤다.

그런가……. 스승님은 모르는구나. 내가 폭탄 전문 처리반──이 아니라, 미추의 가치관이 다르다는 것을.

"저는, 스승님은 무척 귀엽다고 생각합니다."

스승님은 굳었다.

굳었다.

굳어서.

세 줄이 지났다.

"…………효에?"

깜짝 놀라고 있다. 귀여워.

"스승님은 제가 이세계에서 왔다는 걸 알고 있지요?"

"무, 물론이니라……. 어, 뭐라고? 귀여워……? 귀엽다고 했어……?"

"제가 있던 세계에서는 가슴은 커도 좋고, 오히려 큰 편이 인기가 많습니다."

"…………하?"

“제가 있던 세계에서는 스승님의 외모는 무척 귀여운 외모입니다.”

“…………뭣이라?”

“저 자신도── 스승님은, 어어어어어어어엄청 귀엽다고 생각하고 있습니다.”

“…………먓?!”

“작은 키에 커다란 가슴, 최고입니다.”

“…………마코토, 그대 설마.”

“폭탄 전문 처리반 아닙니다.”

“그대가 있던 세계, 폭탄밖에 없었던 것이냐?”

세계째로 폭탄 처리 전문으로 취급받고 말았다…….

“그런 이유이니, 스승님은 그 모습 그대로 부탁합니다. 부디! 그대로!!”

“뭐, 뭔가 터무니없이 편향된 성벽의 향기가 난다만…… 뭐, 뭐어, 괜찮겠지……. 그것보다도…… 어? 귀여운 거야? 내가?”

“귀엽습니다.”

“어, 어~~~~? 귀여워? 으~~~~? 거짓말인 게지~~~~? 정말로오~~~~?”

엄청 히죽히죽하고 있다. 엄청 몸을 꾸물거리고 있다.

그것도 또 귀엽네~.

“그, 그럼 마코토……? 나, 나랑 그………………….”

부끄러운 듯이 얼굴을 빨갛게 물들이고, 스승님은 나를 올려다봤다.

"키, 키, 키, 키슈……………… 할 수 있겠느냐……………?"

귀~여~워~어~~~~~.

살짝만 허리를 띄우고, 스승님을 끌어안았다.

"모꿏?!"

목욕수건 너머로 스승님의 부드러움 가슴이 느껴진다. 말랑, 하고 짓눌렸다. 내 못난 아들은 이미 풀발기 상태다.

갑자기 끌어안겨 스승님은 깜짝 놀란 기색이지만, 저항하려고는 하지 않고, 내가 하는 대로 나한테 몸을 맡겼다.

"키스, 할 수 있습니다. 오히려 하게 해주십시오, 스승님."

"마, 마코토……♡"

스승님은 사랑스러운 듯이 내 이름을 부르고는, 내 뺨을 작은 양손으로 사이에 끼우고, 입술을 가까이 댔다.

쪽♡

새끼 새가 먹이를 쪼아먹는 듯한, 달콤한 키스.

내가 침대에 앉자 스승님은 사냥감을 노리는 것만 같이 나를 쫓아 입술을 포개 왔다.

나는 앉은 채로, 스승님은 선 채로.

작은 스승님은 내가 앉아 있는 정도가 딱 좋은 모양이다. 나는 턱을 들고, 츄파츄파♡ 조르는 것처럼 키스를 거듭해 오는 스승님한테 답했다.

"마코토……♡ 마코토……♡ 마코토오♡"

작은 입이, 작은 혀가 내 입술을 핥아 간다. 스승님을 구성하는 모든 것이 귀엽다.

"하아, 꿈만 같으니라……♡ 남자랑, 마코토랑, 이렇게 키스할 수 있는 날이 오다니……♡"

"저도 스승님이 이렇게나 귀여운 여자애라는 게 꿈만 같습니다."

그러자 스승님은 입을 떼고, 부끄러운 듯이 미소 지었다.

"그대…… 말솜씨가 좋아졌구먼? 동굴에 있었을 때는 좀 더 시건방졌을 텐데."

"본심입니다. 변하지 않았다고요."

변한 건 스승님 쪽이라고 생각한다. 그린 몬스터→로리폭유미소녀니까.

"쿠히히, 확실히…… 귀여운 건 변하지 않았구먼?"

"귀엽습니까? 제가?"

음, 하고 스승님은 수줍은 듯이 미소 지었다.

"그 초원에서 처음 만났을 때의 그대는…… 겁먹고, 떨고 있어서, 새끼 토끼 같았느니라. 나를 바라보는 눈동자가, 귀여워서 말이지……."

내 눈을 물끄러미 바라보면서 스승님은 떠올리는 것처럼 웃었다.

"남자라는 것만으로도 드문데, 그런 데다 동정이었지. 이건 운명이라고 생각한 게야. 나는 이제야 겨우 신의 자비를 받을 수 있었던 거라고 말이다. 이런 추녀로 태어난 나라도, 이제야 겨우 행복해질 기회가 돌아온 거라고……."

"이다 스승님……."

추하다고 여겨져 500년 이상을 혼자서 지내 온 그녀. 그 괴로움은 대체 어느 정도의 것이었을까. 나한테는 상상도 되지 않는다.

하물며 그 동정을 다른 여성한테 빼앗기고 말았을 때의 절망이란…….

나 같은 거로 괜찮다면 오늘 하루, 있는 힘껏 상대하자. 그렇게 생각했다.

"저기…… 마코토여……."

스승님은 나를 물끄러미 보고는 쭈뼛쭈뼛 이렇게 말했다.

"로지나라고 불러 주지 않겠느냐……? '이다'는 마술사로서의 이름. 본명은…… 로지나이니라……."

그랬던 건가.

나는 헛기침을 한 뒤 그녀를 빤히 바라보고는,

"――로지나."

"하읏……! 가슴이…… 끙끙거렷……! 좀 더, 좀 더다, 좀 더 말해 줬으면 하느니라……."

커다란 가슴에 손을 대고 기쁨에 몸을 떠는 로리 미소녀.

나는 오른손으로 그녀의 뺨을, 왼손으로 그녀의 허리를 잡아 끌어당겨 안고는, 귓가에서 속삭였다.

"로지나, 귀여워, 로지나, 로지나."

그리고 키스했다.

"응믓♡ 마코토, 마코토오, 마코토오♡"

스승님은 기쁜 듯이 내 이름을 불렀고, 그리고 내게 몸을 기댔다.

아니, 정확하게는 나를 밀어 자빠뜨렸다.

"마코토♡ 더는 참을 수 없느니라, 괜찮지?"

미추역전 세계의 클레릭

제18화 키 130.2㎝, 가슴 160.5㎝.

남녀의 정조 관념이 역전된 이 세계에서는 여성 상위── 기승위가 기본이다.

그렇다고는 해도, 상대가 처음이라면 내가 위가 되는 편이 좋은 것 아닐지…… 하고도 생각한다. 일본에서는 연상 누님이 동정의 첫 경험을 가져가 줄 때는 대체로 기승위고…….

하지만 로지나는 완전히 흥분한 기색으로 "하아하아."하며 나를 내려다보고 있다. 그 눈에서 하트 마크가 보일 것 같다.

로지나는 내 팬티를 내리고 키스했다. 내 페니스에 말이다.

"흙 인형 상대로 잔뜩 연습했느니라……♡ 반드시, 마코토를 만족시켜 줄 테니까 말이다♡ 섹스는 전희가 중요, 하잖느냐?"

그런가, 이 세계에서는 남자가 전희를 받는 측인가……. 잔뜩 연습했다고 하니, 원하는 대로 시켜주는 편이 스승님도 기쁠지도…… 우오오오오 작은 입으로 쮸파쮸파 빨리는 거 끝내준다……!

"우옷……!"

나도 모르게 목소리가 새어 나왔다. 그런 나를 로지나는 치뜬 눈으로 보고는, 후히히, 하고 기쁜 듯이 웃었다.

"기분 좋으냐……? 기분 좋으냐……? 후히히, 나의 500년에 걸친 고독한 수행도 보답받았구나♡ 쮸파쮸파♡ 그건 그렇고…… 응뭇♡ 이게 남자의 자지인가아♡ 무척 듬직하고, 굵고,

뜨거워서, 야하구먼♡"

할짝할짝, 츄파츄파, 하고 내 그곳에 작은 혀를 기게 하고, 작은 입술로 쪼아먹는 로지나. 천사 같은 미소녀한테 러브러브펠라 받는 거 배덕적이어서 엄청나게 흥분된다.

"크…… 로지나, 거기, 약해……!"

"므후히, 여긴가, 여기구먼?"

로리 미소녀가 내 귀두의 갓 부분을 혀로 할짝할짝 공격해 왔다. 정말로 처녀인가, 이 사람……!

로지나는 혀뿐만이 아니라 작은 손으로 내 봉 전체를 훑고 있다. 손바닥이 매끈매끈하고, 무엇보다 가느다란 손가락과 작은 손이 괜히 더 나를 흥분시켰다.

한편, 로지나는 스스로 자신의 그곳을 만지작거리고 있었던 모양이라,

"나도 준비가 다 되었느니라♡ 마코토, 마코토, 자지, 넣으마……?♡"

내 몸 위에 올라타더니 직립한 내 못난 아들을 딱 닫힌 질에 갖다 댔다.

"하아……♡ 겨우, 겨우이니라……♡ 이제는 찾아오지 않을 거라고 포기했던 처녀 졸업의 기회가, 겨우……."

문질문질, 하고 내 귀두와 자신의 질 입구를 비비고 있다.

이윽고 각오가 굳어졌는지, 내 직립한 페니스를 맞아들이고자 벌름, 하고 스스로 그곳을 벌리고,

"흐긋……♡"

천천히 허리를 내려 나갔다.

——크윽!

잔뜩 애태워지고 있던 나는 이미 은근히 한계였다. 로지나의 그곳은 처녀 특유의 강한 조임을 지니고 있어서, 귀두가 들어간 것만으로도 관능의 자극이 찌릿찌릿하며 등줄기를 타고 지나갔다.

"흐아아앙……♡ 마코토 거……♡ 커다래……♡"

괴로운 듯이 로지나가 교성을 질렀다. 그녀의 말대로 내 페니스는 로리 소녀의 비부에 끝부분밖에 들어가지 않은 상태였다.

"무척 커서……♡ 나의, 작은 그곳으로는……♡ 다 담을 수가 없느니라……♡"

그래도 행복한 듯이 신음하는 로지나. 그 모습만으로도 나는 사정해 버릴 것만 같다.

"응끗♡ 천천히, 천천히 해도 괜찮겠느냐……?♡"

"예, 예에, 천천히 해도, 괜찮, 습니다."

로지나가 하아하아, 하고 거칠게 숨을 쉬며 물어보는 것을, 나 또한 숨이 끊어질 듯하면서 대답했다. 천사 같은 미소녀가 갸륵하게 내 페니스를 질에 삽입하려고 하는 광경, 너무 흥분돼서 위험하다.

"아앙……♡ 들어오고 있어♡ 마코토의 자지…… 내…… 안에……♡"

스쿼트에 가까운 몸을 앞으로 숙인 자세로 로지나가 천천히 천천히 허리를 내려 나갔다. 왼손으로 자신의 체중을 받치고, 오른손으로 내 페니스를 잡아 그곳으로 이끌고 있다. 이렇게 보여도 스승님은 인간의 수준을 벗어난 각력을 지니고 있다. 다리가 파르르 떨리고 있는 건 이 자세가 힘들기 때문이 아니라, 질이 좁기 때문이리라.

몸을 앞으로 기울인 자세로 나를 덮어 누르고 있기에 목욕수건에 둘러싸인 채인 로지나의 폭유가 내 명치에 얹어져 부드럽게 형태를 바꾸고 있다.

이 하얀 천을 확 잡아 벗겨서 160㎝를 넘는 가슴을 뵙고 싶지만, 내게 움직일 수 있는 여유는 없다. 조금이라도 방심하면 사정해 버릴 것만 같기 때문이다.

"응앗……♡ 마코토, 마코토, 마코토오……♡"

쑤푹쑤푹 침입해 간다.

"큭…… 스승님……!"

꾸욱꾸욱 조여든다. 처음 들어오는 이물에 스승님의 그곳이 완전히 순응하지 못한 상태다.

거기서, 희미한 저항이 있었다. 처녀막일 것이다.

"앗, 아앗, 앗♡"

기쁜 듯이 신음하는 로지나. 그대로 허리를 내리고,

찌직. 쑤우욱……♡

클레릭이라는 잡이 이뤄낼 수 있는 일인가. 500년을 살아온 드워프의, 로리폭유미소녀의 처녀를 졸업시켰다고, 내 가슴 안에 따뜻한 달성감이 생겨났다.

"마코토, 마코토의 걸로, 내 처음……♡"

내 페니스 끝부분을 질로 단단히 물고 있는 로지나가,

"기쁘……니라……♡ 마코토, 마코토…… 나, 고마워……."

내 위에서 눈물을 뚝뚝 흘렸다.

"스, 스승님……!"

"들어와 있어……♡ 내 안에…… 마코토의 자지가……♡"

스승님은 그대로 내게 몸을 맡기는 것처럼 쓰러지더니, 내 가슴에 이마를 문질렀다. 감격이 극에 달하여 울어 버렸다.

"마코토……♡ 마코토……♡"

로지나의 몸이 조그매서 끝부분밖에 들어가지 않은 지금 상황이라도, 누운 채로는 잘 키스할 수 없다. 키 차이가 너무 나는 것이다. 대신 나는 그녀의 머리를 다정하게 쓰다듬었다. 찰랑찰랑한 은발은 무척 부드러웠다.

스승님은 처녀막이 찢어진 직후이니 바로 움직이는 건 아프리라. 나도 움직이면 사정할 것 같고, 잠깐 이대로 있자.

"우누……♡ 마코토의 냄새, 무척 좋은 냄새이니라……♡"

나한테 안겨들면서 로지나가 달콤하게 속삭였다. 그러고 나서 나를 올려다보고,

"마코토, 아프지 않으냐? 움직여도…… 괜찮겠느냐?"

천사 같은 외모의 여자애한테 걱정받을 만한 일이 아니지, 하고 마음속으로 쓴웃음을 지으며 나는 "괜찮습니다."라며 미소 지었다.

"제 걸로 기분 좋아져 주십시오, 로지나."

"으응♡ 그거♡ 그거 치사햇♡ 마코토 너무 귀엽느니라아♡"

스승님이 몸을 바르르 떨었다. 그쪽이 더 귀엽다고 생각한다.

생각하기에, 나는 복근을 써서 상반신을 일으키고, 스승님과 키스했다.

"으응♡ 할짝…… 찌걱…… 함함……♡"

내가 입술을 가까이 대자, 스승님은 모이가 주어진 새끼 새처럼 물었다. 나는 한쪽 손으로 몸을 받치고 다른 한쪽 손으로 스승님을 끌어안았다.

"먀코토오♡ 응꿋♡"

자세가 대면좌위로 변한 탓에 삽입이 조금 깊어졌다. 로지나 스승님이 귀엽게 울었다.

"기다, 내가 움직일 테니♡ 기다리거라♡ 내가 움직이고 싶어♡"

나한테 안긴 채 어깨를 도닥도닥 때리는 로리폭유미소녀. 뭐야, 이 귀여운 생물.

스승님은 내 다리 위에서 요령 좋게, 또한 가볍게 몸을 일으켜 내 어깨에 양손을 올려놓고, 천천히 삽입을 깊게 해 나갔다.

로지나의 그곳은 질척질척하게 젖어 있었다. 내 음모에 찰싹 달라붙어 실이 쭉 늘어질 정도다. 이거라면 그렇게 아프지는 않으리라. 하지만 파과의 아픔은 있지 않을까.

"스승님은 아프지 않습니까?"

"? 나? 어째서냐?"

"아니, 그게, 처녀막……."

"마술로 통증은 없앴으니까……. 앗, 걱정해 준 것이더냐?! 마코토~♡"

꼬옥 안겨드는 스승님. 짓눌리는 가슴. 기분 좋다. 부드럽다.

그런가, 스승님은 대륙에서 제일가는 현자였지. 파과의 아픔이 어느 정도의 것인지 남자인 나는 알 수 없지만, 마술로 통증을 없애는 정도는 손쉬운 일일 것이다.

"그대는 상냥하구나♡ 응앗♡ 내가 이렇게 움직이기 쉽도록♡ 맡겨 주고 있고♡"

쑤푹쑤푹하고 얕은 곳에서 넣었다 뺐다를 반복하며, 스승님은 달콤한 목소리를 냈다.

"아, 알고, 있었군요……?"

그 삽입 운동이 내 페니스를 얕게 얕게 자극했다. 강렬하지는 않은, 달콤한 자극.

"물론이니라♡ 제자에 관한 것이라면 뭐든지 알고 있어♡ 그렇긴 해도──."

스승님은 그렇게 말하고는 갑자기 허리를 내렸다. 지금까지 도달하지 않았던 깊은 부분에까지 단숨에 내 봉이 닿는다. 새것만이 낼 수 있는 꾸무우우웃 하는 강한 조임에,

"우옷……!"

"하앙♡"

나와 스승님은 동시에 신음했다.

"응앗♡ 그렇긴 해도, 이 바보 제자가, 멋대로 동정을 상실할 거라고는, 꿈에도 생각지 않았다만……."

째릿♡ 하고 노려보는 스승님은 하지만 어딘가 귀여웠다.

"뭐, 됐다♡ 이렇게 하나가 되었느니라♡ 지금은 이 쾌락의 시간을 즐기자꾸나♡"

그리고 재차 깊게 삽입해 나갔다.

“흐아아아앙♡ 마코토 거♡ 너무 커서♡ 내 그곳으로는 다 들어가지 않아♡”

기쁜 말을 들어서, 내 그것이 더욱 커졌다.

“흐그읏?♡ 요 녀석아♡ 흥분하지 말거라♡ 다 안 들어가지 않느냐♡”

“그치만, 스승님, 이, 귀여우, 니까, 어쩔 수, 없습니다.”

지금도 사정할 것 같은 것을 필사적으로 참고 있다. 만약 주도권을 얻으면 바로 싸버리고 말 것이다.

“귀엽다니♡ 요, 마성의 수컷 녀석♡”

마성의 수컷이라니 또 참신한 말이군.

그런 대화를 나누면서도, 내 페니스는 스승님의 새 단지를 천천히 유린해 나갔다. 아무도 닿은 적 없는 로지나의 질을 내가 가장 먼저 침범해 나갔다.

로지나의 질 안은 나를 받아들일 수 있도록 빠끔빠끔하며 입을 벌려 갔다. 그리고,

“앗, 아앗, 여기, 여기가, 제일, 안쪽, 이니라……♡”

스승님의 움직임이 멈췄다. 아니, 조금 움찔움찔하고 있다. 시험 삼아 허리를 만져 봤다.

“햐아응♡”

로지나의 몸 전체가 움찔! 하고 떨리며 귀여운 목소리가 났다.

“요 녀석♡ 민감한 곳을♡ 만지지 말거라♡”

스승님은 달콤한 목소리로 항의하고는, 대면좌위로 이어져 있

는 내 목에 팔을 감았다. 몸은 다리만으로 받칠 수 있는 듯하다.

그리고는 내게 상냥하게 미소 지었다.

"마코토……♡ 나의 가장 안쪽까지 들어와 줘서, 고맙구나……♡"

"스승님……!"

그녀가 사랑스러워서 견딜 수 없어져서, 꼬옥 끌어안았다.

"나를, 여자로 봐줘서, 고맙구나……. 나는, 무척 행복하니라……."

귓가에서 속삭여지는 감사의 말.

"나는 추녀니까……. 이러한 기회는 평생 없을 거라고 포기하고 있었다……. 길드 신관이나 어딘가의 클레릭한테 최면 마술이라도 걸어서 강간하지 않는 한은……."

후반은 흘려듣기로 했다.

하지만 전반은 무리다.

"스승님은 추녀 따위가 아닙니다. 적어도 저는 그렇게 생각합니다."

"캇캇카. 그랬지, 응♡ 마코토는 폭탄 전문 처리반이었지♡"

덥석, 하고 내 귀를 달콤하게 깨무는 스승님.

"그런 게 아니, 아, 이젠 그걸로 됐습니다만……."

"……저기, 마코토?"

로지나가 붙어 있던 몸을 떼고 나를 봤다.

"나, 귀여워?"

반짝이는 듯한 금발, 루비 같은 눈동자, 여신 같은── 그러면서도 무구한 외모.

이전 생의 아이돌도 이 정도까지는 아니다.

나는 전력으로 고개를 끄덕였다.

"스승님만큼 귀여운 사람을 저는 본 적이 없습니다."

"~~~~~~~~! 그러냐! 그러냐, 그러냐!"

스승님은 기쁜 듯이 몸을 떨었다. 나와 몸이 이어진 채로.

"그렇다면—— '귀여운' 내 몸, 마음껏 맛보도록 하거라♡"

그렇게 말하고, 로지나는 허리를 위아래로 움직였다. 철퍽, 철퍽, 하고 외설스러운 소리가 울려 퍼졌다. 대면좌위로, 로리 폭유미소녀가, 그 꿀단지로 내 페니스를 훑기 시작했다.

"흐앙♡ 응끗♡ 마코토♡ 마코토♡"

앉아 있는 내 앞에서 뛰어오르며, 로지나가 괴로운 듯이, 기쁜 듯이 내 이름을 불렀다.

내 페니스가 조금 전까지 처녀였던 질에 꾸욱꾸욱 조여서는 해방되고, 또다시 단단히 꽉 조여진다.

1초마다 반복되는 극상의 자극.

한번 숨을 쉴 때마다 솟구쳐 올라오는 사정의 예감.

무리다, 더는. 참을 수 없다.

"큭, 스승님, 이제, 이제, 저, 나올 것 같——!"

"흐아아앙♡ 좋다♡ 좋다, 좋다♡ 싸도록 하거라♡ 싸는 것이니라♡ 내 처녀 그곳에♡ 수컷의 정액♡ 마코토의 아기씨앗즙♡ 잔뜩 싸는 게다♡ 나의 아기주머니를 잔뜩 채우는 것이니라♡"

"나, 나온닷——!"

뀨무우웃 하고 조여드는 로지나의 질 안에 나는 마침내 한계를 맞이했다.

뷰르르르르릇! 초뷰르르르릇르르르릇──!

키 130㎝의 미소녀를 꽉 껴안은 채, 페니스가 반도 들어가지 않은 질에, 나는 아무런 사양도 없이 성대하게 사정했다.

뷰르릇── 뷰붓──!

"우오오옷…… 아직, 나왓……!"

"응앗♡ 아앗♡ 나오고 있어♡ 나오고 있느니라♡ 알겠어, 알겠느니라, 마코토♡ 그대의 자지가♡ 기쁜 듯이♡ 내 안에서 정액을 토해내고 있다♡♡♡"

내 품 안에서 로리 미소녀가 질내사정 당해서 기뻐하고 있다. 그런 그녀의 턱을 잡고 입술을 억지로 빼앗았다.

"응믓♡ 으으응♡"

기쁜 듯이 교성을 내는 로지나. 사정하면서 하는 키스는 또 다른 맛이 있다. 위쪽 입도 아래쪽 입도 체액을 교환하고 있는 것이다. 어디서부터가 나고 어디서부터가 상대인지 경계선이 애매해지는 이 감각은 다른 행위로는 얻기 힘든 것이었다.

"푸하아──♡ 마코토……♡"

입술을 떼자 로지나는 황홀하게 녹아내린 눈동자로 나를 올려다봤다.

"응앗♡ 으응, 아직, 움찔움찔하고 있다♡ 마코토의 자지, 아직 움찔움찔하고 있어……♡"

"스승님……. 엄청나게 기분 좋았습니다."

"응♡ 나도, 무척 기분 좋았다♡"

이어진 채로, 누가 먼저랄 것도 없이 쪽쪽 키스했다.

그러고 있는 사이에,

"으응♡ 마코토 거…… 또, 커졌구나……♡"

"자연의 섭리입니다."

"카캇. 그런 건 대현자인 나도 들은 적은 없다만♡"

스읏~, 하고 손가락으로 내 가슴팍을 어루만지는 로지나.

"……또, 하고 싶구나♡"

묻고 있는 건지, 아니면 조르고 있는 건지. 어느 쪽이든 상관없다. 나 또한 하고 싶다. 아직도 더 하고 싶다.

하지만 그전에.

"로지나……."

"네♡ 무엇이더냐?♡"

이름을 불리자 '네'라고 대답하는 스승님 귀엽다.

"그 흉악한 것…… 언제까지 넣어 둘 생각입니까."

나는 로지나의 가슴에 감긴 수건을 가리키며 그렇게 물었다.

하지만,

"……………………그치만."

스승님은 고개를 팩 돌리더니, 삐친 것처럼── 아니, 무서워하는 것처럼,

"나, 이거, 좋아하지 않아."

자기 가슴을 들어 올리고 그렇게 말했다.

그런가, 하고 생각이 미쳤다. '가슴이 크다'라는 건 이 세계에

서는 '추한 돼지'와 같은 뜻이었다. '거유'라는 말조차 존재하지 않는 것처럼.

"그러니까…… 보지 말았으면 한다…… 창피해……."

시무룩해지는 스승님.

하지만 나는 자신의 욕구를 참을 수 없다.

"저는 보고 싶습니다. 저는── 가슴은 클수록 좋아한다고요! 부탁입니다, 제게 스승님의 창피한 부분, 보여 주십시오!"

그녀의 가슴을 부드럽게 붙잡고 그렇게 부탁했다.

스승님은 머엉, 하고 입을 벌리고는,

"그대── 그렇게까지? 그렇게까지 변태였느냐?"

남이 들으면 오해할 소리를.

"그도 그럴 것이 키 130.2㎝이지요, 스승님? 하지만 가슴은 160.5㎝ 되는 거지요, 스승님? 이걸 보고 싶지 않다고 하는 남자 쪽이 이상하다고 생각합니다, 저는. 스승님?"

내가 거세게 물고 늘어지자 스승님은 손으로 가슴을 가리고,

"자자자자잠깐! 어떻게 그런 세세한 숫자까지 알고 있는 게냐?! 앗, 클레릭의 기술이로구나? 못된 녀석 같으니!!"

떽, 하고 어린아이를 꾸중하는 것처럼 내게 손가락을 들이댔다. 하지만 유감스럽게도 효과는 희박하다. 어째서냐면 귀여우니까.

나는 스승님이 내게 들이댄 손가락을 함, 하고 깨물고는,

"하앙♡"

그 손을 잡았다.

"부탁합니다. 저는 스승님의 가슴을 보고 싶습니다. 스승님의 가슴을 핥고 싶습니다. 스승님 같은 훌륭한 가슴, 제 고향에서는 거의 찾아볼 수 없다고요. 변태인 바보 제자의 절실한 소원을 부디 이뤄 주십시오!"

머리를 숙였다. 하반신을 이은 채로.

분명 이전 생으로 따지자면 발가락을 핥게 해달라든가, 엉덩이 구멍에 혀를 넣게 해달라든가 하는 그런 성벽인 거겠지…….

"므우~~~…… 내 제자가 그 정도까지의 변태 성벽을 가지고 있었을 줄은……."

스승님은 나한테 물린 손가락을 스스로도 츄파츄파 핥고(귀엽다),

"이 인계무쌍인 이다 님의 눈으로도 간파하지 못했느니라…… 앗♡ 잠♡ 마코토오♡ 자지 크게 하는 거 안 돼♡"

내 페니스를 그곳에 계속 넣고 있으면서 잘난 듯한 말투로 말했기에 조금 크게 해봤더니 쉽게 힘이 빠져 해롱해롱했다. 귀여워.

스승님은 크흠, 하고 헛기침을 하여 위엄을 되찾더니,

"나 참, 어쩔 수 없구먼……. 애초에, 마코토와 섹스할 수 있는 것만으로도 고마운 노릇이고……. 그 정도라면 들어주지 못할 것도 없나…… 응앗♡ 그러니까앗♡ 자지♡ 부풀리면♡ 기분 좋으니까앗♡ 안 된대도오♡"

"그럼, 괜찮은 거지요?! 스승님의 커다란 가슴 보여 주는 거지요?!"

"보, 보는 것만이니라?"

"주무르거나핥거나빨거나끼우기도 할 겁니다만!"

"주무르거나핥거나빨거나—— 끼우기라고?! 뭐를? 뭘 끼우는 게냐?!"

그런가~ 모르는 건가~ 귀여워~.

"그 **사악**한 미소를 그만두거라! 무섭다! 어째 제자가 무서웟! 히죽 웃으면서 얼굴을 가까이 대지—— 꺄응♡"

스승님의 팔을 붙잡고 그대로 밀어 자빠뜨렸다.

그 찰나에 페니스는 빠지고 말았다. '꺄응♡'은 그때 난 소리다.

내 밑에 스승님이 누워 있다. 허리까지 오는 긴 은발이 은하처럼 흐트러져 있다.

"마, 마코토……?"

"제가 있던 세계에서는, 남자가 위로 가는 것이 '정상위'입니다."

"그, 그런 것이더냐……? 어쩐지…… 파렴치하구나? 뭐, 적극적인 남자도 나쁘지 않지…… 아니, 오히려 좋아…… 야한 남자 좋아…… 귀여워……."

중얼중얼 말하는 로리폭유스승님.

섹스를 좋아해서 적극적인 여자애는 귀엽지. 그런 거지.

뭐, 그건 괜찮다고 치고.

반복한다. 내 밑에 스승님이 누워 있다.

"수건, 벗기겠습니다……?"

그렇게 말하면서도 내 손가락은 이미 수건에 걸쳐져 있었고,

"응, 응뭇……."

스승님은 긴장한 것처럼 그때를 기다렸다.

사락, 하고 수건이 풀렸다.

로리폭유미소녀의 태어난 그대로의 모습이 이제야 겨우 드러났다.

"……………………개커."

침대에 누운 스승님을 내려다보며, 나는 무심코 중얼거렸다.

130㎝인 체구는 작아서 팔도, 다리도, 어깨도, 허리도, 몸을 구성하는 부위 전부가 미니멈 사이즈.

그런 가운데 가슴만이 그저 한결같이 컸다.

가슴이 160㎝나 되는 것이다.

너무나도 큰 사이즈의 가슴은 중력에 져서 살짝 몸 옆으로 쏠려 있다. 하지만 탄력은 있는 모양이라, 젖꼭지는 똑바로 위를 향하고 있었다. 굉장하다.

그 젖꼭지는 사랑스럽게도 함몰되어 있었다. 이전 생으로 말하자면 500엔 동전 정도의 커다란 핑크색 유륜이 젖꼭지를 감추고 있다. 마치 지금, 창피함으로부터 얼굴을 가리고 있는 스승님처럼.

"내 알몸…… 추하지……? 너무 보지 말아다오……."

그렇게 푸념한 스승님한테,

"아뇨, 엄청나게 예쁩니다."

나는 즉답했다.

그리고 스승님 위에 올라탔다. 130㎝밖에 되지 않는 스승님의 얼굴 위에 내 얼굴을 가까이 댔다. 나는 무릎을 접어 네발로 선 자세인데도, 그래도 스승님의 다리는 내 몸 밖으로 거의 튀어나오지 않는다. 정말로 작다. 이것만으로도 진짜로 귀엽다.

"스승님……."

로지나한테 입맞춤을 했다. "하므……♡" 하고 겁먹은 것처럼 응하는 그녀.

남자가 자기를 원하고 있다는 사실에 실감이 없고, 자기가 얼마나 매력적인지도 자각이 없는 듯하다.

"로지나, 귀여워, 로지나……!"

"응뮤웃……♡ 먀코토오……♡"

그녀의 이름을 속삭이면서 작은 입술을 남김없이 맛봤다. 내가 조금 크게 입을 벌리면, 그녀의 입술은 전부 먹히고 만다. 혀로 입안을 범해 나갔다.

"응쭛♡ 므쭛♡ 츄파♡ 춧츄♡ 응므춧♡ 할짝♡"

내가 짐승처럼 자기를 원하자, 어깨를 떨며 겁먹는 로지나. 그건 내가 자기를 원하는 것에 겁먹고 있는 게 아니라, 내가 자기를 원하는 이 현실이 없어지지 않기를 바라며 겁먹고 있는 것 같았다.

도저히 500년이나 살았다고는 생각되지 않을 정도의 연약함. 덧없는 느낌. 나약함.

500년이라는 세월을 살았기에, 쉽게 '자기가 여자로서 인정받는 현실'을 받아들이지 못하는 것이리라.

나는 그녀의 불안을 없애는 것처럼, 그리고 그것과 같은 정도로 자신의 욕망에 충실하게 로지나의 폭유에 손을 댔다.

"힉……."

로지나가 몸을 움츠렸다. 자기가 가장 기피하는 부분을, 남성이 만지고 있다. 미움받고 마는 것 아닐까── 그런 불안이 그녀 안에 있다.

그것이 기우임을 나타내는 것처럼, 나는 로지나의 너무나도 큰 가슴을 마구 주물렀다.

말랑♡ 푹신♡ 출렁♡

로지나의 가슴은 일류 파티시에가 공들여 반죽한 생크림처럼 부드럽고 섬세했고, 그러면서도 노포 화과자 가게가 간판 상품으로 판매하는 찹쌀떡처럼 탄력이 있고 매끈해서, 내 손을 부드럽게 받아들였다.

"히이…… 응♡"

로지나의 겁먹은 목소리에 희미하게 관능의 색이 섞였다.

만져진 적 따위 없으리라. 만져지는 기쁨도 없었을 것이다.

나는 내 안의 클레릭의 기술을 총동원하여 로지나의 국보급 가슴을 애무했다.

다섯 손가락을 사용하여 유방 바깥쪽을 천천히 어루만져 나갔다. 뽀왕뽀늉♡ 하고 형태가 변해 가는 걸 즐기면서, 그녀의 반응을 봤다.

"흐읏…… 응♡ 마, 마코토……♡ 기분 나쁘지, 않으냐……? 내 가슴, 정말로……?"

"스승님의 가슴은 최고입니다. 이렇게나 크고 예쁘고 야한 가슴, 처음 봅니다. 저, 이 세계에 오길 잘했습니다."

"그, 그런……♡ 하응♡"

"로지나의 가슴, 저, 아주 좋아합니다."

"하으으으♡"

부끄러운지 양손으로 얼굴을 가리는 로지나.

나는 가볍게 쭈물거리며 가슴을 만지고 있던 손가락을 유륜으로 이동시켰고, "아♡" 하고 양손 사이에서 자기도 모르게 목소리가 새어 나온 그녀의 반응에 기뻐지면서, 그 젖꼭지를 빙글빙글♡ 돌리며 부드럽게 꼬집었다.

"흐아아아앙♡"

엉겁결에 나와 버리는 목소리. 자기도 모르게 튀어 오르는 허리. 로지나는 양손 틈새로 나를 보더니, 부끄러운 듯이 노려보고는,

"마, 마코토는 심술쟁이……♡"

너무 귀여워서 죽는 줄 알았다.

유륜에 혀를 대고 움직여, 천천히 원을 그리듯이 젖꼭지를 향해 육박해 갔다.

"히잉……♡ 싫어어어……♡"

그 잘난 듯한 스승님이 미지의 쾌감에 겁먹고 몸을 떨고 있다. 내 고간이 한층 발기했다. 흥분한 그것을 그녀의 허벅지에 문지르면서, 로지나의 함몰된 젖꼭지를 빨았다.

"히이이이잉♡♡♡"

로지나의 새된 소리가 났다. 그와 동시에 내 입안에 뜨뜻미지근하고 은은하게 달콤한 액체가 흘러넘쳤다.

"으응?!"

"응야앗♡"

나도 모르게 젖꼭지에서 얼굴을 떼고 입을 닦은 나. 하얗다. 유백색 액체가 내 입에서 흘러 떨어지고 있다. 아니, 유백색이라고 할지, 이거── 모유인가?

“아앗♡ 아앙앗♡”

“저기, 스승님…… 모유, 나옵니까?”

“으응♡ 나, 나온다만……? 드워프 여자는 성장하면 다들 그렇다고……?”

“임신하지 않아도?”

“임신……? 하지 않았다만……? 나, 조금 전까지 처녀였고……?”

그, 그런 거야?! 이 세계의 드워프는 그래?! 임신하지 않아도 평범하게 모유 나와?! 최고잖아!!!

나는 흥분해서 다시 스승님의 가슴을 빨았다.

“햐앙♡”

“쥬르르르르릅! 맛있어! 스승님의 모유, 맛있어!!”

뜨뜻미지근하지만 그게 딱 좋다! 지금까지 맛본 적 없는 달콤함이 있다! 혀가 기뻐하고 있다! 뇌가 기뻐하고 있다! 세포가 환희하고 있다!

이거 아마, 마소(마나)적인 거다. 이 모유, 마력이 엄청나게 진하다. 내 페니스가 점점 부풀어 간다. 너무 흥분해서 뇌혈관이 터질 것 같다.

“스승님! 로지나!”

“아아앗♡ 먀코토♡ 앙 대애, 앙 대애앳♡”

나는 미친 것처럼, 츄파츄르르르르릅, 하고 갓난아기처럼 빨았다. 160㎝짜리 가슴을 잡고, “시러, 시러어♡”라며 무서워하며 내 머리를 밀어내려 하는 스승님을 아랑곳하지 않고, 계속해서 핥고 빨았다.

“앙 대앳♡ 마코토♡ 젖꼭지♡ 그렇게 빨며언♡”

“츄르르르르르르르르르릅우물우물우물우물우물우물우물우물!”

키 130㎝인 여성의 가슴에 얼굴을 파묻고 우물우물하는 나. 번역하자면 이렇다.

“뭐가 안 된다는 겁니까, 뭐가! 이런 비밀병기를 숨겨 놓고서! 조약 위반이지 않습니까, 이런 거!! 이 작은 키에 160㎝ 가슴 가지고 있는 것만으로도 진심발기급인데, 이런 진하고 맛있는 모유가 나온다든가 그것만으로도 사정한다고요!!”

할짝할짝할짝할짝츄르르르르르르르릅!!

“싫엇♡ 싫엇♡ 이상해졋♡ 가슴♡ 이상해지니까아♡ 가슴♡ 이렇게나♡ 기분 좋다는 거♡ 나♡ 몰랐♡ 응야아아앗♡ 더는 빨면♡ 하아아아앙♡”

어느샌가 내 머리를 누르는 스승님의 손은 내 머리를 부둥켜안는 것처럼 변해 있었다. 나는 내 얼굴이 완전히 파묻힐 정도의 폭유에 엎드려, 그저 한결같이 젖꼭지를 빨았다.

“앗♡ 싫엇♡ 온닷♡ 뭔가 오느니라앗♡ 몰라♡ 이런 거♡ 가슴으로♡ 이렇게나 되다니♡ 나♡ 나앗♡ 추한 가슴으로♡ 진짜 싫어하는 가슴을♡ 정말 좋아하는 남자한테 빨려서♡ 가버렷♡ 가버려엇♡ 가버리느니라앗♡♡♡”

움찔움찔——!

내 머리를 유방에 꽉 누른 채, 스승님이 등을 활처럼 젖히며 절정했다.

이 로리폭유미소녀, 젖꼭지 핥아지고 모유 빨려서 가버렸군요…….

"……응하아♡ 하앗♡ 하아♡ 먀코토……♡ 먀코토오……♡"

내가 침대에 눕혀 주자, 스승님은 추욱♡ 하고 힘이 빠져 늘어지면서 내 이름을 계속 불렀다.

"가슴♡ 너무 빠는 게다아……♡ 멍청한 것……♡ 그렇게나 빨면……♡ 한쪽만♡ 모양이 이 이상해져 버리잖느냐……♡"

"그건 즉, 다른 한쪽도 빨라는 말입니까?"

"아닛, 아니닷, 그런 말이—— 하아아아아아아아아아아아아아아아아앙♡♡♡"

겁먹고 나를 밀어내려 하는 소녀의 가느다란 손목을 꽉 붙잡고, 저항하는 것도 개의치 않고 로지나의 가슴에 달라붙었다. 이쪽 젖꼭지는 아직 함몰된 채다. 나는 혀로 그걸 설겅설겅 파내어 "하아앙♡" 그녀의 손힘이 느슨해진 걸 좋은 기회 삼아 내 양손으로 한쪽 유방을 꾸욱 쥐어짜서, "히아아앗♡" 숨어 있던 젖꼭지와 함께 대량의 농후 모유를 빨아냈다.

"응야앗♡ 응냐아아아아아아아아아아아아아아아아아아♡♡♡"

스승님이 들은 적 없는 울음소리를 냈다. 허리가 펄떡펄떡 튀어오르고, 반대편 유방에서 모유가 푸샤—♡ 하고 뿜어져 나왔다.

아깝구만.

나는 그쪽 유방도 붙잡고는 양쪽 젖꼭지를 입에 머금었다. 빨대 두 개를 무는 것과 비슷한 것이다. 그리고 있는 힘껏 짜냈다.

“이냐아아아앗♡ 냐아아아아아앗♡ 응냐아앙냐아아아오오오오오오오오오옥♡♡♡”

로지나의 울음소리가 새된 소리에서 짐승 같은 저음으로 변해갔다. 인계무쌍의 대현자님도 이렇게 되면 평범한 암컷이군.

“오옥♡ 응오옥♡ 냐오오오옥♡ 먀코♡ 먓♡ 먀코토♡ 용셔♡ 용셔해져♡ 용셔해져어어어엇♡ 가버렷♡ 가슴♡ 같이♡ 빨면♡ 가버렷♡ 짜지마앗♡ 짜지마아아앗♡ 짜면 안대애애♡ 냐아아오오오오오오오오오오오오호오오오오오오오옹♡”

160㎝의 가슴을 강조하는 것처럼, 가슴을 위로 향하고 절정하는 로지나 스승님.

츄르르르르르르르릅―――――――――― 하고 나한테 빨리고 있던 모유도 이윽고 나오는 양이 적어져, 마침내는 말라 버린 것처럼 아무것도 나오지 않게 되었다.

여기까진가.

남은 즙을 끝까지 다 빨고, 아직 달콤한 맛이 남은 젖꼭지에서 나는 쮸퐛♡ 하고 입을 뗐다. 아쉽다. 더 빨고 싶다…… 싶지만, 이 이상 하면 스승님의 몸이 위험할지도 모른다. 이미 벌써 위험해 보이지만…….

“응냣……♡ 하냐……♡ 교빳……♡ 하앗♡ 하앗♡ 하앗♡ 하앗♡ 하앗♡”

스승님은 나한테서 유방이 해방되자 그 작은 몸을 침대에 털썩 맡기고, 물고기처럼 입을 뻐끔뻐끔하고는, 필사적으로 폐에 공기를 보냈다. 160㎝의 폭유는 몸 옆으로 살짝 쏠리고, 젖꼭지는 발딱 발기하여 쪼륵, 쪼륵, 하고 투명한 액체를 흘리고 있다.

착유했다.

모조리 다 쥐어짜 냈다.

천사 같은 미소녀의 가슴을, 텅텅 빌 때까지 착유했다.

그 사실에 내 뇌수가 저리는 듯한 쾌감을 얻었다. 풀발기한 페니스는 만진 것만으로도 사정할 것 같다. 하지만 손으로 딸치는 건 아깝다. 여기에 더 좋은 것이 있지 않나, 하고 수컷의 본능이 말했다.

"하앗♡ 하앗♡ 응냐……?"

절정 지옥에서 해방된 스승님이 제자가 다시 움직이기 시작한 걸 보고 의아해했다.

나는 스승님의 가슴에서 배어 나와 침대에 고인 모유를 손가락으로 건져, 그걸 자신의 음경에 문질러 발랐다. 미끈거림이 좋아지도록.

스승님의 가슴은 스승님 자의 모유로 질척질척해진 상태다. 문제없다.

"하냐……? 먀, 마코토……?"

"……………………."

곤혹스러워하는 스승님의 위에── 상반신에 올라탔다. 작은 스승님의 몸이 한층 작게 보였다. 내 페니스가 스승님의 가슴

골짜기에 발딱, 하고 위치했다.

"머를…… 할 생각인 게냐……?"

"조금 전에 말하지 않았습니까."

"…………뭐라고?"

"끼울 겁니다."

그렇게 말하고, 나는 스승님의 폭유를 재차 잡았다.

"하냐앙?!"

모조리 쥐어짜여 민감해진 듯한 유방을 붙잡혀, 귀여운 암컷 목소리를 내는 로지나. 나는 그녀의 폭유로 내 페니스를 감쌌다.

"냣?! 냐냐냐냐냣?!"

로지나가 곤혹스러워했다. 알 도리도 없을 것이다. 일부 남자는 삽입하는 것보다도 **이것**을 아주 좋아하는 것이다!

파이즈리를!

거기에 삽입하는 것보다!

아주 좋아하는 것이다!!!

160㎝의 폭유에 내 페니스가 쏙 다 들어가 버렸다. 부드럽다. 따뜻하다. 끈적하다. 나는 스승님의 가슴을 멋대로 사용하고 허리를 움직여, 젖치기를 시작했다.

천사 같은 소녀의 가슴을 무단으로 써서 자위하고 있는 것이다.

찌걱♡ 질척♡ 찌걱♡ 질척♡ 찌걱♡ 질척♡ 찌걱♡ 질척♡ 찌걱♡ 질척♡ 찌걱♡ 질척♡ 찌걱♡ 질척♡ 찌걱♡ 질척♡ 찌

걱♡ 질척♡ 찌걱♡ 질척♡

“머…… 뭘 하고 있는 게냐, 마코토?! 응앗♡ 젖꼭지♡ 비벼져서♡ 하아앙♡”

당황하는 스승님이었지만, 내가 젖치기를 하면서 젖꼭지를 빙글 돌려 괴롭힌 것만으로도 달콤한 목소리를 냈다. 그런 정도를 넘어서, 이미 마력이 회복되었는지 내 페니스가 한 번 스트로크할 때마다 모유가 뿜어져 나왔다.

“앗♡ 아앗♡ 또♡ 또 나왓♡ 또 젖 나와 버리느니라♡ 그만♡ 이제 가슴 쓰는 거♡ 안 대앳♡ 앗♡ 흐아아앙♡ 오오오오오옹♡ 가버렷♡ 가버려엇♡ 가슴 멋대로 사용당해서♡ 또 가버려어어어어엇♡”

쑤컥♡ 푸욱♡ 찌걱♡ 질척♡ 쑤컥♡ 푸욱♡ 찌걱♡ 질척♡ 쑤컥♡ 푸욱♡ 찌걱♡ 질척♡ 쑤컥♡ 푸욱♡ 찌걱♡ 질척♡ 쑤컥♡ 푸욱♡ 찌걱♡ 질척♡

내 쿠퍼액과 스승님의 모유로 스승님의 가슴은 미끌질척거리고 있었다. 기분 좋은 윤활유다. 저신장폭유미소녀의 천연 로션이 파이즈리를 촉진시킨다.

“스승님! 자기만 가지 말고 저도 가게 해주세요!”

“응냐앗?! 그런♡ 하지만♡ 가슴이잇♡”

“자, 스스로 가슴 들고! 제 자지를 끼우는 겁니다! 꾸욱, 하고 공기가 빠질 정도로 세게!”

“하앙♡ 아, 알았느니라♡ 그대가♡ 마코토가 그렇게 바란다면♡”

스승님이 내가 하던 것을 흉내 내어 페니스를 끼웠다. 나는 그 손을 잡고, 더욱 압박이 강해지도록 자세를 유도했다.

"크—— 좁아——! 처녀 그곳보다 좁지 않나, 이거……! 좋아요, 로지나. 엄청나게 기분 좋습니다……! 당신의 가슴, 최고예요!"

"앗♡ 흐앙♡ 기, 기뻐어……♡ 내 가슴으로♡ 좋아해 줘서♡ 좋다, 마코토♡ 내 추하게 자란 가슴♡ 원하는 만큼 쓰도록 하거라♡"

"아닙니다! 추하지 않아! 알겠습니까, 스승님의 가슴은 추한 게 아니야! **음란한** 겁니다! 앞으로 제 앞에서 추하다는 말을 했다간 용서하지 않을 테니까 말입니다! 추한 게 아니라, 음란하다!!"

젖꼭지를 꾸우욱 꼬집으면서 스승님을 조교했다.

"히이이이잉♡ 알았다♡ 알았으니까♡ 젖꼭지♡ 꼬집는 거 안 되느니라앗♡ 음란햇♡ 음란한 게다♡ 내 가슴은♡ 커서♡ 머리보다도 커져서♡ 음란한 가슴이니라앗♡♡♡"

스승님은 자기가 말하는 사이에 느끼고 있는 것 같았다. '음란하다'라고 말할 때마다 젖꼭지에서 모유가 퓨퓻— 하고 뿜어져 나온다.

"그래요, 그렇습니다! 스승님의 야하게 자란 커다란 가슴에! 제가 사정할 테니까 말이에요! 알겠습니까! 젖내사정 합니다!! 조르십시오!!"

"네, 네에엣♡ 마코토의♡ 남자님의♡ 정액♡ 진한 정액♡ 나의 야한 가슴 안에♡ 잔뜩 싸 주세요오오오오♡♡♡"

"——싼닷!"

초 뷰르르르르르릇! 뷰르르릇르르르르릇! 왈칵왈칵———!!

천사 같은 여자애의, 머리보다 큰 두 개의 가슴 안에 사정했다.

자랑은 아니지만 내 페니스는 30㎝ 정도 된다. 하지만 그래도 스승님의 가슴에 전부 쏙 들어가 있다.

다 들어간 페니스는 로지나의 폭유에 끼인 채로 사정했다. 소위 말하는 젖내사정이다.

"우오옷……! 로리개큰가슴 안에 내 정자가……!"

"싫어엇♡ 나의, 나의 음란한 가슴 안에서♡ 마코토의 자지♡ 움찔움찔하고 있어엇♡"

"로지나, 그대로 좌우 번갈아 가면서, 위아래로 움직여……. 그래, 쥐어짜 내는 것처럼……."

"이, 이렇게 말이더냐……?"

"우옷……!"

꾸욱, 꾸우욱 하고 내 가랑이 밑에서 폭유를 좌우 번갈아 가며 움직이는 로지나. 질 안에서 쥐어짜이는 것과는 또 다른 쾌감에 내 허리가 씰룩씰룩 움직이고 만다.

"후우우……. 좋습니다, 스승님……. 가슴을 벌려서, 보여 주세요……. 남자한테 유린당한 로지나의 음란한 가슴을, 남성분인 저한테 확실하게 보여 주십시오."

귀여운 로리 소녀의 머리를 잘했다, 잘했어, 하고 쓰다듬으며 나는 그렇게 재촉했다.

스승님은 머리를 쓰다듬어져 기쁜지, 부끄러워하면서도 확실하게 보여 주었다.

"응♡ 아, 알았다……."

화알짝, 하고 160㎝의 폭유가 개방된다. 내 정액과 로지나의 모유투성이가 된 스승님의 골짜기에 하얀 점액의 다리가 음란하게 몇 개나 드리워져 있었고, 또 골짜기 바닥에는 호수처럼 정액과 모유가 섞인 액체가 고여 있었다.

"앗♡ 마코토의 정액♡ 잔뜩 나왔구나……♡"

자신의 가슴을 내려다보고 기쁜 듯이 중얼거리는 스승님.

그 로리 얼굴 앞에 나는 방금 막 사정한 참인 페니스를 들이밀었다. 나는 클레릭의 목소리에 따라 명령했다.

"핥으십시오, 로지나. 남자님의 자지입니다. 깨끗하게 하는 겁니다."

"냐아♡ 네……♡ 자지, 깨끗하게 할게요……♡"

조그만 입으로 할짝할짝 페니스를 핥는 스승님. 귀두를 물고, 갓 부분이나 봉 전체를 구석구석까지 핥아, 정액과 모유로 범벅이 된 음경을 깨끗하게 만들어 나갔다. 천사 같은 외모의 소녀한테 청소 펠라를 시키고 있다는 사실에 배덕감이 장난 아니다.

"응쮸♡ 츄릇츄릇♡ ……푸하♡ 어떠냐? 깨끗하게, 되었지?"

입 주위에 정액과 모유와 음모를 묻힌 로리폭유미소녀가 내 가랑이 밑에서 생긋 미소 지었다.

그걸 본 것만으로도 내 페니스는 다시 발기하기 시작했다.

또, 이 질에 삽입하고 싶다.

"응후♡ 마코토도 아직 한참 기운이 가득하구나♡ 나도——나도 더 하고 싶으니라♡"

스승님은 가슴에 고인 정액을 손가락으로 건져, 내게 일부러 보여 주는 것처럼 핥으며, 그런 말을 했다.

"내 가슴, 그대의 정액으로 끈적끈적하구나♡ 정말, 어쩔 수 없구먼♡"

내 가랑이 밑에서 느릿느릿 기어 나와, 스승님은 조금 전에 벗은 목욕수건을 주우러 갔다.

네발로 기어서.

내게 무방비한 엉덩이를 보이며.

로지나는 가슴만이 아니라 엉덩이도 개컸다. 탱글탱글하고, 허벅지도 말랑말랑해서 맛있을 것 같았다.

베드 테이블에 있던 과실수가 든 물병을 들고,

"마코토도 마실── 효엣?!"

"로지나……!"

너무나도 무방비한 엉덩이를 드러내고 있던 로리폭유미소녀를, 뒤에서 덮쳤다.

"기다! 기다리는 게다! 그렇게 갑자기, 앗♡"

뒤에서 자빠뜨리고 눌러 덮어, 시트에 출렁♡ 하고 얹힌 폭유를 마구 주무르자, 스승님은 쉽사리 음란한 목소리를 냈다.

참을 수 없다. 나는 팽창하여 부풀어 오른 페니스를 질에 딱 붙이고,

"마콧── 아아앙♡"

단숨에 삽입했다. 안은 흠뻑 젖어 있어서 저항은 거의 없었다. 내 페니스가 중간 정도까지 삼켜졌다. 그걸로, 스승님의 가

장 안쪽까지 기세 좋게 부딪쳤다.

"히이이응♡ 기다♡ 기댜리는 게댜♡ 이런♡ 짐승 같은 교미 자세── 차, 창피하♡ 니라아앗♡"

시끄러워, 입 다물고 있어.

가느다란 허리를 붙잡고 퍽퍽 박아 댔다. 그때마다 커다란 엉덩이 살이 물결치며 출렁거렸다.

"응고오옥♡ 오오옥♡ 자지♡ 안쪽까지♡ 들어와 있느니라아앗♡"

"스승님도 짐승 같은 교성 지르고 있잖습니, 까!"

"응옥♡ 아, 안 된다♡ 안 돼앳♡ 안 대앳♡ 뒤에서라니♡ 전부 보여 버렷♡ 부, 부끄러우니까앗♡ 오오오오옥♡"

하지만 그렇게 소리치는 스승님의 질 안은 꾸욱꾸욱 조여들어 온다. 조임이 너무 좋아서 움직이기 힘들 정도다. 부끄러운 게 좋은 거군, 이 사람. 왠지 모르게 알고 있었지만.

"그래요, 전부, 보이고 있습니다! 자, 스승님의 그곳도, 엉덩이 구멍도 전부!"

"안 대애애♡ 싫엇♡ 시러어엇♡ 보지 말거라♡ 보면 안 대애애애애♡ 응앗♡ 응고오오오옥♡♡♡"

너무 느껴서 마구 가버리고 있는 모양이다. 질이 질척질척하게 수축을 반복하면서 피슛, 피슛, 하고 조수를 마구 뿜고 있다. 위쪽 입도 침을 흘리며 "오옹♡ 오옥♡" 하고 있고, 복숭아 같은 엉덩이는 움찔움찔하며 경련하고 있지만 내가 허리를 붙잡고 있기에 도망칠 방도가 없다. 상반신은 이미 힘이 들어가지 않는지 축 늘어져 있어서, 옆으로 쏠린 폭유가 모유를 줄줄 흘리고 있다.

스승님은 절정이 멈추지 않는지, 내가 페니스를 빼고 침대에 몸을 눕혀도 계속 경련하고 있었다.

"아긋♡ 아직 가고 있어♡ 제자한테 좋을 대로 당해서 가버렷♡ 제자한테 인형처럼 다뤄져서♡ 가버렷♡ 가버려어어어엇♡"

턱을 젖히며 계속 절정하는 스승님의 몸을 덥석 돌려서, 위를 보고 눕게 했다.

"먓♡ 먀콧♡ 마코토?"

뭔가를 알아차리고 저항하려 하는 스승님을 깔아 눕히고, 나는 방금 막 뺀 페니스를 다시 로지나의 질에 삽입했다.

"히이응극♡ 기♡ 기다리거라♡ 지금 가고 있어♡ 지금 가고 있으니까아♡ 지금 넣으면 안 되느니라앗♡ 안 대── 오오오오옹♡"

스승님의 질 구멍을 내 페니스로 꾸욱꾸욱 누르고 돌리며 유린했다. 로리 소녀의 엉덩이를 들어 허리를 띄우게 한 뒤, 배 쪽에 면한 부분을 문지르다시피 하며 공격해 줬다.

"아아아오곡♡ 머♡ 머야, 이거♡ 거기♡ 거기 안 되느니라앗♡ 거기 문질러지면♡ 내 머릿속 새하애졋── 오호오오오옥♡♡♡"

움찔움찔 계속 경련하는 키 130㎝의 미소녀.

나는 그 꺾일 것 같을 정도로 작은 몸을 끌어안고, 절정하는 그녀한테 키스했다. 입술을 쪼아먹고, 혀를 넣어, 입안도 유린했다.

"응춧♡ 츄르릅쪽♡ 응하앗♡ 먓♡ 먀코토♡ 먀코토오♡ 먀코토옷♡”

로지나도 나를 원하여 혀를 움직였다. 지근거리에서 서로 바라보는 우리들. 스승님의 눈동자는 황홀하게 녹아내려 있으면서도, 수컷을 원하는 짐승성으로 가득 차 있었다. 그렇게 한 아름은 더 큰 내 몸에 딱 붙어, 내 허리에 다리를 휘감고 진짜죠아홀드를 한다. 가버리면서 하는 키스는 역시 각별한 맛이 있다.

“나♡ 나앗♡ 마코토가 좋으니라♡ 정말 좋아하느니라앗♡ 쭉♡ 줄곧♡ 계속♡ 정말 좋아했었으니라앗♡”

평범한 남자한테 제멋대로 페니스를 박히면서, 천사 같은 로리폭유미소녀가 사랑 고백을 했다.

나는 나도 모르게 허리를 멈추고 말았다.

“스승님──?”

“진짜이니라♡ 동정이라든가♡ 의식이라든가 상관없어♡ 나♡ 나앗♡ 요 반년 동안으로♡ 그대한테♡ 진심으로♡ 바♡ 반해 버리고 말았느니라♡”

그걸 들은 나는 난폭한 피스톤을 멈추고, 스승님의 가장 안쪽에서 페니스를 숙성시키는 것처럼 멈춰 뒀다. 사방팔방에서 부드럽고 따뜻한 질육이 내 페니스를 꼭 끌어안는다. 절대로 놓치지 않겠다며 감싼다.

스승님은 두 다리를 내 허리에 감은 채, 양손으로 내 뺨을 감쌌다.

“마코토♡ 마코토♡ 좋아한다♡ 정말 좋아하느니라♡ 나는 이제 남자가 되지 못해도 좋아♡ 마코토만 있어 준다면 그걸로 되느니라♡"

"스승님——!"

참을 수 없어져서, 스승님한테 키스했다.

"아믓♡ 응믓♡ 좋아하는 남자와 키스하면서 교미하는 거, 최고로 기분 좋은 게야♡ 아앗♡ 마코토♡ 마코토♡ 더 찔러 주거라♡"

굳이 말할 필요조차도 없다. 이런 귀여운 여자애한테 고백받으면서 섹스할 수 있다니 꿈에도 생각지 않았다. 로지나한테 내 흔적을 남기는 것만 같이, 깊고 깊게 피스톤했다.

"응하앗♡ 또 가버렷♡ 정말 좋아하는 남자한테 안쪽까지 자지 박혀서 가버렷♡ 이거♡ 이게 섹스로구나♡ 나♡ 사랑한 남자와 섹스하고 있는 게야♡"

스승님이 꼬~옥 달라붙었다. 쪼그만 몸으로 커다란 가슴이 짓뭉개질 정도로 몸을 딱 갖다 댔다.

"흣♡ 거기♡ 거기 기분♡ 좋앗♡ 좋으니랏♡ 아앗♡ 냐앗♡ 안 됏♡ 안 된다♡ 또 가버렷♡ 또 가버리느니라♡ 마코토한테 자지 박혀서♡ 또 가버리고 마느니라앗~~~~♡♡♡"

움찔움찔~ 하고 몇 번째가 되는 절정에 달하는 로지나.

하아, 하아, 하는 괴로워하는 듯하면서도 달콤한 숨결이 내 귀에 닿았다.

그리고 스승님은 이런 말을 입에 담았다.

"나, '여자'인 게야……♡"

내 밑에서 신음하며, 로지나가 비몽사몽한 표정으로 중얼거렸다.

“아아…… 마코토, 나, ‘여자’인 게야아……♡ ‘여자’였어……♡ 제대로, ‘여자’였던 게야……♡”

눈에 눈물을 띠고, 나를 봤다.

“‘여자’의 행복, 알게 되었느니라……♡ 마코토의 손에 ‘여자’가 된 게야……♡”

“그렇습니다, 로지나. 당신은 **제 여자**입니다.”

“~~~♡♡♡ 그래♡ 나는, 마코토의 여자이니라♡”

그러니까, 하고 나한테 조르는 스승님.

“더…… 격렬하게 해다오♡ 내가 마코토의 여자(것)임을, 더욱더욱 내 몸에 교육시켜 주거라♡”

나는 웃으면서,

“괜찮겠습니까? 스승님의 몸은 조그마니까 망가질지도 모른다고요?”

“바보 녀석. 나를 누구라고 생각하는 게냐. 인계무쌍, 대현자응갸뺏♡”

말하는 도중에 꼴사나운 울음소리를 내는 스승님. 물론 내가 페니스로 입 다물게 한 것이다. 구체적으로는 하반신을 들어 올려 위에서부터 페니스로 자궁을 짓뭉개 줬다. 하반신과 다리를 들어 몸을 둥글게 말아 발끝이 얼굴 가까이 가도록 하고 그곳을 위로 들어 올리는 자세에 가깝다.

“응빠앗♡ 바보♡ 바보옷♡ 지금♡ 내가♡ 이야기하는 중♡ 응꺄뺏♡ 그거♡ 그거 안 되느니라앗♡ 약한 곳♡ 약한 곳 찌부러져 버렷♡ 내 아기주머니 찌부러져 버리느니랏♡"

울면서, 그러면서도 쾌락에 취해 황홀해진 눈으로 호소하는 스승님. 그런 얼굴로 그만하라고 말해도 역효과임을 모르는 건가.

"인계무쌍의 대현자님이 뭘~ 나 같은 허접 자지로 천박한 목소리 내고 있는 겁니, 까!"

"응갸삣♡ 그만♡ 그거 그만햇♡ 제자 주제엣♡ 건방지♡ 니라♡ 스승이 하는 말을♡ 응꺄♡ 아앙♡ 흐앗♡ 싫엇♡ 잠♡ 일단♡ 멈추♡ 요 녀석♡ 아아아앙♡ 냐아아앗♡ 가버렷♡ 또 가버렷♡ 제자한테 자지 박혀섯♡ 또오 가버리느니라아아앗♡♡♡"

피슛—, 하고 자기가 뿜어낸 조수를 자기 얼굴에 맞는 로리 스승님. 개야하다. 이제 한계다, 나도.

"스승님! 로지나! 갑니다! 안에다 쌀 테니까 말입니다!"

"응아앗♡ 냐아아아아앙♡ 와줫♡ 와줘와줫♡ 제자의 정액♡ 잔뜩 싸는 게다♡ 싸주세요♡ 내 안에♡ 마코토의 아기씨♡ 잔뜩♡ 잔뜩♡ 싸줫♡ 마코토의 여자라고♡ 새겨넣어 줘엇♡"

작은 스승님의 몸을 꽉 누르며, 그 질 안에 욕망을 모조리 쏟아부었다.

"싼닷!!"

뷰르르르르르릇—!! 초 뷰르르르르르르릇—!!! 꿀렁꿀렁뷰르르르르르르르르르르르르르르르릇——!!!

"응냐아아앗♡ 나오고 있어♡ 꿀렁꿀렁 나오고 있어♡ 마코토의 커다란 자지에서♡ 진하고 끈적한 정액♡ 잔뜩 부어지고 있는 거♡ 알겠느니라앗♡"

뷰르릇! 부뷰르릇!

"마코토의 정액♡ 제자의 정자♡ 남자님의 아기씨앗즙♡ 내 질 안에♡ 잔뜩 들어오고 있어♡ 아앗♡ 아아앗♡ 굉장햇♡ 엄청난 양이니라♡ 내 안에 반도 들어가지 않는 커다란 자지에서♡ 나의 작은 아기주머니에 콸콸 나오고 있느니라아앗♡♡♡"

스승님의 자신의 납작한 배를 보면서 그런 말을 외쳤다. 스승님이 하는 말이니까, 정말로 보이고 있는 걸지도 모른다. 이렇게, 스승님의 난자에, 나의 무수한 정자가 범하러 가는 모습이.

"응아아앗♡ 하앗, 하아앗♡ 아직 나오고 있어어♡ 마코토오♡ 그대♡ 나를 그렇게까지 해서 임신시키고 싶은 것이더냐♡ 그대의 정액♡ 내 안에서 팔딱팔딱 뛰면서♡ 안쪽의 안쪽까지 들어오고 있느니라♡"

"그야, 스승님은 귀여우니까 말입니다."

스승님의 몸을 눕히고, 귀여운 얼굴에 키스했다.

"응츗♡ 으응♡ 행복햇♡ 행복하느니라♡ 마코토♡ 빼면 안 되느니라♡ 이대로♡ 전부 다 싸도 이대로♡ 내 안에서♡ 마코토의 자지는♡ 절대로 놓지 않을 테니까 말이다♡"

눈물을 흘리며 기뻐하면서, 스승님이 귀여운 말을 입에 담았다. 나는 제자답게 "알겠습니다"라고 대답하고는 그녀의 질 안에 마지막 한 방울까지 다 쏟아부었다.

☆

로리폭유미소녀한테 있는 힘껏 질내사정했다. 인생에서 가장 기분 좋은 순간 중 하나다. 나는 그 여운을 맛보며, 스승님의 작은 몸을 꽉 껴안았다.

"흐앙……♡ 마코토……♡"

"스승님……."

하아, 하아, 하고 우리 둘의 거친 호흡이 방에 울리고 있다. 그 외에 소리는 없다.

나한테 안겨 있던 로지나의 조그만 손이 내 뒷머리를 쓰다듬었다.

"하앗, 하아앗……. 우읏, 나, 나아……."

엉망진창으로 꾸깃꾸깃해진 얼굴로, 스승님이 또다시 울기 시작해 버렸다.

"정말로…… 섹스할 수 있었어……. 처녀…… 졸업…… 할 수 있었어……. 믿기지 않아……. 나 같은 추한 여자가……. 마코토 같은 멋진 남자랑……. 처녀 졸업 섹스할 수 있다니……."

히끅, 히끅, 하고 흐느껴 우는 스승님.

"마코토……. 내 제자여……. 나는 그대에게 모든 걸 주마……. 그대의 스승으로서, 그대의 여자로서, 모든 걸 바치겠어……. 고맙다…… 정말로…… 섹스해 줘서, 고마워……!"

로리폭유미소녀한테서 '섹스해 줘서 고맙다'라고 감사받고 있다. 이전 생에서는 절대 있을 수 없는 상황이다.

"저야말로, 감사합니다. 스승님."

나는 솔직한 마음을 그녀에게 전했다.

“스승님이 처녀로 있어 줘서. 스승님의 처음을 저한테 주셔서. 스승님이 이렇게나 귀여워서. 저는 정말로── 이 세계에 올 수 있어서, 스승님이 저를 주워 줘서, 행복합니다.”

“~~~읏! 으와아아아아아아앙! 마코토~~~~~~!!!”

스승님의 눈물샘이 무너져서, 아니, 이미 무너져 있었겠지만, 완전히 붕괴되어서 나한테 안겨들었다.

“나도이니라! 내가 더 행복하니라! 500년 동안 줄곧 혼자였다! 누구도 상대해 주지 않을 거라고 생각했었어! 그런데도 그대가 와주었다! 고맙다, 고마워, 마코토! 나의 처녀(처음)를 받아 줘서, 고맙구나!!”

“저야말로입니다, 스승님. 감사합니다. 이렇게나 작은데도, 이렇게나 크게 자라 줘서.”

“마코토야말로! 이렇게나 귀여운데도, 이렇게나 큰 걸 가지고 있어 줘서 고마운 게다!”

웃고 말았다.

끝이 없다.

하지만 편안한 기분이다.

스승님과 이렇게 마음도 몸도 이어져서 대화할 수 있는 것이, 더할 나위 없이 기분 좋다.

“사랑하고 있느니라, 마코토.”

“사랑합니다, 스승님.”

쪽, 하고 한 번 더 키스하고.

스승님 안에서 내 페니스가 또 커졌기에.

"……또, 또오, 해주겠느냐……?"

쭈뼛쭈뼛 그렇게 묻는 스승님에게 "물론."이라고 대답하고 또 섹스했다.

밤새 몇 번이나 섹스했다.

스승님의 질 안은 마지막까지 좁았고, 모유도 잔뜩 짜냈고, 나도 몇 번이나 사정했다.

배가 고프면 코티지의 식량을 적당히 먹고, 또 섹스했다. 같은 것을 먹고, 같은 것을 마시고, 또 섹스했다.

육체도 정신도 질척질척해져서 동화된 것 같았다. 스승님의 몸은 늪처럼 나를 푹푹 빠져들게 했다. 질을 공략하면 교성을 지르고, 가슴을 꼬집으면 기뻐했다.

코티지 안은 욕실도 있었고, 어째서인지 매트 같은 것도 있기도 해서 둘이서 끈적끈적해져서 섹스했다.

스승님의 마법으로 내가 다섯 명의 분신으로 나누어져, 스승님은 다섯 명의 나한테 당해서 무척 기분 좋아 보였다.

스승님도 또한 분신으로 나뉘어서 나는 다섯 명의 로리폭유미소녀한테 온몸을 씻겨 엄청나게 기분 좋았다.

분신 중에는 전원의 성감을 맛볼 수 있는 모양이라 자극도 다섯 배 즐길 수 있었다.

내가 다섯 명이 되어 있을 때는 스승님의 질을 범하면서 스승님의 입을 범했다. 가슴도 페니스로 괴롭히고, 그 모습을 보며 스승님의 작은 손이나 예쁜 머리카락을 써서 페니스를 훑었다.

130㎝의 작은 스승님한테 여럿이 몰려들어 공략하는 것이 조

심스럽게 말해서 최고였다. 도망치려고 하는 스승님을 붙잡아 밀어 자빠뜨리고, 에너지 드레인으로 얌전하게 만든 뒤에, 다섯 명 동시에 사정했을 때는 너무 기분 좋아서 의식이 날아갔을 정도다.

그러자 스승님은 앙갚음이라는 것만 같이 분신하여 그 커다란 가슴과 엉덩이, 작은 입과 손으로 내 몸을 정성 들여 주물러 풀어준 뒤, 다섯 명 전원한테 안에서 사정시켰다. 질 안과 입안에 번갈아 가며 싸게 했다. 천사처럼 귀여운 로리 스승님이 누워 있는 내 고간에 무리 지어 몰려들어 작은 혀로 내 페니스와 불알을 할짝할짝 핥는 것이 최고로 기분 좋았다.

스승님은 한 번 더 나를 분신시키더니 5대5 난교 플레이를 소망했고, 우리는 각자 다른 체위로 몸을 섞었다. 나는 스승님과 대면좌위로 섹스하면서 또 한 명의 내가 뒷치기로 스승님을 공략하거나, 또 한 명의 스승님이 기승위로 나를 강간하거나 하는 걸 보면서 즐겼다.

마치 만화경처럼, 우리는 섹스에 미쳐 있었다.

그렇게 해서. 정신을 차리고 보니.

"……위험해."

하룻밤만이라는 약속이었을 터인데도.

"루루 씨랑 아시아 쨩, 분노 폭발한 것 아닐지……?"

일주일이 지나 있었다…….

미추역전 세계의 클레릭

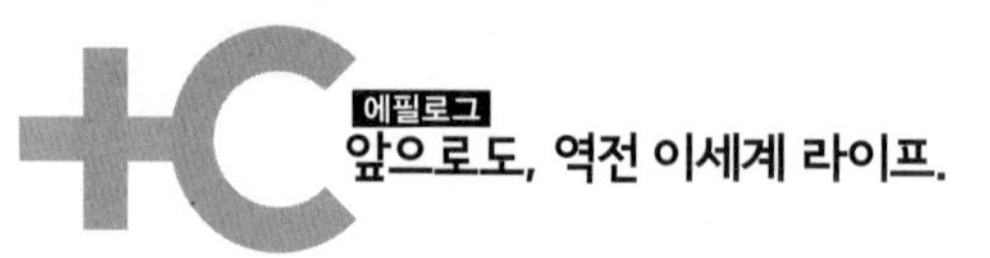

에필로그

앞으로도, 역전 이세계 라이프.

“마 · 코 · 토 · 니 · 임~~~?????”

루루 씨가 웃는 얼굴로 분노 폭발할 것 같다.

“자세하게…… 설명해 주세요. 지금, 저는 냉정함을 잃으려 하고 있습니다.”

아시아 쨩은 진지한 얼굴로 분노 폭발할 것 같다.

코티지에서 일주일 만에 나오려 한 우리는, 출입구의 함정(트랩)에 빠져 움직이지 못하는 루루 씨와 아시아 쨩을 발견했다.

그렇다, 트랩이다.

이 코티지는 바꿔 말하자면 인계무쌍인 대현자 이다의 ‘진지’다. 거점이자 공방이며, 요새인 것이다.

집 현관을 열쇠로 잠그는 것처럼, 외부에서의 공격에 대해 당연히 대책이 이루어져 있다.

겉보기에는 텐트인 이 요새는 스승님의 허락이 있는 자에게는 멋진 코티지에, 그렇지 않은 자에게는 공포의 던전에 자동으로 초대하는 권능이 있는 모양이다.

공포의 던전이라니, 뭐야.

그렇게 생각한 나는 1초 만에 납득했다. 코티지 거실에서 한 걸음 나갔더니 그곳은 거대한 동굴의 일부로 되어 있어서, 바닥과 벽, 천장에는 꿈틀꿈틀하는 촉수와 부글부글 펄펄 끓어오르는 마그마와 부정형 슬라임 무리가 이곳저곳을 가득 메우고 있었다.

그 천장에, 루루 씨와 아시아 짱이 촉수에 의해 거꾸로 구속되어 있었다. 알몸으로.

"일단 내려 주실 수 있겠나요? 수중에 가지고 있는 식량도 회복약도 다 떨어질 것 같거든요?"

"이미 사흘이 경과하려 하고 있어. 제아무리 나라도 슬슬 한계야."

S급 모험가인 두 사람이라도 스승님의 요새를 돌파하는 데는 실패한 모양이다.

"내 트랩의 7할이 파괴되었다고?!"

스승님은 스승님대로 충격을 받고 있다. 30억 정도 한다만?! 이라며 소리치고 있다. 위험하구만.

일단 스승님은 트랩을 해제하고 동굴은 코티지의 정원으로 되돌아갔다. 해방된 두 사람은 축 늘어져 있긴 했으나, 생명에 별다른 지장은 없는 듯했다.

"크…… 촉수한테 강간당하다니……!"

분한 듯이 입술을 깨물며 알몸으로 여자애 앉기 자세를 하는 루루 씨.

"이렇게나 기분 좋다는 건 몰랐어요!"

굳이 어느 쪽이냐고 따지자면 몰랐던 것이 분한 모양이다.

촉수 갑옷을 입고 있었을 터인 아시아 짱도 또한 알몸으로 엉덩방아를 찧은 채 아연해하고 있다.

"촉수군은 마그마에 삼켜져 버렸어……. 엄지를 세우며 가라

앉는 모습에 눈물이 멈추지 않았다구…….”

하지만 정원에서 촉수 갑옷이 펑, 하고 생겨났다.

“촉수군! 무사했던 거야?! 어, 실은 던전 촉수랑 같이 나를 괴롭히고 있었다고? 아~, 어쩐지 내 약한 부분을 알고 있다 싶었어, 그 촉수~☆”

웃고 있다. 왜냐고.

“이런이런……. 무사했으니까 다행이지만, 그대들, 자칫 잘못했다간 죽음보다도 무서운 쾌락 지옥에 떨어졌을 뻔한 참이었다고?”

스승님이 한숨을 내쉬며 회복 마술을 걸었다. 뾰로롱, 짜잔! 하고 낫는 루루 씨와 아시아 쨩.

“일주일이나 둘이서 쾌락 지옥에 빠져 있었던 당신한테 듣고 싶지는 않아요!”

“어째 윤기가 찰랑찰랑해서 열 받는데 말입니다—!!”

키익, 키익, 하고 호소하는 두 분.

일단 사과해 두자.

“미안합니다. 저도 나빴습니다. 스승님의 (코티지) 안이, 기분 좋아서 나도 모르게 그만…….”

“““안이 기분 좋아?!”””

세 사람의 목소리가 겹쳤다. 그런 게 아니라고.

“……뭐, 확실히, 하룻밤만이라는 약속이었는데도 일주일이나 몸을 섞으며 뒹굴었던 나도 나빴다. 미안하구나.”

스승님은 머리를 꾸벅 숙였다.

솔직하게 사과받을 거라고는 생각지 않았는지, 두 사람은 서

로 얼굴을 마주 보고는,

"뭐어…… 알면 된 거예요."

"응…… 마코토 님이랑 섹스하면 그렇게 되지."

그릇이 큰 면모를 보여 주었다.

"게다가 촉수 트랩 기분 좋았고요. 다음에 아시아의 갑옷 빌려 볼까."

"슬라임간(姦)도 좋았지. 뱃속이 디톡스되는 느낌. 또 해줬으면 해."

변태인 면모도 보여 주었다.

"흠. 루루 공. 길드에 보고는 끝마쳤는가?"

"네, 그거야 이미."

"그러면 사과도 겸해서 차라도 마시러 가지. 여러 가지로 이야기도 듣고 싶고 말이야."

"영광이에요. 말씀을 받아들이죠. 인계무쌍의 대현자 이다 님의 변명, 맛있는 다과와 함께 잔뜩 들려주셔야겠어요."

"이다 님, 샤워룸 빌려주지 않겠어요? 촉수와 슬라임으로 찐득끈적해요. 있는 거죠? 야한 샤워룸이."

"그대들 조금 더 사양하지 않겠느냐? 아니, 내가 잘못한 것이다만……."

세 사람은 다 같이 코티지 안으로 되돌아갔다.

다행이다. 이전 같은 죽고 죽이려는 싸움이 벌어지지 않고 그쳤다.

휴, 하고 가슴을 쓸어내리고 있자,

"마코토 님?"
"뭐 하고 있어?"
"자, 얼른 오거라."
라며 세 사람이 나를 뒤돌아봤다. 나를 불러 주었다.
별것 아닌 그 광경이, 내게는── 무척 기뻤다.
30살까지 여성 경험이 없어서 고급 유흥업소에서 동정을 버리려 했던 내가 누군가한테서 원해지는 날이 오다니.
그녀들은 '추녀인 자신을 인정해 주는 남성분'이라고 말해 주었지만, 그건 나 역시 마찬가지다.
내가 나인 것만으로도 인정해 주는 상대 같은 건 존재하지 않는다고 생각했었다. 아무런 도움도 되지 않는 평범한 남자가 '그저 그곳에 있어 주는 것만으로도 괜찮다'라고 긍정 받게 될 거라고는 생각해 보지도 않았다.
"응, 바로──."
"차를 마시고 나면 또 섹스하도록 해요♡"
"또 마코토 님한테 괴롭힘당하고 싶어~♡"
"마코토♡ 내 가슴, 또 써주거라♡"
세 사람 다 눈동자가 형형하게 반짝이고 있었다. 앗, 이거 포식당하는 전개군요──!
미소녀 엘프와, 소년 말투 미소녀와, 로리 폭유 미소녀한테 손을 이끌려 코티지에 들어갔다.
파티의 유일한 남자이자 클레릭인 나한테는 앞으로도 세 명의 미소녀한테 쥐어짜이는 나날이 기다리고 있다.

그건 이 어찌도 행복한 나날일까.

그런고로── 앞으로도 는실난실 에로즐거운 이세계 라이프를 만끽하겠어!

후기

처음 뵙겠습니다, 안녕하세요, 오랜만입니다. 세노 싯포라고 합니다.

본 작품은 소설 투고 사이트 '소설가가 되자(내부의 녹턴 노벨즈)'에서 2021년 10월 8일에 연재를 개시한 「미추와 정조 관념이 역전된 이세계에서 야한 의식을 하는 클레릭이 되었습니다. 나랑 섹스하지 않으면 계속 발정하는 저주가 발생하는 모양이기에 하렘 파티의 지원역으로서 열심히 의식(섹스)하겠습니다」를 개고(改稿) · 개제(改題)하여 서적화한 것입니다.

집영사 대시엑스 문고에서는 세노의 네 번째 시리즈 작품이 됩니다. 같은 레이블의 신인상 수상작인 「종말의 마녀입니다만 오빠한테 두 번이나 사랑에 빠지는 건 이상한가요?」 및 두 번째 시리즈 작품 「백수는 현자로 전직할 수 있다는 걸 알고 있었나요?」, 세 번째 시리즈 작품 「흑묘의 검사」를 읽어 주셨던 분은 오랜만입니다. 이번에도 재미있게 읽어 주셨다면 기쁘겠습니다.

이번 작품은 이세계 전생했다고 생각했더니 그곳은 미추의 가치관과 남녀의 정조 관념이 역전된 세계였다── 라는 이야기입니다. 앞서 언급한 수상작 「종말의 마녀」 이래로, 아니, 그것보다도 에로에 특화된 작품이 되었습니다. 상업 작품에서 이렇게까지 하트 마크를 많이 쓴 건 처음입니다. 첫 게재는 R18 지향 소설 투고 사이트(녹턴 노벨즈)입니다만, 수상작 「종말의 마녀」 띠지에 'DX 문고 사상 최대의 에로스'라고 기재되었던 명예에 부끄럽지 않은 작품으로 만들고자 결의하여 집필에 임했습니다. 그 DX 문고에서 서적화되는 기회를 받게 되어 뜻밖의 행복입니다.

일러스트는 그 치루마쿠로 선생님께 부탁드렸습니다. 로리 폭유를 사랑하는 사람으로서 선생님의 작품은 이전부터 애호하고 있었고, 또한 이번에는 '키 130㎝, 가슴 160㎝'라는 세노 사상 최대의 로리 폭유 소녀를 등장시키는 것으로 인해, 부디 꼭 선생님께, 하고 열망했습니다. 그 로지나는 물론, 에로 엘프인 루루, 소년 말투 초M 아시아와 매우 매력적이면서 또한 실용적인 디자인 및 일러스트를 받게 되어 세노는 또 하나 어른(변태)의 계단을 오른 느낌이 듭니다. 바쁘신 와중에도 흔쾌히 수락해 주셔서 대단히, 마코토하게, 감사했습니다!

매번 있는 일입니다만, 연재할 때 발견한 반성점은 서적판에서 가급적 개선하도록 노력했습니다. 이미 WEB판을 읽으신 분은 서적판과의 차이도 즐겨 주신다면 좋겠습니다. 이번에는 특히, 리비도가 향하는 대로 집필한 탓인지, 단어 선택이 조잡해진 부분이 많이 있어서 저자 교정에서의 수정이 비교적 많았던 듯한 생각이 듭니다. 교정 담당자분, 신세 많이 졌습니다.

또한, 본 작품은 코미컬라이즈 기획도 진행 중입니다. 과연 만화가 되면 어떻게 되어 버릴 것인가…… 지금부터 기대되어 견딜 수가 없습니다.

마지막으로 감사의 말씀을. 이 책을 손에 들어 주신 여러분, 언제나 신세를 지고 있는 편집자 마츠하시 씨, 일러스트를 담당해 주신 치루마쿠로 선생님, 코미컬라이즈를 담당하시는 만화가분, 교정 담당자분, 영업 담당자분, 출판에 관여해 주신 모든 분, '녹턴' 독자님, 정말로 감사합니다.

또 가까운 시일 내에 만나 뵐 수 있기를 기도하고 있겠습니다. 그때까지 여러분, 부디 건강하시기를.

미추역전 세계의 클레릭

illustration:Chirumakuro
First published in 2022 by SHUEISHA Inc., Tokyo
Korean translation rights in Korea arranged by SHUEISHA Inc.
through THE SAKAI AGENCY, INC.

미추역전세계의 클레릭 1

2023년 10월 15일 1판 1쇄 발행

저　　자 세노 싯포
일러스트 치루마쿠로
옮 긴 이 주승현
발 행 인 유재옥
본 부 장 조병권
담당편집 정영길
편 집 1 팀 김준균 김혜연
편 집 2 팀 정영길 조찬희 박치우 정지원
편 집 3 팀 오준영 이해빈 이소의
편 집 4 팀 전태영 박소연
미　　술 김보라 박민솔
라이츠담당 김정미 맹미영 이윤서
디 지 털 박상섭 김지연 윤희진
발 행 처 ㈜소미미디어
인쇄제작처 코리아피앤피
등　　록 제2015-000008호
주　　소 서울 마포구 토정로 222, 403호(신수동, 한국출판콘텐츠센터)
판　　매 ㈜소미미디어
마 케 팅 최정연 박종욱 최원석 박수진
물　　류 허석용
전　　화 편집부 (070)4164-3962, 3963 기획실 (02)567-3388
판매 및 마케팅 (070)4165-6888, Fax (02)322-7665

ISBN 979-11-384-2224-6 04830
ISBN 979-11-384-2223-9 (세트)